NORDAMERIKA
SÜDAMERIKA
DIE ROUTEN
DES CAPTAIN
JAMES COOK
1. REISE
2. REISE
3. REISE
GALAPAGOS
ARQUESAS
CAP HORN
120
100
80
60
40
20
0

GEORG FORSTER

James Cook,
der Entdecker

UND
FRAGMENTE ÜBER CAPITAIN COOKS LETZTE REISE
UND SEIN ENDE

Herausgegeben und mit einem Nachwort versehen
von Frank Vorpahl und mit
acht Farbtafeln von Forsters eigener Hand

Eichborn BERLIN

© Bildnachweis der acht Farbtafeln Forsters:
South Sea Birds, Cooks 2nd Voyage (1772–1775), watercolours by George Foster.
Mitchell Library, State Library of New South Wales

1 2 3 4 09 08

Einbandgestaltung: Christiane Hahn
Lektorat: Wolfgang Hörner
Layout: Cosima Schneider
Satz: Greiner & Reichel, Köln
Druck und Bindung: FVA Fulda

ISBN 978-3-8218-5840-1

Eichborn Verlag, Kaiserstraße 66, D-60329 Frankfurt am Main
Mehr Informationen zum Programm von Eichborn Berlin und Eichborn finden Sie unter
www.eichborn-berlin.de und www.eichborn.de

INHALT

COOK, DER ENTDECKER

Nullius in Verba

Der Name des Weltumseglers Cook ist zu allgemein bekannt, und seine Seereisen haben ihm die Bewunderung seiner Zeitgenossen in einem viel zu hohen Grad erworben, als daß noch jemand fragen könnte; wer war Cook, und was that er? Vielmehr wirkt schon dasjenige, was ein jeder sich auf diese Fragen selbst zu antworten weiß, wie eine Zauberformel, um ein stets wachsendes Theilnehmen an jeder neuen Nachricht von seinen Entdeckungen zu erregen. Hätten diese Blätter, die ich seinem Andenken weihe, den Reiz der Neuheit, so würde ich also um ihr Schicksal unbekümmert seyn können. Wenn ich mir aber ein Verhältniß zwischen dem Leser und dem Schriftsteller denke, welches beyden rühmlicher ist, mischt sich eine schüchterne Besorgniß in meinen Wunsch, der Wißbegierde und den übrigen Forderungen eines aufgeklärten Publikums Genüge zu leisten. Dazu kommt noch, daß es nicht die Lebensgeschichte dieses außerordentlichen Mannes ist, welche mich hier beschäftigen soll; denn dies wäre wenigstens ein überflüssiges und mißliches Unternehmen, da bereits eine deutsche Meisterhand[1] die Hauptzüge eines solchen Gemäldes entworfen hat. Indeß giebt es allerdings noch einen Gesichtspunkt, der Cooks Thaten und seinen Geist in einem neuen Lichte zeigen kann. Ihre blendende Größe hat man lange genug blos

1 Im Götting. Magazin I Jahrg. 2 Stück, S. 234. stehen »einige Lebensumstände vom Capitain Jacob Cook, größtentheils aus schriftlichen Nachrichten einiger seiner Bekannten gezogen von G. C. Lichtenberg«. Neue, noch ungenutzte Materialien zu dieser Biographie giebt es nicht.

angestaunt, wie etwa ein glänzendes Meteor. Entfaltete man aber ihre Beziehungen auf die Summe unseres Wissens, und berechnete man ihren gegenwärtigen und dereinst zu hoffenden Nutzen, dann erst würde sich Cooks ganzer Werth für die Menschheit unparteyisch abwägen lassen; dann würde jene gaffende Bewunderung, die auch die Dummheit unserem Helden zollt, bey Denkenden in dankbare Verehrung übergehen. Wer nun im Stande ist, die Verhältnisse unserer Gattung mit festem, allumfassenden Blick zu durchschauen, Plan und Absicht, nach einem bestimmten Ziele strebende Entwicklung, und sichern Fortgang zur Vollendung aus dem verworren scheinenden Chaos ihrer Schicksale herauszufinden: der entwerfe jene vollständige beziehende Darstellung von Cooks Verdiensten, und lehre uns, wie weit er sein Jahrhundert in Erkenntniß und Aufklärung fortgeführt, welchen Zuwachs die menschliche Glückseligkeit durch sein Bestreben gewonnen, und welche neue Aussichten in die goldene Zukunft einer allgemein vollendeten Bildung sein Genius uns eröfnet habe. Der Dank der Edlen unserer Zeit und jener bessern Nachkommenschaft verspricht dem Menschenfreunde, der sich auf diese Art an Cooks Verdiensten Antheil erwerben würde, unsterblichen Lohn. Aber es wäre Vermessenheit, sich mit blöden Augen in jene steile Höhe hinaufzuwagen, wo solch ein Überblick erst möglich wird. Ohne daher bey der gegenwärtigen Veranlassung so tief in die Bestimmung des Menschengeschlechts dringen zu wollen, lassen sich gleichwohl die näher am Tage liegenden Verkettungen so angeben, wie sie auf unserm niedrigeren Standpunkte erscheinen; wenigstens lassen sich kleine Gebiete, Theile des Ganzen, wenn auch nur in schwachen Umrissen, nachbilden, um künftigen Weltweisen vorzuarbeiten. Mit andern Worten: Cooks Entdeckungen zusammenzufassen, ihre Gränzen abzustecken, ihrer geschickten Anordnung und Verbindung, so wie manchen ihrer wichtigen Folgen nachzuspüren, und auf die Art nicht blos dem Seemann und Entdecker, sondern auch dem Menschen, ein geringes Denkmal zu stiften; dies wäre ein Versuch, den Cooks Reisegefährte vielleicht ohne Anmaßung und ohne Furcht vor Wiederholungen, dem Urtheil deutscher Leser unterwerfen dürfte.

Ehe wir weiter gehen, verdient es eine vorläufige Untersuchung, aus welchem Gesichtspunkte der sittliche Werth der Entdeckungen beurtheilt werden müsse. Läßt sich im Allgemeinen über diesen Punkt etwas als wahr festsetzen, so wird es uns hernach, in der weiteren Anwendung auf Cook, zum bequemen Maaßstabe dienen. Wie aber, wenn der beredte Mann Recht hätte, welcher von einer blos physischen Bestimmung des Menschen, als der einzig wahren, sprach, und Wissenschaft die Quelle alles menschlichen Elends nannte? Wäre es alsdenn nicht um den vermeynten Ruhm aller Entdecker geschehen? Wenigstens ist so viel gewiß, daß dieses Paradoxon über manche schwache Einwendung siegte, und daß man Blößen gab, wenn man sich gegen die Evidenz der darin behaupteten Thatsachen sträubte. Wer könnte auch im Ernste die Zerrüttungen läugnen, die von der Entwicklung verschiedner Fähigkeiten im Menschen unzertrennlich sind? Allein, wenn man diese Unzertrennlichkeit zugiebt, so bleibt noch unerwiesen, daß die Ausbildung des Menschengeschlechts einen andern Gang hätte nehmen können, als sie wirklich genommen hat; und ehe man dies beweiset, ruft man uns vergebens in die Wälder zurück. Der untergeschobene Begriff, die Perfectibilität als ein der Natur entgegengesetztes Extrem zu betrachten, mußte freylich den Gesichtspunkt verwirren und eine Täuschung zuwege bringen, welche nur eine consequentere Philosophie wieder aufheben kann. Diese wird in allem, was geschieht, eine Kette von Verhältnissen gewahr, welche nothwendig, wie Ursach und Wirkung in einander greifen, und die Möglichkeit vernichten, daß ein Stäubchen sich anders bewegt haben könnte, als es sich bewegt hat. Wie das Unendliche ans Endliche, so ist, über alle Gränzen menschlicher Begriffe hinaus, Freyheit an Nothwendigkeit geknüpft, und hiemit zwischen dem innigen Bewußtseyn des kühnsten Denkers, daß seinen Handlungen Gedanken vorhergehen, und der ehernen Wahrheit, daß keine Idee aus nichts entstehen kann, ein ewiger Kampf erregt.

Wenn also die Verhältnisse des Menschen, wodurch diese oder jene Fähigkeit in ihm sich entwickelt, nicht von ihm selbst abhängig sind, so ist es auch diese Entwicklung nicht; folglich gehört die wissenschaftliche Ausbildung, nebst allen ihren Folgen, ohne Widerrede zu den bestimmten Einrichtungen der Natur; und der vermeynte Contrast zwischen der physischen und sittlichen Bestimmung des Menschen beruhet auf einer Abstraktion, die nicht im Reiche der Wirklichkeit, sondern in unserer Vorstellungsart liegt. Fähigkeiten, welche nur den Stoß eines äußern Verhältnisses erwarten, um sich nothwendig und unaufhaltsam zu entwickeln, sind berechnete Anlagen der

Natur; und das Wesen, in welchem sich diese Entwicklung vollendet, ist nicht minder ihr Eigenthum, erfüllt nicht minder ihre Absicht, als das, in welchem sie anfängt. Es giebt folglich keine blos physische, oder, mit einem andern Wort, blos thierische Bestimmung des Menschen, sondern sein Charakter ist, wie der Philosoph der Menschheit unwiderstehlich dargethan hat, *Sittlichkeit*, die zwar unzählige Schattirungen und Stufen hat, aber das einzige ist, wodurch er sich vom Thier unterscheidet. Mit Anlagen, die einander zu widersprechen scheinen, macht übrigens der Mensch keine Ausnahme in der Ökonomie der Natur; denn nach unserer Art zu reden, giebt es überall streitende Verhältnisse und Widersprüche, weil wir überall Absichten annehmen, wo wir Beziehungen bemerken. Soll, zum Beyspiel, das Hanfkorn zur Pflanze keimen, so darf es der Hänfling nicht verzehren, dem es gleichwohl zur Nahrung angewiesen ist. *Uns* scheinen diese Verhältnisse allerdings widersprechend; wüßten wir uns aber an die Stelle der Natur zu setzen, so würden wir bald einsehen, daß jedes Einzelne gerade die Bestimmung hat, die es wirklich erreicht. So wie jedes Wachsthum Zerstörung voraussetzt und sich wieder in Zerstörung endigt, so ist auch die Entwicklung einer Anlage Unterdrückun einer andern. In einer Welt, wo die größte Mannichfaltigkeit der Gestalten nur durch das Vermögen einander zu verdrängen, bewirkt wird, hieße es in der That die einzige Bedingung ihres Daseyns aufheben, wenn man diesen immerwährenden Krieg und diese anscheinende Unordnung abgestellt wissen wollte. Hat nicht dem ungeachtet alles in der Natur seine Gesetze? Sind nicht die größeren Bewegungen mit bewundernswürdiger Genauigkeit abgemessen? Sollte sich also nicht vermuthen lassen, daß auch die äußersten Punkte, zwischen welchen jede partielle Kraft schwanken und ihren Nachbarinnen Abbruch thun oder sie verschlingen darf, ihre unabänderlichen Gränzen haben? Man nenne dieses Schwanken zwischen Extremen, wenn man will, einen Puls der Natur, der bald schneller, bald langsamer schlägt, und schlagen wird, bis etwa Büffons Epoche der Erstarrung eintritt, oder das Machtwort einer Gottheit drein redet; – so lange das jezige Schema der Erscheinungen besteht, müssen auch diese Oscillationen fortdauern. Das Mittel zwischen den Extremen, welches manche Philosophen so eifrig suchten, und oft zu finden wähnten, das vollkommene Gleichgewicht der Kräfte, ist Ruhe, aber Ruhe des Todes.

Der Trieb der Selbsterhaltung und der Gesellschaftstrieb äußern ihre Wirkungen im Thiere ohne ein besonnenes Bewußtseyn. Erinnerungen und Erfahrungen können diese Triebe leiten, und das Vermögen, Vorstellungen mit einander zu verbinden, kann selbst thierischen Handlungen den Schein der Überlegung verleihen. Zur Vernunft, zur Wahrnehmung der Verhältnisse und Absonderung der Begriffe, gehört das Bewußtseyn eines abstrakten *Ich*; und dieses war das ausschließende Geschenk unserer menschlichen Organisation. In dieser einzigen Fähigkeit, in einer so geringen, fast unmerklichen Abschattung, liegt der incommensurable Unterschied zwischen der Natur des Menschen, und der vernunftlosen Thiere. Aus ihr allein entwickeln sich alle Erscheinungen der sogenannten Perfectibilität, welche man die angewandte Besonnenheit nennen könnte. Hier aber, wie allerwärts in der Natur, ist es Wirkung und Gegenwirkung, was die schlafenden Kräfte offenbart. Wenn das Bedürfniß eine Sprache schuf und eben dadurch das Bewußtsein weckte, so übte hingegen jeder neue Grad der Erkenntniß das Begehrungsvermögen. Waren bey einem überwundenen Widerstande Begriffe von können und wollen entstanden, so folgte bald ein Wollen aus Vorsatz und mit Bewußtseyn. Brachten endlich erschütternde Erfahrungen den Menschen auf eine höhere Stufe der Besonnenheit, und lehrten sie ihn, daß er nicht alles dürfe, was er kann und will; so führte eben dieser Druck der äußern Verhältnisse zu Begriffen vom Glücke des Lebens, die zwar nach Klima und Lokalumständen verschieden, im Ganzen aber Werkzeuge der ferneren Bildung und Entwicklung sind. Wo die Natur ihre Schätze reichlich ausgespendet hatte, neigten sich die Affekten bald zum gütlichen Vergleich. Ruhiger Genuß der sanfteren sinnlichen Eindrücke begründete die Rechte des Hausvaters, und Gewohnheit erzeugte dann den Despoten. In rauhen Zonen hingegen, erlangte der ungezähmte Wille eine Stärke und Unbiegsamkeit, wodurch er noch lange das Übergewicht behielt, und allen Zwang verschmähte. Zuweilen beugte wohl Gewalt auf einen Augenblick den wilden Nacken; allein der bloße Zwang lehrt keine Verbindlichkeit zu gehorchen. Folglich dauerte der Kampf der Ungebundenheit so lange, bis allgemeine Rechte des Menschen anerkannt wurden, und mit diesen die Begriffe der Sicherheit, der Freyheit des Eigenthums, der gegenseitigen Pflicht, und einer durch heilsame Einschränkung bewirkten Glückseligkeit entstanden. Der Wille schien nunmehr auf einmal wieder so viel Feld zu gewinnen, als er auf einer Seite verlor. Nicht handeln dürfen, wie man will, ja vollends nach der Vorschrift eines Andern handeln müssen, war allerdings gleichsam eine Vernichtung des eigenen Willens. Allein bey diesem unvermeidlichen, sowohl negativen als positiven Zwange, hatte die Vernunft einen Schritt vorwärts gethan, und der Mensch fühlte seine Würde nun nicht mehr in körperlicher Stärke, sondern im Erkennen und Auswählen dessen, was recht und gut ist. Hier entstanden Gesetzgebung und bürgerliche Verfassung; künstliche, zerbrechliche Maschinen, die aber der höheren Kultur den Weg bahnten, und desto mehr Kräfte zur Entwicklung brachten, je gewaltsamer und schneller sich ihre Räder durch einander wälzten. Unzählige Nüancen der Organisation und der äußern Verhältnisse erzeugten verschiedene Mischungen des Charakters. Durch Erziehung, Beyspiel und Gewohnheit hervorgerufne und bestimmte Leidenschaften, Einsichten und Fertigkeiten, setzten ihr Spiel mit einander fort, und wirkten unaufhörlich auf einander, so wie aufs Ganze zurück. Wie dieser Wirbel jeden anders modificirten Menschen faßte und mit sich riß, so vollendete er dann seinen wohlthätigen oder zerstörenden Lauf. Der Wechsel der Verhältnisse, der Zusammenstoß streitender Kräfte, der Contrast entgegengesetzter Ereignisse – diese hin und her strömende Fluth im Ocean der Menschheit läutert und bestimmt überall die Begriffe, und giebt ihnen auch Einfluß auf Handlungen. Tugend und Laster sind daher überall gleichzeitige Erscheinungen; denn auch die Tugend wird nur durch Widerstreben möglich; wo weder Feind noch Gefahr vorhanden ist, da giebt es weder Kampf noch Sieg.

Der Gang so vieler Revolutionen, die sich immer ähnlich sind, so manches auch die Verhältnisse des Orts und der Zeit darin ändern, zertrümmert also offenbar jene idealischen Systeme, die auf eine grundlose Hypothese erbauet sind. Was in Asien vor etlichen Jahrtausenden, in Peru und Mexico vor wenigen Jahrhunderten geschah, was in den Inseln des Südmeeres noch vor unsern Augen geschieht, würde unter ähnlichen Umständen, so oft auch das Menschengeschlecht in den angeblichen Stand der Natur zurück träte immer wieder geschehen. Die ersten Kriege, selbst der Wilden, enthalten einen Keim der Kultur; denn indem der Eroberer seines Sieges genießt, vermehren sich seine Bedürfnisse. Luxus, Kunst und Wissenschaft, die Kinder Einer Geburt, vermählen sich miteinander und bringen eine neue Brut – Ungeheuer und Genien – zur Welt. Wer über diesen Kreislauf der Begebenheiten unmuthig werden kann, der klage über Winterschnee und Sommerhitze, oder über den Wechsel der Nacht mit dem Tage; er klage über alles in der ganzen Natur, was dem Wechsel unterworfen ist, und – vergesse, daß nur durch diesen unaufhörlichen Wechsel alles besteht. Die relative Moralität gewinnt freylich nicht immer durch die Entwicklung der Fähigkeiten; dieselbe Sonne, die das Wachs erweicht und schmelzt, härtet hingegen den Thon. Wenn aber jemand darum lieber die Sonne ganz entbehren möchte, so dürften wir aus mehr als einem Grunde vermuthen, daß er vielleicht für jede andre Welt, nur nicht für diese wirkliche, geschaffen sey. Daher eilt das Zeitalter auf seiner Bahn weiter, ohne auf die Wehklage eines Hypochondristen zu hören, der von solchen Hirngespinsten ausgeht, und das Menschengeschlecht nach Idealen mißt.

Wer den strengen Optimismus nicht billigen mag, sollte wenigstens, um unpartheyisch zu seyn, die Dinge so nehmen wie sie sind. Die Abwechselung der Jahreszeiten kann, *in moralischer Beziehung*, in der That nicht gleichgültiger seyn, als jene Revolutionen, (so wichtig sie übrigens für subjektive Bildung seyn mögen) wodurch ruhende Kräfte wirksam werden müssen, und die Gränzen der Erkenntniß durch den Drang der innern und äußern Verhältnisse sich *nothwendig* erweitern. Der Zeitpunkt kam, wo ein heller Kopf den Gedanken hatte, die runde Erde müsse sich umschiffen lassen; er fand einen König, der in der Hoffnung zu einem Gewinste einen Versuch wohl der Mühe werth hielt, – und Amerika ward entdeckt. Unsere Sophisten wissen jezt mit einem ekelhaften Gepränge von arithmetischer Genauigkeit zu bestimmen, wie viele Tropfen Negerschweiß auf ein Loth Zucker gehen; sie können die Anzahl der Patienten, die durch Fieberrinde genasen, gegen die Schlachtopfer des Venusgifts verrechnen, und zwischen Vortheil und Nachtheil der Entdeckung die kaufmännische Bilanz ziehen, wie ihr Maulwurfsauge sie übersieht. Ob sie aber die Quelle des Bösen verstopfen können, ohne daß zugleich die Quelle des Guten versiegt? Man müßte nicht wissen, daß beydes im Menschen einen gemeinschaftlichen Ursprung hat, wenn man dies für möglich halten wollte. Auf jeder Stufe der Kultur, welche das Menschengeschlecht erreicht hat oder noch ersteigen kann, sind Bedürfnisse und Leidenschaften die Triebfedern aller erhaltenden aber auch aller zerstörenden Thätigkeit. Verschiedene Grade der Erkenntniß ändern nur die Intension und äußere

Form derselben; aber das Gute und Große wird überall nur durch sein Gegentheil offenbar.

Mißbrauch kann den Werth der Dinge nicht schmälern; und doch sollte er es, sobald von Vernunft die Rede ist? Es sollte nun doch des Lichtes Schuld seyn, daß ein Hohlspiegel seine Strahlen gebrochen zurückwirft? Nur das Heer der Mühseligkeiten sollte aus Pandorens Büchse hervorgestiegen seyn, damit die Allbegabte ihre Neugier ewig beweinte? Die griechische Fabel ist wenigstens consequent; denn sie heischt den Glauben an heimtückische, schadenfrohe Götter, die das prometheische Geschöpf verderben, aber nicht beglücken konnten. Fürwahr, eine trostlose Lehre! Wer bebt nicht vor ihr zurück, und sieht umher nach einer bessern Überzeugung, die seiner Seele den Frieden wieder geben kann? Wer sieht nicht lieber in allem, was die Nerven zur Thätigkeit spannt, weise Vorsorge der Natur, die allmählig jede Kraft zur Entwicklung reif macht, während daß ihr großes Werk der Zeugungen unaufhaltsam fortschreitet? Wer schließt nicht vielmehr so: da jene Entwicklung eine wesentliche Bedingung unseres Daseyns ist, so ist es ein Verdienst um die Menschheit, ihrer Betriebsamkeit einen neuen Schauplatz zu öfnen.

So rufe ich dann: Seegen über Euch, ihr Beförderer der sittlichen Bildung, denen das Schicksal eine empfängliche Organisation verlieh, denen es Gaben schenkte, die in tausend Jahren nur einmal die Welt beglücken! Gern gehorche ich dem allgemeinen Gefühl, dieser heiligen Stimme der Menschheit, die Euch, als wohlthätige Genien oder Halbgötter, dankbar verehrt. Du unbekannter erster Hirte auf den Höhen des Kaukasus oder Altai, warst vielleicht unter tausenden deiner Brüder allein so organisirt, daß du am fröhlichen Hüpfen deiner gezähmten Lämmer um dich her mehr Vergnügen fandest, als am Röcheln des erwürgten Wildes! Welcher ganz andere, gewiß nicht minder seltene, Zusammenklang innerer Empfänglichkeit mit äußern Eindrücken bildete dich, kühner Bändiger des muthigen Rosses und des wilden Stiers? War es nicht eine Göttin, weiser Triptolem, die dich lehrte, das Zelt an eine feste Stätte zu binden, und goldne Saaten zu ärndten, so war es *der göttliche Funke des Genius* in dir; dieser Funke, der die Lippen des ersten Gesetzgebers mit Überredung begeisterte, als er Menschen durch Bande des wechselseitigen Vortheils in den engen Bezirk einer Stadt zusammen zog; eben derselbe, der den Keim des Handels pflegte, bis er als ein mächtiger Baum, den

Nationen unter seinem Schatten süße Früchte trug; eben derselbe, der bey jeder glücklichen Anstrengung der Geisteskräfte so sichtbar hervorleuchtet; der auf Gama, Columbus, Magellan und Cook geruhet hat!

Wahrheit war die Botschaft, die alle große Männer an die Menschheit zu verkündigen hatten; Wahrheit, Verhältniß der Dinge unter einander und zu uns. Sie entledigten sich getreu ihres Auftrags, und brachten uns Wahrheit, das Kleinod dem Weisen, das Schwerdt in eines Narren Hand. Doch, Nutzen und Mißbrauch haben ihre Gränzen: die Aufklärung aber schreitet von Erfahrung zu Erfahrung ins Unbegränzte fort. »Vielleicht erschöpft sie einst alle Verhältnisse des Menschen, und bringt dann den Frieden des goldnen Zeitalters zurück?« Diese harmlose Hofnung, ein Stein der Weisen unseres Jahrhunderts, verdient wenigstens keinen Spott, so lange sie das aufgesteckte Ziel bleibt, welches so viele Kräfte für das Bedürfniß des *gegenwärtigen* Augenblicks in Bewegung erhält, und einen jeden anfeuert, in seiner Laufbahn nach der Vollkommenheit zu streben, *die ihm erreichbar* ist. Wenn die Verwegenheit, in eine Zukunft zu schauen, die unsern Augen geflissentlich entzogen ward, und Bestimmungen voraus zu sagen, welche sich aus den Prämissen der Erfahrung nicht folgern lassen, mit Irrthum bestraft werden muß: so konnte wenigstens keine Strafe unschädlicher, und keine zugleich wohlthätiger seyn, als diejenige, welche die Bilder der Phantasie benutzt, um den Menschen an ein reelles Ziel zu geleiten. Ein solches Ziel ist die subjective Vervollkommnung, welche nur durch eine vollkommnere Erkenntniß der Wahrheit bewirkt werden kann; und so wäre denn das Verdienst des Entdeckers für Gegenwart und Zukunft entschieden; und es ist um desto wichtiger, je grösser der Zuwachs ist, den die Masse menschlicher Kenntnisse durch ihn erhält. In welchem Grade nun insbesondere Cook auf dieses Verdienst Anspruch machen kann, muß die bloße Aufzählung seiner Entdeckungen darthun.

I. GEOGRAPHISCHE ÜBERSICHT

Wenn wir den Werth solcher Erfindungen und Entdeckungen anerkennen, die keine nähere Beziehung auf das menschliche Leben zu haben scheinen, blos weil sie die Sphäre unseres Wissens erweitern, und dem Menschen einen größeren Reichthum von Vorstellungen geben: so können wir um so viel weniger jenen Entdeckungen unsern Beyfall versagen, die den letztern Endzweck eben so gut erreichen, deren Anwendung aber uns zugleich so viel näher liegt. Wie schmeichelhaft ist, für jeden der es fassen kann, das Gefühl von der Würde des menschlichen Geistes, bey jeder großen und glücklichen Anstrengung seiner Kräfte! Wer fühlt sich nicht groß, wenn er mit den Sternkundigen die ungemessenen Räume des Weltalls auf Flügeln der Gedanken durchirrt! In der That, wie bewundernswürdig ist nicht der menschliche Verstand, wenn er Mittel ersinnt, die Entfernung und Größe der Sonne genau zu bestimmen, wenn er neue Planeten und Kometen entdeckt, die dem bloßen Auge unerreichbar sind, und dennoch ihre Bahnen berechnet, als wären sie sichtbar! In welchem erhabenen Lichte erscheint nicht jene stolze Wissenschaft, welche aus dem wenigen, was sie von der Erfahrung entlehnt, die wichtigsten Folgerungen zieht, wenn eine bemerkte Verschiedenheit in dem Abstande gewisser Fixsterne von einander, die gleichwohl kaum in Jahrtausenden dem bloßen Auge auffallend werden könnte, dem Scharfsinn des Meßkünstlers hinreichend ist, um eine progressive Bewegung des ganzen Sonnensystems daraus nicht blos zu *muthmaßen*, sondern *darzuthun*, und dann tausend neue Welten in jenen entfernten Nebelpünktchen des allumfassenden Äthers zu erblicken! Doch wir mögen nun mit Newton die Geschwindigkeit des Lichts messen und das Gesetz des allgemeinen Zusammenhangs untersuchen, oder mit Herschel die Heere des Himmels zählen, von denen wir nicht mehr als ihr bloßes Daseyn erfahren können: so lange wir den Planeten, den wir bewohnen, nicht in allen seinen Theilen und Verhältnissen erforscht haben, so lange rühmen wir uns umsonst des gränzenlosen Umfangs unserer Erkenntniß. Dieser Punkt im Unermeßlichen ist immer noch eine Welt für uns; seine Theile, seine Verhältnisse, seine Veränderungen, können, weil sie allen unsern Sinnen offen liegen, für jene fernen Gegenstände, welche nur das Auge wahrnimmt, zum sichersten Maaßstabe der Beurtheilung dienen, und haben, welches ungleich wichtiger ist, eine unmittelbare Beziehung auf uns, und auf die Art unserer Exsistenz. Denn vorausgesetzt, das Ziel der Aufklärung, welches die Natur gesteckt hat, läge jenseits der Gränzen unserer Erfahrung, und die subjektive Bildung bestände hier zunächst in einer verstärkten Intension der Kräfte, deren Wirksamkeit dann die Verhältnisse eines andern Schauplatzes bestimmten; so geht doch diese *nothwendige* Vervollkommnung in der Stille und unvermerkt ihren Gang, indessen das gegenwärtige Verhältniß unsere ganze Aufmerksamkeit auf sich zieht. Auf derjenigen Stufe der Kultur, die der Europäer insbesondere nun einmal erstiegen hat, ist die Kenntniß der eigenthümlichen Beschaffenheit aller Gegenden der Erde so in sein Bedürfniß verwebt, daß eine nähere Untersuchung nothwendig wird, um seiner Betriebsamkeit Luft zu machen. Je dringender unsere wahren und erkünstelten Bedürfnisse das Verkehr mit entfernten Welttheilen fordern, je emsiger der kaufmännische Geist von der Unersättlichkeit des Zeitalters seinen Vortheil zieht, indem er ihr Nahrung verschaffe; desto stärker wächst das politische Interesse der Staaten, an der Erweiterung geographischer und anderer Erfahrungskenntnisse, und desto mehr sucht es alle jene Triebfedern im Gange zu erhalten. Großbrittannien, dessen Handel von so ungeheurem Umfange ist, hat folglich auch in dieser Rücksicht den Nationen das Schauspiel von Entdeckungsreisen gegeben, wodurch die vorher unbekannte Hälfte der Erdkugel ausgekundschaftet worden ist. Ich sage, die Hälfte der Erdkugel, und man wird finden, daß dieser Ausdruck nicht zu viel sagt, wenn man einen Blick auf die Geographie *vor* Cooks Entdeckungen wirft.

Unter den Vorgängern unseres Seemannes unterscheiden sich Columbus und Magellan, deren unsterbliche Verdienste einer Auszeichnung werth sind. Man sage immerhin, daß Gewinnsucht und Emporstreben nach dem was Glück zu heißen pflegt, die Triebfedern waren, die auch diese beyden großen Männer in Bewegung setzten. Wo und wann geschah etwas großes, wozu nicht irgend eine mächtige Leidenschaft den ersten Stoß gab? Auch Menschen, deren innere Kraft kein gemeiner Geist fassen kann, bedurften des Antriebs der Leidenschaften, um jene schlafende Kraft zu wecken und in Thaten zu äußern. Wenn es tief in der Seele des Edlen lag, daß ein neuer Welttheil seiner warte; wenn Er allein den großen Gedanken denken konnte: dort westwärts, über die Gränze hinaus, die der furchtsame Küstenbefahrer nie zu überschreiten wagt, dort liegt für mich der Weg zu Ehre, Glück und Ruhm;

– wie dürft ihr ihn verdammen, ihr Splitterrichter, bey denen eben dieser Antrieb nur kleine Plane zu unbedeutenden Handlungen erzeugen konnte! Ihr wähnt vielleicht, es bringe diese Männer bis zu euch herab, wenn ihr spöttelnd fragt, ob ihre Größe in dem Ehrgeiz ein Grande zu werden, oder in der Rache gegen einen blödsinnigen König zu suchen sey? Wer nicht, wie Columbus und Magellan, auf unbetretenen Pfaden der Ehre solche Endzwecke erreichen kann, läuft Gefahr, ein Bösewicht zu werden, sobald er sich über den Staub erhebt, für den er gebohren ist. Jener entdeckte einen Welttheil, und dieser steuerte sein Geschwader durch den ungeheuersten der unbekannten Oceane. Jener hatte die Vorurtheile seiner Zeit, und die gefährliche Ungelehrigkeit seiner zaghaften Reisegefährten zu bekämpfen; dieser vollbrachte, was seitdem nur Cooks eiserner Beharrlichkeit möglich geworden ist: er blieb von der Meerenge, die seinen Namen trägt, bis an die Philippinischen Inseln beynah vier Monate lang unterwegs, ohne irgend ein wichtiges Land zu sehen, ohne Erfrischungen für sein Volk zu erhalten, ohne sich durch die Länge des noch nie zuvor beschifften Weges abschrecken zu lassen. Am Ende ward aber sein großer Plan, die Gewürzinseln für Spanien zu entdecken, glücklich erfüllt, ob er gleich selbst, als ein Opfer seines unzeitigen Bekehrungseifers, auf der Insel Matan das Leben verlor.

Von dem Jahr 1521 an, bis 1768, in einem Zeitraum von drittehalbhundert Jahren, wurden viele Reisen durch eben diesen Ocean gethan, den Magellan zuerst beschiffte. Bald trieb Begierde nach Reichthümern, welche in Peru und Mexico ihren höchsten Grad erstiegen hatte, und nicht befriedigt worden war, Cortez und Pizarros Gefährten zu Schiffe; bald suchten Engländer und Holländer sich entweder durch den Schleichhandel zu bereichern, oder den Eroberern der neuen Welt ihre Schätze mit Gewalt zu entreißen; endlich führte auch die Hoffnung, im unbekannten Schooße des Südmeeres ein reiches Land zu entdecken, Seefahrer aus allen Nationen in Magellans Fußstapfen[2]. Allein die Menge der Reiserouten, auf welchen man das Südmeer in dieser Absicht durchkreuzte, dient zum augenscheinlichsten Beweise, wie wenig die Triebfeder allein zur Sache thut, wenn nicht Fähigkeit des Entdeckers hinzu-

---

2 Ein Verzeichniß der Reisen um die Welt findet man in meiner Einleitung zu der von mir beschriebenen zweyten Cookischen Reise.

kömmt. Ohne hier von den Plünderern der Spanier zu reden, eilten auch Leute, deren Endzweck Entdeckung war, mit Ängstlichkeit nach dem Bezirk innerhalb der Wendekreise, um einer gemächlichen und sichern Fahrt in jenem stillen Meere zu genießen, welches seinen Namen mit so großem Rechte führt. Unter den Spaniern entdeckten Mendanna und Quiros in drey verschiedenen Reisen einige Inseln, um deren Lage man sich bis auf Cooks Zeiten gestritten hat. So unbeträchtlich diese Entdeckungen waren, so suchten gleichwohl beyde Anführer durch überspannte Nachrichten von den daselbst vorhandenen Schätzen, den Spanischen Hof zu reizen, daß er sie in Besitz nehmen und Pflanzstädte daselbst anlegen sollte. Ihre Salomonsinseln und ihre Tierra Austral del Espiritu Santo blieben lange Zeit das Eldorado der Südsee, wo die Natur Perlen und edle Metalle, nebst andern Kostbarkeiten, verschwendet haben sollte. Die Holländer ließen sich durch diese Vorspiegelungen zu einer Entdeckungsreise unter Le Maire und Schouten verleiten, welche, wie die spätere unter Roggewein, ihre Absicht gänzlich verfehlte. Diese Weltumsegler konnten es freylich nicht wissen, daß die Inseln, welche sie ohnweit Neuguinea entdeckten, in der That die Salomonsinseln der Spanier waren; so wenig wie Bougainville es ahndete, daß seine Cycladen das Land des Quiros seyn könnten. Spanien selbst fand nicht für gut von diesen Entdeckungen Gebrauch zu machen, oder andere Abentheurer aufzumuntern sie weiter fortzusetzen und genauer zu bestimmen. Seine Americanischen Besitzungen waren zu ungeheuer und zu reich an Gold und Silber, um den Wunsch nach mehreren rege zu machen. Außer den Küstenfahrern und dem einzigen Gallionschiffe, welches jährlich zwischen Akapulko und Manila die Waaren Asiens gegen Amerikanisches Metall vertauschte, ließ sich kein Spanisches Schiff auf diesem Ocean erblicken. Mich dünkt, die äußerste Gleichgültigkeit gegen alles, was Entdeckung heißt, kann sich nicht stärker zeigen, als durch eben dieses Schiff, welches in einem Zeitraum von zwey hundert Jahren jährlich genau denselben Strich hält, und vierhundertmal an der schönen Gruppe der Sandwichsinseln vorübergesegelt ist, ohne je soweit von seiner gewöhnlichen Bahn abzukommen, daß es sie wirklich entdeckt hätte.

Die Entdeckungsversuche der Spanier aus den frühesten Zeiten dieser Periode hatten die nachtheilige Folge, daß die Geographen an das Daseyn eines großen festen Landes glaubten, welches den ganzen Südpol umgäbe, und sich bis innerhalb des Wendekreises erstreckte. Quiros war in der Übertreibung wirklich so weit gegangen, daß er die von ihm entdeckte Insel Mallikollo für einen Theil dieses festen Landes ausgegeben hatte; und fast ein jeder, der nach ihm es wagte, sich weiter als die Küstenbefahrer, von Amerika zu entfernen, versicherte, wenn er auch kein Land gesehen haben wollte, dennoch Anzeigen eines nahen Continents bemerkt zu haben. Der einzige Seefahrer des vorigen Jahrhunderts, der den Namen eines Entdeckers verdient, der Holländer, Abel Tasman, bestärkte durch die Entdeckung von Neuseeland jedermann in dieser Meynung. Er fuhr im Jahr 1642 von der Insel Mauritius (jezt Isle de France) südostwärts, bis er die Südspitze von Neuholland entdeckte, welche er nach seinem Gönner, dem Generalgouverneur vom Holländischen Indien, Van Diemen, benannte. Von hier setzte er seinen Lauf ostwärts fort, entdeckte das von ihm zuerst so benannte Neuseeland, befuhr dessen westliche Küste bis zur nördlichsten Spitze, und kehrte dann nordwärts, wo er die Freundschaftsinseln fand, über Neuguinea, nach Batavia zurück. Ob nun gleich Neuseeland von 1643 bis 1768 ohne Widerrede für einen Theil des festen Südlandes galt, so blieb dennoch in diesem ganzen Zeitraume Tasinans Entdeckung ohne Folgen; denn auch die drey Englischen Weltumschiffungen unter Byrons, Wallis und Carterets Anführung, nebst der Französischen unter Bougainville, zeichnen sich durch wenig mehr als diesen leeren Namen, und ihre wissenschaftliche Absicht, von den gemeinen Südseefahrten ihrer Vorgänger aus. Wie diese, hielten sie sich, sobald sie Magellans Meerenge verlassen hatten, an die Küste von Amerika, bis in die Gegend der unbewohnten Inseln von Juan Fernandez; eilten dann, innerhalb des Wendekreises das friedliche Meer, das keine Stürme kennt, zu durchschiffen, und durch die Inselgruppen Indiens nach Hause zu kommen. Wallis und Bougainville trafen wenige Monate nach einander auf die Insel Otaheiti; der erstere fand die Kokosinsel des Le Maire und Schouten wieder, und letzterer berührte die neuen Cycladen, die ehedem Quiros für das feste Südland ausgegeben hatte. Von der durch Quiros Reisegefährten, Torres, entdeckten Durchfahrt zwischen Neuguinea und Neuholland, wußte er aber so wenig, daß er lieber Gefahr lief, mit seiner ganzen Mannschaft Hungers zu sterben, als daß er sich durch diesen kurzen Weg in die Gewässer Indiens begeben hätte. So wenig war alles, was jene Abentheurer unternahmen, bekannt, bestimmt und in der Anwendung brauchbar geworden. Carteret, der einen etwas andern Strich hielt, als die übrigen Englischen Weltumsegler, berichtigte die Lage der Insel Santa Cruz, einer Entdeckung des Mendanna, der er den neuen Namen der Königin Charlotte gab. Was diese neueren Reisen vor den früheren voraus hatten, lag in den Fortschritten, welche die Schiffahrtskunde seit der Zeit gethan hatte. Dadurch, daß man mit bessern astronomischen Werkzeugen versehen war, gewann die Geographie wenigstens so viel, daß die Lagen der Örter genauer bestimmt wurden; und Frankreich gab durch Bougainvilles Ausrüstung das erste Beyspiel von einer zu wissenschaftlichen Endzwecken gehörig eingerichteten Entdeckungsreise, indem es diesem tapfern Officier einen Naturforscher, Commerson, und einen Astronomen, Verron, zugesellte. Mit Talenten, welche in einer Schlachtordnung glänzen konnten, verbanden aber weder die Englischen Officiere, noch der Französische, den Geist der Entdeckung, der vielleicht wirklich auf dem ersten Englischen Weltumsegler Drake, und auf dem wackern Freybeuter Dampier in reichlicherem Maaße geruhet hatte. Jener entdeckte auf seiner im Jahr 1577 unternommenen Reise die Küste Neualbion, nordwestwärts über Californien bis zum 40 sten Grade der Breite; dieser beschloß seine Laufbahn 1698 mit einer Entdeckungsreise, auf welcher er, mit wahrem Eifer für die Wissenschaft, einen Theil von Neuholland und Neuguinea, nebst Neubrittannien, den berühmten Salomonsinseln des Mendanna, für die damalige Zeit ziemlich genau untersuchte.

Die Summe aller Entdeckungen, die man seit Magellans Zeiten im Südmeere gemacht hatte, war indeß nichts weniger als beträchtlich. Mehr als dreißig Reiserouten hatten diesen Ocean, den größten unter allen, durchschnitten, ohne mehr als die Lage einiger verlohrnen Inselpünktchen zwischen den Wendekreisen dürftig zu bestimmen; ja die früheren hatten größtentheils, wie die dunkeln Tagebücher der Anführer, diese Denkmäler ihrer Unkunde und geringen Fähigkeit beweisen, mehr Ungewißheit als Licht über jene Weltgegend verbreitet. Noch war die halbe Oberfläche der Erdkugel von tiefer Nacht bedeckt; und welche Traumgestalten schwebten nicht in ihr umher, die den leichtgläubigen Geographen täuschten, und selbst den vernünftigen Forscher verwirrten; scheinbare Muthmaßungen spekulativer Köpfe, müßige auf mißverstandene Überlieferung gegründete Mährchen, und dreiste Erdichtungen vorsetzlicher Betrüger! Rund um den Südpol, bis zum funfzigsten Grad der Breite, war alles, die einzige Spitze von Südamerika ausgenommen, unbekannt. La Roche und Düclos Güyot, zwey Französische Seefahrer, hatten zwar in den Jahren 1675 und 1756 im südatlantischen Meere auf vier und funfzig Graden der Breite eine Insel entdeckt, und Bouvet, ihr Landsmann, wollte 1738 in eben der Breite, weiter ostwärts, Land gesehen haben; allein auch diese wirklichen oder angeblichen Entdeckungen bestärkten nur den Glauben an ein festes Südland, welches nunmehr auf allen Charten erschien. Seine Küsten zeichnete man keck in einer mit Chili fast parallel zum Wendekreise hinablaufenden Linie, ließ sie an einigen Orten bis zum zwanzigsten Grad der Breite in den heißen Erdgürtel sich verlängern, und dann wieder südwestwärts nach Neuseeland steigen. Neuholland, welches das Südmeer gegen Abend vom Indischen Ocean trennt, und an Flächeninhalt Europa beynahe gleichkommt, blieb gegen Osten hin noch gänzlich unerforscht, und in der Nähe des Äquators verlor es sich auf mancher Charte in das von seinen schwarzen Einwohnern benannte Neuguinea.

Unsere nördliche Halbkugel lag von der Seite des großen Weltmeeres in ein ähnliches Dunkel gehüllt. Rußland kannte die natürlichen Gränzen seiner asiatischen Besitzungen noch nicht, und die Amerikanischen Gestade jenseits des vier und vierzigsten Grades waren noch unberührt. Hatte man sich gegen Süden von neuen Welttheilen und festen Ländern träumen lassen, so erstattete wenigstens die Einbildungskraft der Erdbeschreiber dem Ocean am entgegengesetzten Ende der Welt den Raum, den sie ihm abgenommen hatte, und trug sich mit umständlichen Erzählungen von durchschifften Meeren, Meerengen und nordöstlichen sowohl als nordwestlichen Durchfahrten. Ein Admiral de Fonte, der niemals existirt hat, ein griechischer Lootse Juan de Fuca, der mit einer aus der Luft gegriffenen Erzählung sein Glück machen wollte, eine Straße Anian, von der sich niemand einfallen ließ, daß es die Hudsonsenge seyn könnte[3], und andere ähnliche Verwirrungen veranlaßten gelehrte Kriege und erdichtete Landcharten; und so wie im Süden jede Entdeckung zur Bestätigung des so hartnäckig behaupteten Südlandes gemißbraucht wurde, so mußten auch der verdienstvollen Männer, Bering und

3 Man lese die Geschichte der Entdeckungen und Schiffahrten im Norden, von Joh. Reinhold Forster, Frankf. 1784. 8. S. 525 u. f. Ein Werk welches über diesen Gegenstand alles wissenswerthe enthält.

Tschirikofs Berichtigungen verschiedener Punkte des Amerikanischen Continents, unter den Händen der Geographen die in ihrem Studierzimmer reiseten, das Daseyn der offenen See im Nordwesten beweisen. Selbst der berühmte Pauw, dessen Prüfungsgeist so manchen Wahn in Absicht auf Amerika vernichtete, war nicht vermögend, aus diesem Chaos von grundlosen Meynungen die Wahrheit hervorzuziehen; vielmehr glaubte er annehmen zu müssen, daß ein Meer von achthundert Meilen den alten Welttheil von Amerika trenne.

Dies war die Lage der Geographie, als Cook erschien, dem es vorbehalten war, in kurzer Zeit die Kenntniß der Erde in das hellste Licht zu setzen. Der Geist der Entdeckung beseelte ihn ganz, und seine Eigenschaften waren dem Geschäfte, wozu ihn das Schicksal auserkohr, so angemessen, daß er allein mehr als alle seine Vorgänger zusammen genommen leistete, und als Seemann und Entdecker, unerreichbar und einzig, der Stolz seines Jahrhunderts bleibt.

Um uns einen Begrif von seiner Thätigkeit zu machen, bleiben wir zuerst bei der Länge des Weges stehen, den er in etwas mehr als zehn Jahren zurückgelegt hat. Die verschiedenen Bahnen seiner großen Reisen, sind zusammen mehr als siebenmal dem Umkreis unserer Erdkugel gleich. Welcher Seefahrer kann sich rühmen, in so kurzer Zeit den ungeheuern Raum von beynah vierzigtausend Meilen durchschifft zu haben? Man denke sich eine gerade Linie von eben der Ausdehnung, so fehlt ihr nur ein Viertel ihrer Länge, um die Entfernung von der Erde bis an ihren Trabanten, den Mond, auszufüllen. Doch das riesenmäßige in Cooks Unternehmungen verdient erst alsdenn unsere höchste Bewunderung, wenn wir es in Verbindung mit seinen übrigen Thaten betrachten. Der Mann, der zweymal die ganze Erde umschifft hatte, und im Begriffe stand, es zum drittenmal zu thun, der Mann, der kreuz und quer durch alle Oceane des Norden und Süden den langen Weg zurückgelegt hatte, war nun auch mit dem ganzen Erdball so genau bekannt geworden, als trüge er ihn, wie den Reichsapfel, in der Hand. Er hatte, zumal im Südmeer, nicht nur alle wichtigen Entdeckungen früherer Reisen besucht und besichtigt, sondern auch mehr neue Küsten und Inseln befahren, als je ein Seemann der älteren und neueren Zeit vor ihm. Unzählige astronomische Beobachtungen, die er größtentheils selbst anstellen half, bestimmten die Lage aller dieser Länder. Mit einer fast noch bewundernswürdigeren Beharrlichkeit führte er überall das Senkbley, nahm die Küsten, die Buchten, die Häfen, die Sandbänke, die Riefe, die verborgenen und sichtbaren Klippen auf, und entwarf die vortreflichsten Charten und Portulane. Kaum können wir uns rühmen, so zuverlässige, und bis auf die kleinsten Gegenstände genau detaillirte Charten von unseren Europäischen Meeren zu besitzen, als Cook von den Meeren der entgegengesetzten Halbkugel zurückgebracht hat. Ältere Südseefahrer scheuten gleichsam den Anblick des Landes; wo sie Küsten fanden, eilten sie schnell vorüber, oftmals ohne nur den Fuß darauf zu setzen, ohne den Umfang, die Gestalt und den Zusammenhang ihrer Entdeckungen zu untersuchen. Landeten sie auch irgendwo, so nahmen sie sich selten Zeit, den Endzweck einer Landung zu erreichen, und von den vorgefundenen Produkten einigen Vortheil zu ziehen. Ihr Betragen gegen die Eingebohrnen machte gewöhnlich einen schleunigen Abzug nöthig, ehe sie noch die Beschaffenheit der Gegend und ihrer Erzeugnisse erforschen, und mit den Eigenthümlichkeiten der dortigen Menschengattung bekannt werden konnten. Daher fehlte es ihren Berichten so oft an allem Interesse; und weit entfernt, den Forderungen des Physikers und des Weltweisen ein Genüge zu leisten, oder zur Sicherheit künftiger Seefahrer, und zum glücklichen Erfolg ihrer Unternehmungen beyzutragen, wußten sie nicht einmal die müßige Neugier des großen Haufens zu befriedigen.

Cook war auch hier das Gegentheil seiner Vorgänger. Sein Geist, der keinen Müssiggang kannte, sann stets auf Mittel, seinem Volke die Mühseligkeiten ihrer harten Lebensart zu erleichtern, dadurch zugleich die Dauer seiner Reise zu verlängern, seinen Entdeckungen einen weitern Umkreis zu geben, und unsere Kenntnisse vom Reich der Wahrheit durch neue Bemerkungen der Natur, im Menschen so wohl, als in Thieren, Pflanzen und leblosen Körpern, zu bereichern. So weit es also mit dem ihm vorgeschriebenen Reiseplan bestand, oder zu dessen vollständiger Ausführung dienen konnte, hielt er sich bey seinen neu entdeckten Ländern auf, und stellte theils in eigner Person, theils mit Hülfe seiner Reisegefährten, jene sorgfältigen Untersuchungen an, welche man, so lange die Buchdruckerkunst Gedanken verewigt, als Quellen des brauchbarsten, zuverläßigsten und angenehmsten Unterrichts, mit Theilnehmen und Bewunderung lesen wird. Die reichhaltigen Tagebücher seiner Reisen füllen allein sechs starke Quartbände; zwey andere enthalten die astronomischen Beobachtungen, und noch ein Paar andre liefern Nachrichten von merkwürdigen Gegenständen der allgemeinen Physik, und Beschreibungen einiger Naturkörper, obgleich bis jezt noch das allerwenigste von den Entdeckungen der besondern Naturgeschichte im Druck erschienen ist, und Solanders Nachlaß allein mehr als zweytausend Beschreibungen enthält. Sehen wir aber auf den wichtigsten Gegenstand unseres Forschens, auf unsere Gattung selbst; wie viele Völker, die wir zuvor auch nicht dem Namen nach kannten, sind nicht durch die unvergeßlichen Bemühungen dieses großen Mannes bis auf die kleinsten Züge geschildert worden! Ihre körperliche Verschiedenheit, ihre Gemüthsart, ihre Sitten, ihre Lebensart und Kleidung, ihre Regierungsform, ihre Religion, ihre wissenschaftlichen Begriffe, und Kunstarbeiten, kurz alles, sammlete Cook für die Zeitgenossen und die Nachwelt, mit Treue und unermüdetem Fleiß.

Niemand kannte also den Werth des vorübereilenden Augenblicks besser, und niemand benutzte ihn so gewissenhaft, als er. In einem gleichen Zeitraum hat niemand je die Gränzen unseres Wissens in gleichem Maaße erweitert. Seine unmittelbaren Vorgänger glaubten allen Forderungen der Nachwelt ein Genüge gethan zu haben, wenn sie innerhalb zwey und zwanzig Monaten die Erde umschiffen; denn diese Umschiffung allein schien ihnen verdienstlich genug. Carteret blieb zwar etwas länger aus, weil er einen Monsun versäumte[4]; doch brachte er diese Zeit in Häfen zu, die Europäern gehörten. Cook hingegen irrte auf seiner ersten Reise beynah drey Jahre umher. Die zweyte umfaßte einen noch längern Zeitraum; und die dritte, deren Ende er nicht erlebte, die er aber, selbst nach seinem Tode, noch zu lenken schien, dauerte mehr als vier Jahre! Doch es ist Zeit, seine Laufbahn und die Entdeckungen, welche diese drey unnachahmlichen Fahrten bezeichnen, dem Auge näher zu rücken.

Der wichtige Zeitpunkt, wo die Venus zum zweytenmal im gegenwärtigen Jahrhundert vor der Sonnenscheibe vorübergehen sollte, gab die Veranlas-

---

4 Monsun ist ein Wind, der in den Indischen Gewässern ein halbes Jahr hindurch beständig herrscht. Im folgenden halben Jahre wehet er aus dem entgegengesetzten Punkt. Ich kann nicht umhin, bey dieser Gelegenheit zu erinnern, daß Carteret, ob er gleich wenig entdeckte, doch unsägliches Elend in einem zu einer solchen Reise ganz untauglichen Schiffe ausgestanden und von Magellans Meerenge bis nach Macassar gegen sechs Monate unterwegs gewesen ist.

sung zu Cooks erster Reise in die Südsee. Von der Beobachtung dieses Phänomens, an entgegengesetzten Enden der Erde, hing die Bestimmung der Sonnenparallaxe, folglich der Entfernung und Größe dieses ungeheuren Weltkörpers selbst, vorzüglich ab. Die gelehrten Gesellschaften wetteiferten bey dieser Gelegenheit miteinander in Anstalten, um den merkwürdigen Augenblick in seinem ganzen Umfange zu benutzen. Die Akademie der Wissenschaften zu Paris sandte daher den Abbé Chappe nach Californien, und die Königliche Societät in London beschloß Herrn Green ins stille Meer zu schicken. Ihr damaliger Präsident, Lord Morton, wußte die Bittschrift der Gesellschaft, und die gute Sache der Sternkunde mit so großem Nachdruck zu unterstützen, daß König Georg der Dritte die Ausrüstung eines kleinen Schiffs zu diesem Vorhaben bewilligte. Cook bestieg dieses Fahrzeug, Endeavour oder das Bestreben, als commandirender Lieutenant. Herr Banks, ein bemittelter Privatmann, und D. Solander, ein gelehrter Schüler des verewigten Linné, begleiteten ihn, als Liebhaber der Botanik und Freunde der Naturkunde überhaupt. Im Jahr 1768, den 26sten August verließen sie die Rheede von Plymouth.

Anstatt, wie Byron, Wallis und Bougainville durch die magellanische Meerenge zu gehen, umschifte Cook das Cap Horn, welches seit Ansons Reise das Schrecken der Seefahrer geblieben war. Es ist bekannt, mit welcher unumschränkten Macht die Vorurtheile den gemeinen Seemann, er sey von welchem Range er wolle, beherrschen. Ein Sturm, der zur Unzeit einen Schiffer auf einer wenig besuchten Fahrt etwas unsanft bewillkommt, kann andern Seefahrern zuweilen auf ein halbes Jahrhundert die Lust zu neuen Versuchen benehmen. So glaubten einst die Portugiesen, man könne oder dürfe das Cap Non in Afrika nicht umschiffen, bis Don Heinrichs Genius diesen Wahn besiegte, und den Weg zur Entdeckung Indiens bahnte. Cook fuhr nicht nur sicher und ohne irgend einen widrigen Zufall, um jene südlichste Spitze von Südamerika; sondern voll des kühnen Forschungsgeistes, der ihn auf der zweyten Reise so oft jenseits der Gränzen des antarktischen Polkreises trieb, näherte er sich zugleich dem furchtbaren Südpol, von dessen völliger Untersuchung ihn aber für diesesmal der Endzweck seiner Reise abhielt. Es kam jetzt alles darauf an, die Insel, welche zur Beobachtung des Durchgangs ausersehen war, zu rechter Zeit zu erreichen. Zufrieden also, gezeigt zu haben, wie leer die Furcht vor jenen antarktischen Wogen und jenen mehr als kimmerischen Finsternissen sey, die Ansons Historiograph so sehr ins Schwarze mahlt, hielt er vor dem Punkt, wo er den sechzigsten Grad der südlichen Breite durchschnitt, einen Lauf, der geradesweges auf sein Ziel gerichtet war. Diese Richtung ist in doppelter Rücksicht merkwürdig. Sie zeichnet sich vor allen früheren Fahrten dadurch aus, daß sie weit von der Amerikanischen Küste ins unerforschte Südmeer geht, und jenen wohlbekannten Weg verläßt, den so viele Seefahrer, die doch auch zu den Entdeckern gezählt seyn wollen, einander blindlings nachgegangen sind. Zugleich aber gebührt ihr das Verdienst, den Ocean auf einem großen Strich, den ihm die Geographen eigenmächtig abgesprochen, und dem Kinde ihrer Phantasie, dem festen Südlande, zuerkannt hatten, wieder in sein altes Recht eingesetzt, und auf ewige Zeiten darin bestätigt zu haben. In der That segelte Cook westwärts hinter der Stelle weg, wo Juan Fernandez und Jacob l'Hermite das feste Land gesehen, und hinter einer andern, wo es Quiros nur gewittert haben wollte.

Zwischen vielen flachen Inseln hin, welche innerhalb des Steinbockskreises liegen und aus Korallenbänken bestehen, gelangte er nach O-Taheiti, der berühmt gewordenen Insel, die Wallis kurz zuvor entdeckt hatte. Der Hauptgegenstand der ganzen Reise, die Beobachtung des merkwürdigen Durchgangs der Venus, und die dazu erforderlichen Vorbereitungen, verzögerten seinen Aufenthalt daselbst. Für die Naturgeschichte und Astronomie war diese Zeit nicht verloren; doch auch selbst die Geographie hatte den Vortheil davon, daß Cook die ganze Insel, die etwa dreyßig Meilen im Umkreise hat, in seinem Boot umschiffte, und sich von ihren Distrikten, ihren Ebenen und Flüssen, ihren umgebenden Riefen und bequemen Ankerplätzen die genaueste Kenntniß verschaffe. Auch die Entdeckung der ganzen nah gelegenen Gruppe der Societätsinseln war eine Frucht von dem freundschaftlichen Verkehr mit den Einwohnern von Taheiti, und insbesondere von dem Entschlusse des Tupaia, eines angesehenen Mannes aus jener Weltgegend, mit Cook zu Schiffe zu gehen. Außer den bereits entdeckten Inseln Taheiti, Mäatea, und Tabuamanu lernte man nun auch Huaheine, O-Raietea, O-Tahah, Bolabola und Maurua kennen.

Der Entdecker eilte nunmehr, seinen Verhaltungsbefehlen gemäß, gegen Süden, um das hochgepriesene Südland aufzusuchen, welches in dieser Gegend, der Mitte des großen Weltmeeres, nicht weit vom Wendekreise liegen sollte. Allein er setzte seinen Lauf bis zum vierzigsten Grad der Breite in gerader Linie ungehindert fort, ohne nur eine Spur von nahem Lande wahrzunehmen. Weiter in den Ocean vorzudringen, verwehrte ihm diesmal die Schwäche seines Schiffes. Er wandte sich also westwärts, und suchte die Küsten von Neuseeland auf, die seit ihres ersten Entdeckers, Tasmans, Zeiten nicht wieder besucht worden waren. Man wußte von diesem Lande überhaupt wenig mehr, als daß es vorhanden sey, und streitbare Einwohner habe; denn Tasmans kurzer Aufenthalt hatte ihm nicht erlaubt, genauere Nachrichten einzuziehen, und richtige Charten, die künftigen Seefahrern zu Wegweisern hätten dienen können, zu entwerfen. Cook entdeckte das Land am 6ten Oktober 1769, von der Ostseite her, umschiffte es ganz, und verließ es endlich am 31sten März des folgenden Jahres. Man hatte es bisher für einen Theil des festen Südlandes gehalten; Cook fand aber, daß es zwey Inseln von ansehnlicher Größe wären, im ein und vierzigsten Grad der Breite durch eine Meerenge getrennt, die zum Gedächtniß des Entdeckers Cooksstraße heißt. Von diesem Punkt aus, erstreckt sich die südliche Insel südwestwärts bis gegen den acht und vierzigsten, und die nördliche nordwestwärts bis zum vier und dreyßigsten Grad der Breite. Ihre Seeküsten, welche Cook in Zeit von sechs Monaten mit unermüdetem Eifer untersuchte, können leicht achthundert Seemeilen betragen, und ihr Flächeninhalt dürfte dem von England nicht viel nachstehen. Die Anzahl der bequemen und sichern Häfen, der Inselchen und Klippen, welche um die beyden großen Inseln hergestreuet liegen, muß jeden Sachkundigen, der ihre Entdeckung und genaue Bestimmung, als das Werk eines einzigen Mannes in einem so kurzen Zeitraum, betrachtet mit Erstaunen und Ehrfurcht erfüllen. Wenn man aber die bescheidene Erzählung dieser Thaten in Cooks einfacher Sprache liest, wenn man erfährt, mit welchen unvermeidlichen Gefahren, der kühne Argonaute, der sein Werk nicht unvollendet lassen will, in jenen stürmischen und unbekannten Meeren zu kämpfen hat; wie ihm dort eine verborgene Klippe, auf die sein Schiff ganz unversehens stößt, den Untergang droht; wie mitten im Sommer im fünf und dreyßigsten Grad der Breite, der stärkste Sturm, den er bis dahin noch erlebt, drey Wochen lang wüthet; wie eine wirbelnde Fluth, ihn unaufhaltsam gegen einen steilen Felsen schleudert, und nur ein Ankerwurf in die ungeheure Tiefe von fünf und siebenzig Faden ihn noch rettet; wie endlich am südlichsten Ende des Landes, sechs volle Meilen weit von der Küste, eine Felsenbank[5], gleichsam zur Falle aufgestellt ist, und dem unbesorgten Seemann in der Nacht auflauert: – wenn man diese schnell aufeinander folgenden Begebenheiten aufmerksam erwägt, so wird man auch empfinden müssen, um welchen Preis sich Cook einen Namen im Tempel des Ruhms erkauft hat. Mehr als einmal befand er sich nebst seinen Reisegefährten in augenscheinlicher Lebensgefahr, indem er auch am Lande selbst seine Untersuchungen fortsetzte; ein unerklärliches Etwas, welches man dem Ungefähr oder einem Deus ex machina zuschreibt, wenn man die Verkettung der Ursachen und Wirkungen vergißt, rettete ihn oft aus den Händen der barbarischen Einwohner. Demungeachtet gelang es ihm, die Produkte dieser merkwürdigen Inseln, und selbst das wilde Volk, das hier vom Fischfang lebt, genau zu erforschen. Seine Nachrichten beweisen zur Genüge, daß zumal die nördliche Insel, wegen ihrer vortreflichen Häfen, ihrer Anhöhen, Thäler und wohlbewässerten Ebenen, ihres gemäßigten Himmelsstrichs, ihrer herrlichen Wälder vom besten Bau- und Nutzholz, ihrer dauerhaften Flachspflanze und ihrer fischreichen Gestade, dereinst für unternehmende Europäer eine höchst wichtige Entdeckung werden kann. In dem leichten, fruchtbaren Boden jenes Landes würden alle Arten von Europäischem Getraide, von Pflanzen und Früchten gedeihen, und den Ansiedler mit den Nothwendigkeiten des Lebens, bald aber auch mit allem was zum Überfluß gehört, versehen. Ein Sommer, wie in England, dessen Hitze nie beschwerlich fällt, und ein Winter, wie in Spaniens gemäßigten Provinzen, der eigentlich kein Winter ist, machen das dortige Klima zum angenehmsten Aufenthalt. Für den weit um sich greifenden Handel, der getrennte Welttheile verbindet, kann keine Lage vortheilhafter seyn als diese, welche zwischen Afrika, Indien und Amerika die Mitte hält. Man denke sich in Neuseeland einen Staat mit Englands glücklicher Verfassung, und es wird die Königinn der südlichen Welt.

Der März war schon verflossen, der Winter des antarktischen Himmels nahte mit seinen Stürmen heran, und noch berathschlagte man, ob der Rückweg nach England über Ostindien, oder durch das große Südmeer, und um Cap Horn gehen sollte? Cooks Wünsche neigten sich auf diese letzte Seite; allein sein gebrechliches Fahrzeug gab zum zweytenmale den Ausschlag wider ihn, und sein Verlangen, jezt ein für allemal die Frage vom Daseyn

---

5 The Traps.

eines Südlandes zu entscheiden, mußte der Vorsorge für die Sicherheit und Erhaltung der ihm anvertrauten Mannschaft weichen. Vielleicht – so kurzsichtig sind der Menschen Entwürfe! – vielleicht wäre indessen die Fahrt durch das Südmeer mit Hülfe günstiger Westwinde kürzer und sicherer gewesen, als die andre, die man an ihrer Stelle wählte; vielleicht hätte Cook alsdann alle seine Reisegefährten gesund nach Europa zurückgebracht, anstatt daß auf dem Wege, der ihnen weniger gefährlich schien, die verpestete Luft von Batavia den vierten Theil der ganzen Reisegesellschaft hinwegraffte! Allein der unermüdete Seemann sollte noch die ganze Ostküste von Neuholland entdecken. Dieses Land, welches man entweder die größte Insel, oder ein drittes Continent nennen kann, ward an der Westseite zuerst im Jahr 1616 entdeckt. Von dieser Zeit an befuhr man nach und nach immer mehr davon, bis Tasman, wie ich schon vorhin erwähnte, die südliche Spitze im Jahr 1642 zu sehen bekam. Indeß verursachte die niedrige Lage jener Küste, daß man sich ihr nicht dreist zu nahen wagte, und daß also blos ihr ungefährer Umriß bekannt werden konnte. Die Seite gegen das stille Meer oder gegen Morgen hin, hatte noch kein Seefahrer berührt, als Cook sie auf einer Strecke von sechshundert Seemeilen befuhr. Sie ist höher als die andere, aber eben so von Untiefen und Klippen, dem bewundernswürdigen Bau gewisser polypenartigen Thierchen, umringt. Ihre kalkigten Wurmgehäuse wachsen am unergründlichen Boden des Meeres fest, und werden, so wie das Thier in den untersten Stämmen abstirbt, zu wahren Felsenmauren von Korall, welche oberwärts immer neue Äste treiben, und sich zuletzt, je näher sie der Oberfläche des Meeres kommen, nach allen Richtungen ausbreiten. Solche Korallenmauern sind es, an denen die hohe Woge des vom beständigen Ost-Passatwind erregten Meeres sich schäumend brandet, und die der Seemann *Riefe* nennt. Oft erstrecken sie sich rund um Inseln her; oft ziehen sie sich mehrere hundert Meilen, wie hier bey Neuholland, in paralleler Richtung mit den Küsten; oft stehen auch mehrere dergleichen Riefe hintereinander. Zwischen ihnen und dem Lande ist ein ruhiges Meer; denn die hereinrollende See bricht sich an der Schutzmauer, die ein Wurm ihrem Ungestüm entgegen zu setzen vermochte, und fließt entkräftet über sie hin, oder kömmt durch enge Brüche und Öfnungen hinein, welche zugleich den Schiffen zur Ein- und Ausfahrt dienen. Allein in diesem gleichsam abgedämmten Zwischenraume häuft sich der Sand, den die Fluth zwar hinein, doch nicht die Ebbe wieder hinweg spülen kann, zu großen Sandbänken und Untiefen, welche der Schiffarth neue Hindernisse und Gefahren bereiten. Kommt nun noch der Umstand dazu, daß anstatt eines zusammenhängenden Riefs nur eine Menge kleiner zerstreuter Wurmrepubliken ihren Zellenbau führen, wovon der eine mehr, der andere weniger gediehen ist; so geht das Schreckliche einer solchen Meeresgegend über alle Beschreibung. Die Wachsamkeit des Seemannes vermag fast nichts gegen jene plötzlichen Abwechselungen der Tiefe, die er zitternd durch das Senkbley erfährt. Bald ergründet er sie nicht mit mehr als hundert Klaftern; bald schwebt er über Korallenzinken hin, die wie Thürme und Ruinen ihre schroffen Spitzen in die Höhe strecken, und beynahe den Boden seines Schifs berühren. Mit Angst und Entsetzen sucht er einen Ausweg, durch den er wieder in die offene See gelangen, und sich von furchtbaren Syrten entfernen könne, wo ihn der Tod in tausend Gestalten umringt. Nicht also Cook, der Entdecker! Fünf Monate lang blieb er an dieser Küste, folgte allen ihren Krümmungen, nahm ihre Häfen und Bayen auf, bestimmte die Lage vieler hundert Untiefen und Klippen, und verließ sie nicht eher, als bis er sie vom acht und dreyßigsten bis zum zehnten Grade südlicher Breite durchaus entdeckt, und endlich zwischen ihrer Nordspitze und den Inseln von Neuguinea die Durchfahrt gefunden hatte, welche von seinem Schiffe, den Namen Endeavourstraße erhielt. Fast sollte man auf den Gedanken gerathen, daß auch der verwegenste Schwung einer romanhaften Einbildungskraft noch nicht an die wirklichen Thaten reicht, die hier dem hartnäckigen Ausharren, der unerreichbaren Kunst, und vor allem, dem innern edlen Antrieb einer brennenden Ruhmbegierde möglich waren. Man muß die Geschichte dieser Fahrt selbst lesen, wenn man sich von den Schwierigkeiten, die Cook hier überwand, den Gefahren die ihm drohten, und dem standhaften Muth, womit er sich, das Senkbley in der Hand, zwischen den Felsenwänden und Ketten und Klippen durchtastete, einen vollständigen Begrif machen will. Alle seine Behutsamkeit konnte es jedoch nicht verhindern, daß sein Schiff auf einen verborgenen Felsen stieß, wo es vier und zwanzig Stunden lang hangen blieb, indessen jedermann dem schrecklichen Augenblick seines Untergangs entgegen sah. Nur die glücklichen Umstände, daß der gewöhnliche Seewind still war und keine hohen Wellen erregte, daß ein Stück des Felsens in dem Schiffe stecken blieb, und die Wunde die er ihm gerissen hatte, beynahe ganz ausfüllte, daß einem Officier ein sonderbares Mittel den Leck zu verstopfen gelang, und endlich, daß sich ein zur Ausbesserung bequemer Hafen in der Nähe fand, bewirkten diesmal eine unerwartete Rettung.

Cook und seine gelehrten Mitreisenden benutzten den Aufenthalt in Neuholland, um dessen Naturprodukte und andere Merkwürdigkeiten, von denen man bis dahin wenig wußte, genau zu erforschen. An einem Orte, den man zum Andenken Botany-Bay genennet hat, erhielt die Kräuterkunde einen Zuwachs von beynahe vierhundert neuen Arten. Das Innere dieses Landes verspricht noch eine reichere Erndte von unbekannten Gegenständen, da theils die Lage und das Klima, theils die ansehnliche Größe desselben diese Erwartung begünstigen[6]. Doch wir kehren zu den für die Geographie errungenen Vortheilen zurück, welche hier eigentlich in Betracht kommen müssen. Diese Ostseite von Neuholland, mit den vorhin beschifften neuseeländischen Gestaden zusammengerechnet, würde in der That, wenn man sie sich in einem fortlaufend gedächte, eine weit längere Küste bilden, als die, welche Amerigo Vespucci zwar befahren, aber bey weitem nicht untersucht, vielweniger in Charten genau entworfen hat. Gleichwohl war dies der einzige Grund, der die Benennung der neuen Welt nach diesem flüchtigen Entdecker noch einigermaßen rechtfertigen konnte. Aber Columbus und Cook sind Namen, die auch ohne einen solchen Tribut, (welcher doch nur ihnen gebührte,) der Vergänglichkeit trotzen. Mit dem Bewußtseyn, mehr geleistet zu haben, als je die Pflicht auferlegen kann, mit diesem unverwelklichen Lohne, der die Flamme des Genius nährt, verließ nunmehr unser großer Seemann den Schauplatz seiner Entdeckungen, und ging, über Batavia und das Vorgebirge der guten Hofnung, nach England zurück.

Cook wurde bald nach seiner Rückkunft zur Führung einer zweyten Entdeckungsreise ernannt. Hatte ein Phänomen des Himmels seine erste Ausrüstung veranlaßt, so war es nunmehr der glückliche Erfolg, womit er sich seines vorigen Auftrags entledigt hatte, der selbst bey seinen Obern einen Grad von Enthusiasmus für die Erweiterung der Erfahrungswissenschaften erweckte. So umstrahlt der Glanz des wahren Verdienstes auch den, der es zu ehren weiß; so darf ein ganzes Volk auf seine grossen Männer stolz seyn, daß es sie ihrer würdig beschäftigt.

---

6 S. Neuholland und die Brittische Colonie in Botany-Bay.

Nach einem Zwischenraum von wenig mehr als einem Jahre ging Cook am 13ten Julius 1772 mit zwey Schiffen wieder in See, und ward von Sternkundigen, Naturforschern und Zeichnern begleitet, die man auf öffentliche Kosten unterhielt. Dadurch ward auch meinem Vater und mir das Glück zu Theil, die Welt von Westen nach Osten zu umschiffen. An dem Plan zu dieser Reise hatte Cook selbst, der dabey zu Rathe gezogen ward, unstreitig den wichtigsten Antheil. Alle seine bisherigen Entdeckungen hatten den Glauben an ein festes Südland bey spekulativen Geographen noch nicht wankend gemacht. Der feste Punkt von dem sie ausgiengen, war jenes nothwendige Gleichgewicht zwischen der nördlichen und südlichen Hälfte der Erdkugel, welches sie als eine ewige Wahrheit vorauszusetzen beliebten. Dies erforderte nun durchaus ein großes Land im Süden, um, ich weiß nicht welch ein Überschlagen unseres Planeten zu verhüten, wovon sie selbst wohl keine deutlichen Begriffe hatten. Was half es also Cook, daß er Neuseeland umschifft, und des Lootsen Juan Fernandez vorgebliche Entdeckung abgeschnitten hatte, daß er auf vierzig Grade südlicher Breite mitten ins Südmeer vorgedrungen war; wenn jenseits seiner Bahnen noch ein beträchtlicher Strich des Oceans unbefahren blieb, wohin der Glaube flüchten konnte? Er hatte zwar einen grossen Sieg für die Wahrheit errungen; allein um die Unwissenheit und die Unvernunft ganz aus dem Felde zu schlagen, mußte er noch einmal das Ruder ergreifen. Er that es; und wählte sich einen kühnen Weg um den Südpol, der auch die letzte Spur jener erdichteten Länder vertilgte. Drey Sommer nach einander brachte er mit dieser Umschiffung größtentheils jenseits des sechzigsten Grades der Breite, und mehrmals innerhalb des südlichen Polkreises zu. Die dazwischen fallenden Winterzeiten, wo eine sechsmonatliche Nacht nebst der Kälte und den Stürmen jenes unfreundlichen Meeres die fernere Entdeckungsfahrt unterbrachen, wußte er auf eine doppelte Art, zur Erholung seiner Mannschaft, und zur ferneren Berichtigung aller innerhalb des Steinbockskreises liegenden Inselgruppen zu benutzen. Auf einer viermonatlichen Fahrt vom Vorgebirge der guten Hofnung nach Neuseeland, ging er zuerst über den Polkreis, dann hinab in den südlichen Theil des indischen Meeres bis zum acht und vierzigsten Grade südlicher Breite, und blieb endlich wieder auf einer Strecke von sechshundert Seemeilen in der Nähe des sechzigsten Grades. In Neuseeland vereinigte sich mit der Resolution, dem Schiffe welches Cook selbst führte, die Adventure, die sich in einem dreytägigen Nebel von ihm verloren hatte. Ihr Befehlshaber, Furneaux, hatte die Zeit der Trennung benutzt, um Van Diemens Land zu besuchen und dessen Zusammenhang mit der Ostküste Neuhollands außer Zweifel zu setzen. Nach dieser Vereinigung begab sich Cook zu seinen Freunden, den gutmüthigen Bewohnern der Societätsinseln, und eilte dann fünfhundert Seemeilen weiter nach Westen, um die Lage der Inseln Amsterdam und Middelburg, die Tasman als er von Neuseeland kam, entdeckt hatte, genau zu bestimmen. Schon auf dem Hinwege nach O-Taheiti hielt er seinen Lauf zwischen vierzig und funfzig Graden der Breite bis in die Mitte des Südmeers, ohne es sich anfechten zu lassen, daß damals der Winter in jener Halbkugel herrschte. Er gewann dadurch einen ansehnlichen Theil des für den künftigen Sommer aufgehobenen Schauplatzes seiner Untersuchungen, und konnte nun, nachdem er von Amsterdameiland nach Neuseeland zurückgegangen war, seinen Weg sogleich viel südlicher nehmen. Demungeachtet blieb die Ausdehnung des noch unberührten südlichen Eismeeres fürwahr ungeheuer, und würde jeden andern als Cook zurückgeschreckt haben. Ein Sturm hatte die Adventure zum zweytenmal von ihm verschlagen, und er sah sich genöthigt, mit seinem einzelnen Schiffe den Gefahren zweyer kommenden Jahre entgegenzugehen. Mit welchem Ungemach der Seefahrer in jenen hohen südlichen Breiten zu kämpfen habe, wie ungestüm die See, wie trübe und kalt die Luft, wie zahlreich und gefährlich die schwimmenden Eisberge und festen Eisfelder dort wären, dies alles hatte seine erste Fahrt vom Cap ihn schon gelehrt. Doch eben die Erfahrung von *überstandenen* Mühseeligkeiten, war für ihn ein Antrieb mehr, die Vollendung eines Reiseplans zu wagen, der beynahe zur Hälfte schon gelungen war. Über Londons Antipoden hinaus, ging also die zweyte Sommerfahrt dem Südpol entgegen; allein um keine beträchtliche Meeres-Gegend unerforscht zu lassen, machte Cook, nachdem er mehr als fünfhundert Seemeilen in der Nähe des antarktischen Kreises fortgesegelt war, eine bogenförmige Excursion gegen Norden, bis zum funfzigsten Grade südlicher Breite, und kehrte erst alsdann zur Untersuchung des Süden mit dem festen Entschlusse zurück, nun noch zum letztenmal so weit als möglich vorzudringen. Das Eis, welches bisher seinem unbezwingbaren Forschungsgeiste, bald im fünf und funfzigsten, bald im vier und sechzigsten, bald erst im sieben und sechzigsten Grade der Breite eine Mauer entgegengestellt hatte, schien diesesmal den Vorsatz des Entdeckers weit mehr zu begünstigen. Er erreichte den zwey und sechzigsten Grad ohne eine Eisscholle anzutreffen, und überschritt den siebzigsten ohne ein Hinderniß vor sich zu sehen. Schon schmeichelte man sich mit der Hofnung eben so weit gegen Süden zu kommen, wie andre Seefahrer gegen Norden, als endlich am 30 Januar 1774, ein Eisfeld von unabsehlicher Grösse dieser südlichen Fahrt in der Breite von 71 Graden 10 Minuten das Ziel steckte.

Ich werfe hier einen Blick auf die Länge des zurückgelegten Weges und erstaune selbst über eine Reise, die ich mit gemacht habe, die mir aber nach dreyzehn Jahren, wie eine Traumbegebenheit, wunderbar vorkommt. Ohne die vielen Abweichungen von der geraden Route, oder auch den Weg von Neuseeland nach O-Taheiti und wieder zurück, der allein mehr als drittehalbtausend Seemeilen beträgt, in Anschlag zu bringen, hatten wir bisher in achtzehn Monaten mehr als zwey Drittel von der ganzen Erde umschifft, und fast überall bis zum sechzigsten Grade, ja oft weit jenseits desselben, vergebens das Südland gesucht. Es ist wahr, der Mangel des Landes trug zur Beschleunigung unserer Fahrt nicht wenig bey; allein es gehörte wahrlich Cooks ganze Festigkeit des Charakters dazu, um sie unter den Umständen, worin wir uns befanden, so sehr in die Länge zu ziehen. Denn zu geschweigen, daß die Schiffahrt in hohen Breiten, selbst der nördlichen Halbkugel, wegen der veränderlichen und ungestümen Winde an sich schon höchst beschwerlich ist, so ward hier die Gefahr noch durch eine Menge zusammentreffender Schwierigkeiten vermehrt. Insgemein wechselten Nebel und Stürme mit einander ab; oft stürmte es auch sogar bey finsterm Nebelwetter; oft sahen wir die Sonne zu vierzehn Tagen und drey Wochen nicht. Umringt von unzähligen Eismassen, die wie schwimmende Inseln aus dem Meer hervorragten, und nur desto gefährlicher waren, weil sie ihre Stelle verändern konnten, sahen wir sie oft nicht eher, als bis es fast zu spät war, das Schiff umzulenken; und wie viel Mal mögen wir nicht, ohne es zu wissen, in der Dunkelheit dem Untergange nur eben entronnen seyn! Wie oft haben wir nicht neben uns das Brausen der Woge, die sich an Eisfelsen brach, mit Schrecken gehört, ohne mit dem Auge den nahen Gegenstand unserer Besorgnisse erreichen zu können! Es war der Sommer, den wir in dieser beeisten Weltgegend verlebten; aber ein Sommer, wo es als eine Seltenheit angezeichnet ward, wenn das Thermometer einen Grad über dem Gefrierpunkte stand! Bey weitem die längste Zeit blieb es unter diesem Punkte; das Tau- und Takelwerk des Schiffs war mit Eiszapfen behangen, mit Rinden von Eis überzogen; Schnee und Schlossen und Hagelwetter wechselten mit kalten Regenschauern ab. Diese Witterung, die das Schiff in seinen Segeln und Stricken so heftig angriff, daß sie vor der Zeit morsch wurden und zerrissen, äußerte auch bey der unabläßigen Anstrengung, und einer viermonatlichen Schiffskost von veraltetem Pöckelfleisch und schimmlichten Zwieback, seine nachtheilige Wirkung auf die sonst eiserne Gesundheit der Mannschaft. Cook hatte zwar das Glück, durch sorgfältige Anwendung der bewährtesten Vorkehrungsmittel den Ausbruch des Scharbocks unter seinen Leuten zu verhüten; allein Entkräftung war bey einem so langwierigen Mangel an allen Erfrischungen unvermeidlich. Er selbst, von Jugend auf zu dieser harten Lebensart gewöhnt, und in dem Vorsatz unerschütterlich, als Anführer einer Entdeckungsreise durch sein Beyspiel auch im Genuß ihrer Speisen den Muth und Eifer seines Volks aufrecht zu halten, erlag endlich unter dem so vielfältig auf ihn losstürmenden Ungemach. Als auf unserer Rückkehr von jenem südlichsten Punkte unserer Laufbahn die Kälte den völligen Ausbruch des Gallenfiebers nicht länger zurückhielt, sahen wir schon den Augenblick, wo alle Hofnung, ein so theures Leben zu retten, verschwand. Allein bis der Entdecker alle Lücken der Erdkunde ausgefüllt haben würde, gab ihn sein Genius nicht zum Opfer hin.

Von dem Orte, wo Cook das Eis zum letztenmal verließ, bis zu den Marquiseninseln des Mendanna, beträgt die Entfernung ein und sechzig Grade der Breite. Des Umwegs ungeachtet, den er über Roggeweins dürre Osterinsel nahm, legte er diesen Weg von mehr als anderthalbtausend Seemeilen in zwey Monaten zurück, und befand sich dadurch plötzlich aus einem Extrem ins andere, von antarktischer Kälte in die stärkste Hitze versetzt. Der Einfluß der erquickenden Landluft, die Früchte und Wurzeln des heissen Erdstrichs, und das frische Fleisch welches er hier und auf einem zweyten Besuch in O-Taheiti von den Einwohnern erhandelte, waren mehr als hinreichend, ihm und uns allen neue Kräfte und unternehmenden Eifer zu schenken. Da Neuseeland im vorigen Jahre sein erster Erfrischungsplatz gewesen war, so hatte er zum Aufenthalt im heissen Erdgürtel nur einen kurzen Zeitraum erübrigt. Jezt, da er seinen Untersuchungen sechs volle Monate widmen konnte, beschloß er die ganze Breite des stillen Meeres nach Westen hin noch einmal zu durchschiffen. Von den Inseln, die Tasman gesehen hatte, ward nunmehr zuerst Rotterdam besucht, und ihr zweyter Entdecker gab der ganzen Gruppe den Namen der Freundschaftlichen Inseln, den ihre Bewohner an uns so wohl verdienten. Ich übergehe die einzelnen Inseln, die er auf der Fahrt von den Societätsinseln dorthin, und weiter jenseits entdeckte. Noch lag unerforscht in Westen ein Land welches Quiros dem heiligen Geiste zugeeignet hatte. Auch Bougainville war unverhofft darauf zugekommen, doch nicht um es genauer zu erforschen, sondern um ihm einen neuen Namen zu geben. Cook steuerte von den Freundschaftlichen Inseln hin, und entdeckte daselbst einen Archipelagus von mehr als zwanzig großen und kleinen fruchtbaren Inseln, die zwischen dem vierzehnten und zwanzigsten Grade der Breite liegen. Er umschiffte sie alle, nahm ihre Häfen und ihre ganze Lage mit der ihm eigenen Genauigkeit auf, und erwarb sich dadurch das Recht, sie unter der Benennung der neuen Hebriden bekannt zu machen. Kaum hatte er sie verlassen, so gerieth er am 4ten September an eine ganz neue, und nie zuvor gesehene Insel von beträchtlichem Umfang, die den Namen Neucaledonien erhielt. Sie erstreckt sich zwischen dem zwanzigsten und drey und zwanzigsten Grade der Breite ungefähr siebzig bis achtzig Seemeilen von Nordwesten nach Südosten, als ein langer schmaler Streifen Landes, das in seiner Gebirgsart und Produkten mit Neuholland viel ähnliches haben soll. Von dieser Entdeckung eilte Cook, nachdem er noch ein kleines Eiland auf seinem Wege gefunden hatte, zum drittenmale nach Neuseeland, dem Entstehungspunkte seiner südlichen Expeditionen, zurück. Drey Wochen waren ihm eine hinreichende Erholungszeit, in welcher das Schiff zum harten Kampfe mit den Elementen von neuem in Stand gesetzt, und die Mannschaft mit Fischen und blutreinigenden Kräutern reichlich erquickt werden konnte. In Zeit von fünf Wochen trugen uns die westlichen Stürme mit unglaublicher Schnelligkeit funfzehnhundert Seemeilen weit über die ganze Breite des Südmeeres, an die Küsten des Feuerlandes in Amerika; und so vollendete Cook die Untersuchung jenes großen vor ihm noch unbekannten Oceans, durch eine neue Fahrt, die zwischen seinen vorigen gleichsam die Mitte hielt. Zum zweytenmal in seinem Leben umschiffte er dann das Vorgebirge Horn, diesmal von Westen nach Osten, und in so geringer Entfernung, daß seine Lage nun endlich genau bestimmt werden konnte. Die von La Roche und Düclos Güyot berührte Insel, entdeckte auch Cook zum drittenmal, und nannte sie Georgien. Auf ihren Gebirgen, und bis in ihre Thäler hinab liegt das ganze Jahr hindurch ewiges Eis. Als er von hier aus den letzten Versuch machen wollte, sich dem Südpol zu nähern, hemmten Eisfelder bereits im sechzigsten Grade seinen Lauf; doch fand er auf dem Rückwege noch eine beeiste hohe Gebirgsmasse, das Sandwichsland, womit er die lange Reihe seiner Entdeckungen für diesesmal beschloß, und über die Meeresgegend, wo Bouvet eine Wolke oder einen Eisberg für Land angesehen hatte, nach dem Vorgebürge der guten Hofnung zurückkehrte. Zwey Jahre und vier Monate waren verflossen, seit er den dortigen Hafen verließ; und in diesem ganzen Zwischenraume hatte er keine einzige Besitzung der Europäischen Nationen berührt. Rechnet man aber die einzelnen Tage zusammen, die er vor Anker zugebracht, so füllen sie kaum den vierten Theil dieser Periode aus; mehr als zwanzig Monate hatten wir also in unbekannten Meeren, ohne Land zu sehen, umhergekreutzt. Doch das größte Wunder dieser Reise bleibt noch zu erwähnen übrig. Am dreyßigsten Julius 1775 brachte Cook sein Schiff nach England zurück, und von einhundert neunzehn Personen, die seiner Führung und väterlichen Vorsorge genossen, hatte er trotz aller überstandenen Gefahren und Mühseligkeiten, nur drey durch Zufall, und nur Einen durch Krankheit verloren.

Wenn es noch nöthig seyn sollte, ein Wort zum Zeugniß für unsern großen Seemann herzusetzen, so sey es dies, daß seit dieser Reise ganz Europa den Namen Cook mit Ehrfurcht und Bewunderung nennt. Der Rang eines wirklichen Capitains in der Königlichen Flotte, und eine ehrenvolle Stelle beym Hospital zu Greenwich, waren Belohnungen, womit sein Vaterland ihm gleichsam schon entgegen kam. Nach zweymaliger Umschiffung der Erde, nach der Entdeckung und Bestimmung der Lage so vieler neuen Länder, nach einer beyspiellosen Fahrt durch die beeisten Meere des Südpols, deren Kühnheit und Größe ein allgemeines Erstaunen erregt, nach dem siegreichen Beweise vom Nichtseyn eines festen Südlandes, nach so vielen anderen wichtigen Zügen, wovon ein jeder einzeln das Siegel des wahren Verdienstes trägt, konnte Cook nunmehr mit vollem Rechte seines theuer erkauften Ruhmes genießen, und auf seinen Lorbeern ruhen.

Allein seine Thaten hatten das Feuer des Entdeckungsgeistes im Busen der Engländer wieder angezündet, und es brannte bey seiner zweyten Zurückkunft nur noch heller auf. Noch war ein großer Theil des Norden unbekannt; derselbe Theil, wo von jeher der Brittische Kaufmann sich einen kürzeren Weg nach Japan, China und Ostindien gedacht, wo Cabot, Frobischer, Davis, Hudson, Baffin, James, Fox und viele andere ihn wirklich suchten und zu finden holten. Zwar hatten Christopher und Norton, die in den Jahren 1761 und 1762 zur See die Chesterfields-Bucht untersuchten, und Hearne, der zu Fuß, 1770 bis 1772, vom Churchill-Fluß in nordwestlicher Richtung bis zum zwey und siebenzigsten Grad nördlicher Breite, und an die Küste des großen nordischen Eismeeres gekommen war[7], schon vollkommen bewiesen, daß durch die Hudsons- und die Baffinsbay die nordwestliche Durchfahrt

---

7 Schon Middeltons Reise im Jahr 1741 hatte es sehr unwahrscheinlich gemacht, daß Hudsonsbay eine Durchfahrt enthalte, und Moor und Smith, die 1746 ihm folgten, bestätigten gleichsam seine Meynung. Indeß schickte doch die Hudsonsbay-Compagnie selbst, im Jahr 1761 den Capitain Christopher in der Schaluppe Churchill, aus, und gesellte ihm im folgenden Jahre noch Herrn Norton in einem Cutter, oder kleinen Fahrzeuge bey. Sie besuchten blos die Buchten, von denen man noch allenfalls etwas vermuthen konnte, weil sie nicht ganz erforscht worden waren. Zuerst die Chesterfieldsbucht (inlet), welche sich in einen See von frischem Wasser endigt, der ungefähr ein und zwanzig Seemeilen lang, und zwischen fünf und zehn Seemeilen breit ist, und gegen Westen hin ein Flüßchen aufnimmt, das etwas weiter landeinwärts, in drey Fällen übereinander, herabstürzt, jenseits welchen es auch für einen Kahn nicht tief genug ist. Dann auch Pistolbay, wo neuere Schriftsteller noch eine Durchfahrt vermutheten, die aber nur drey oder vier Englische Meilen landeinwärts geht.

Die Reise des Herrn Hearne zu Fuß, ist ungleich merkwürdiger. Schon Dobbs sprach viel von einem Copper-mine River, (Kupferbergwerksfluß), welcher sich, laut der Aussage der eingebohrnen Amerikaner, ins Meer ergießen sollte. Er hielt es für ausgemacht, daß dieses Meer nichts anders als die nordwestliche Durchfahrt seyn könne, und baute viel darauf. Im Jahr 1770 ließ endlich die Hudsonsbay-Compagnie untersuchen, was an der Sache wäre, und trug die Ausführung ihrem Gouverneur im Fort Prince of Wales auf, welches in 58° 50' N. Br. am Churchill-Flusse liegt. Die Wahl fiel auf einen jungen Mann, Namens Hearne, der damals in Diensten der Compagnie stand, ehedem aber Officier auf der Flotte gewesen war, und sowohl Breite als Länge beobachten, und Charten aufnehmen konnte. Am 7. December 1770 reisete er von dem obbenannten Posten ab, und hielt sich meistens immer nordwestwärts, bis er im Junius 1771 einen Ort erreichte, der Conge-catha-wha-Chaga (etwa Condschi-catha-wha-Tschaga auszusprechen?) heißt. Hier sagt er, hatte er zwey gute Beobachtungen, beydes vermittelst der Mittagshöhe und correspondirender Sonnenhöhen, wodurch er die Breite auf 68° 46' bestimmen konnte. Nach seiner Rechnung war er bereits 24° 2' in Länge nach Westen vom Churchill-Flusse gereiset. Am 2ten Junius verließ er diesen Ort, und reisete noch immer nordwärts, etwas westlich, bis er am 13. den Copper-mine River fand, der aber nicht, wie man vermuthet hatte, schiffbar

schlechterdings unmöglich sey. Zwar hatte Phipps (jeziger Lord Mulgrave) im Jahr 1773 umsonst versucht, bey Spitzbergen weiter als zum ein und achtzigsten Grade der Breite gegen den Nordpol zu dringen. Aber von Cook war

---

ist, sondern kaum ein Kanot tragen kann, und überall mit Wasserfällen, Sandbänken und Steinhaufen gleichsam abgedämmt ist. Ohnweit der Mündung dieses Flusses machten seine Begleiter, die Nordischen Indianer, einund zwanzig Esquimaux nieder, die sie in ihren Hütten überfallen hatten, um sie auszuplündern, und insbesondere, das Kupfer was sie bey sich hatten, mitzunehmen. Acht Englische Meilen weit vor sich erblickte er am 17ten um 5 Uhr Morgens die See gegen Norden; und der Fluß so seicht wie oben, floß über eine dürre Fläche, welche die Küste bildete. Es war Ebbe, die, nach dem Eise zu urtheilen, an dessen Rändern er Merkmale wahrnahm, etwa zwölf bis vierzehn Fuß fallen mochte. Die Fluth konnte nur eben die Mündung des Flusses erreichen, folglich war das Wasser in demselben nicht im mindesten gesalzen. Übrigens bewies die Menge von Wallfischknochen und Seehundsfellen bey den Gezeiten der Esquimaux, so wie die Robben selbst, die in großer Anzahl auf dem Eise lagen, daß man hier wirklich am Meere sey. Das Meer hatte, so weit man mit Ferngläsern sehen konnte, viele Inseln und Untiefen, und das Eis war nur drey Viertel Englische Meilen vom Ufer und rund um die Inseln und Sandbänke aufgethaut. Es war 1 Uhr Morgens am 18ten Junius, als Herr Hearne mit diesen Beobachtungen fertig wurde, (man weiß, daß die Sonne in hohen Breiten um diese Jahrszeit, immer ziemlich lange über dem Horizonte steht.) Jezt kam ein Nebelwetter mit feinem Regen, und Herr Hearne trat die Rückreise an, ohne auf gutes Wetter zur Beobachtung der Breite zu warten, indem er sich auf die Beobachtungen in Conge catha-wha-Chaga, und die seitdem zurückgelegte Länge und Richtung des Weges verlassen konnte, und gewiß war, daß die Breite von 72° die seine Charte angiebt, nicht mehr als höchstens ein Drittel eines Grads unrichtig seyn könne. Nach dieser Charte, welche auch bey der zu Cooks letzter Reise entworfenen Generalcharte benutzt worden ist, wo man Hearnes Reiseroute nachsehen kann, liegt die Mündung des Coppermine-Flusses 25° der Länge westlich von dem Posten der Compagnie, von dem er zuerst abgereiset war, und wohin er erst am 30sten Junius 1772 zurückkam. Die Hudsonsbay-Compagnie hat ihn seitdem zum Gouverneur des Fort Prince of Wales ernannt, um ihm für die unsägliche Mühe und das Elend, welches er auf dieser neunzehn Monat langen Reise ausgestanden hat, eine Belohnung zu geben. Sein Tagebuch wünschte man gedruckt zu sehen, denn es enthält eine ungeschmückte Darstellung der Lebensart der dortigen Wilden, ihrer kümmerlichen Nahrung, ihres außerordentlichen Elends, indem sie, ohne eine stete Wohnung zu haben, die öden Wüsteneyen durchirren, und auf den gefrorenen Seen jenes weitausgebreiteten Landes umherziehen, wo Herr Hearne gegen 1300 Englische Meilen, bis ans Meer, gegangen ist, und wo die Compagnie fünf hundert Englische Meilen landeinwärts, in 53° 0' 32'' N. Br. und 106° 27' 30'' W. L. einen Handelsposten Namens Hudsons-Haus, unterhält. Der Herausgeber von Cooks letzter Reise, Dr. Douglas, der diese Nachricht mittheilt, hat uns aus Hearnes Tagebuch einen Zug aufbewahrt, der zwar diese lange Anmerkung noch etwas verlängern wird, aber seiman gewohnt, daß er auch da, wo andere Schiffer von Unmöglichkeiten sprachen, nicht lange spekulirte, sondern mit erfahrnem Muth, mit Geschicklichkeit und Beurtheilungskraft die Hand ans Werk legte, versuchte und aus-

---

ner Stelle wohl werth ist. »Auf dem Rückwege, am 11ten Januar 1772, giengen die Indianer auf die Jagd. Einige fanden die Spur eines Schneeschues, giengen ihr nach und kamen endlich in eine kleine Hütte, wo ein junges Weib einsam saß. Sie schleppten sie nach ihren Gezeiten, und erfuhren von ihr, daß sie zu den westlichen *Hunds-Rippen-* (Dog-Ribb'd) *Indianern* gehörte, und im Sommer 1770 von den *Arathapescau-Indianern* gefangen genommen wäre. Im Sommer 1771, hätten sich die letztern dieser Gegend genähert, da sie denn von ihnen entlaufen wäre, in der Absicht nach ihrem Lande zurückzugehen. Weil dies aber so weit entlegen, und sie als Gefangene die ganze Strecke in Kähnen, Tiber Flüsse und Seen, die sich verschiedentlich krümmten, gekommen wäre, so hätte sie den Weg vergessen, und vom Herbste an in dieser kleinen Hütte gewohnt. Nach der Zahl der Monden zu urtheilen, mußte sie im Julius von den Arathapescaus entkommen seyn, und hatte seit der Zeit keinen Menschen gesehen. Dem ungeachtet wußte sie sich sehr gut zu verköstigen, indem sie Kaninchen, Rebhühner und Eichhörner in Schlingen fieng, und war sehr gesund und wohl beleibt. Von ächten Nordamerikanischen Indianerinnen habe ich nicht leicht eine schönere gesehen. Ihre Schlingen machte sie von zusammengedrehten Sehnen der Kaninchenbeine, und das Fell dieser Thiere diente ihr zu einem netten, warmen Winteranzug. Als sie entlief, hatte sie weiter nichts mitgenommen, als ein fünf Zoll langes Stück von einem eisernen Tonnenbande, zum Messer, einen Stein, der ihr den Feuerstahl ersetzte, nebst andern harten Kieseln, Zunder, und was zum Feueranmachen gehört; imgleichen ein anderthalb Zoll langes Stück vom Widerhaken eines Pfeils, woraus sie sich einen Pfriem gemacht hatte. Sie war noch nicht lange bey den Gezeiten angekommen, so stellten etwa zehn Kerle ein Ringen an, um zu entscheiden, wessen Frau sie werden sollte. Sie erzählte auch, die Arathapescaus hätten sich in der Nacht ihrer Gefangennehmung, an ihre Gezelte geschlichen, und die sämmtlichen Einwohner bis auf sie und drey andere junge Weiber umgebracht. In demselben Zelte mit ihr befand sich ihr Vater, ihre Mutter und ihr Mann, die alle ums Leben kamen. Unentdeckt nahm sie in der Nacht, als Gefangene, ihr Kind von fünf Monden, in ein Bündel ihrer Kleidung gewickelt, mit sich. Allein bey Tagesanbruch kamen ihre Räuber mit ihr an den Ort, wo sie ihre Weiber zurückgelassen hatten, die sogleich über das Bündel herfielen, das Kind fanden, und es auf der Stelle erwürgten. So schauderhaft diese Scene selbst in der Erzählung war, so lachten doch meine Indianischen Begleiter nur darüber. Ihr Land, fuhr sie fort, sey so fern, daß sie vor ihrer Gefangennehmung kein Eisen gesehen hätte. Ihre Landsleute machen sich Beile und Meissel aus Hirsch- (Elends-)Geweihen, und Messer aus Stein oder Knochen. Ihre Pfeile haben Spitzen von Schiefer, Knochen oder Horn, und zum Schnitzen in Holz brauchen sie Biberzähne. Oft hätten sie zwar gehört, daß die östlichen Völker bessere Werkzeuge (von den Engländern) erhielten; sie dürften sich aber nicht zu diesem Handel zudrängen, sondern müßten sich vielmehr, aus Furcht vor den Arathapescau-Indianern, die Winter und Sommer, Jahr aus führte, was schwächeren Vorgängern unerreichbar schien. Es fehlte überdies auch nicht an Zeugnissen, daß mancher Wallfischjäger ehedem ungleich weiter als Phipps im Norden fortgekommen und selbst dem Pol sehr nah gewesen sey. Wie natürlich also, daß mit so hochgespannten Erwartungen, die längst entschlafenen Handelsideen, und alle Hoffnungen, die Schätze Asiens auf einem kürzeren Wege zu gewinnen, bey der gesetzgebenden Macht eines großen Handelsstaats von neuem erwachten! Das Brittische Parlament erneuerte eine Akte vom Jahr 1745, welche den Entdeckern einer Durchfahrt durch Hudsonsbay eine Belohnung verhieß, und dehnte sie auf die Königliche Flotte aus, die man damals ausgeschlossen hatte. Zwanzigtausend Pfund Sterling (120,000 Rthlr.) sollten den Entdeckern einer nördlichen Durchfahrt aus dem Atlantischen ins stille Meer ausgezahlt werden, und fünf tausend (30,000 Rthlr.) denen, die sich zuerst dem Nordpol bis auf Einen Grad nähern würden. Auch ward die Durchfahrt nicht, wie dazumal, auf die Hudsonsbay eingeschränkt; sondern man überließ jezt den Abentheurern die Wahl, auf welchem Wege sie nach dem Preise streben wollten. Auf den ersten Ruf seiner Obern verließ Cook den friedlichen Aufenthalt, wo sein noch immer reger Geist nicht länger feyern mochte. Nichts konnte aber auch für einen Mann von edlem Selbstgefühl wie Cook, belohnender seyn, als dieser Auftrag, der gleichsam seine Überlegenheit eingestand, und dies Bekenntniß einer Klasse von Menschen abnöthigte, die selten mit guter Art ein Lob ertheilen. Man hatte tief gefühlt, daß Cooks Erfahrung und Geschicklichkeit zur Ausführung eines so wichtigen als schweren Unternehmens unentbehrlich sey.

Mit der Aufsuchung einer nördlichen Durchfahrt, verband man noch die Zurücksendung Omais', eines Mannes aus den Societätsinseln, der mit dem Capitain Furneaux ein Jahr vor uns nach England gekommen war. Verschwenderisch, aber planlos, hatte man ihn mit Kostbarkeiten, Spielwerken

---

Jahr ein, schreckliche Niederlagen unter ihnen anrichten, immer weiter zurückziehen.« (Aus Herrn Hearnes Handschrift.) Es verdient hier kaum noch angemerkt zu werden, daß das Englische Admiralitätscollegium im Sommer 1776 den Lieutenant Pickersgill, und im folgenden Sommer den Lieutenant Young, mit dem kleinen Fahrzeuge, Lion, (der Löwe) in die Baffinsbay schickte, um gewissermaßen Cooks Entdeckungen zu unterstützen, oder ihm entgegen zu kommen. Allein keiner von beyden kam in die Baffinsbay, geschweige weiter.

und den üppigen Thorheiten eines Volks, das auf der höchsten Stufe der Verfeinerung steht, zur Rückkehr in sein Vaterland, dessen Sitten noch so einfach sind, ausgerüstet. Ein glücklicher Gedanke, mit ihm zugleich die brauchbaren Hausthiere und einige Gewächse des alten Welttheils ins Südmeer zu verpflanzen, befriedigte indeß die mäßigen Wünsche des Menschenfreundes, dem das Glück seiner Brüder in jedem Erdenwinkel Freude machte. Dieser Gegenstand, und die Wichtigkeit der Durchfahrt hatten die Gemüther so sehr beschäftigt, daß man bey einer Entdeckungsreise, wo Naturforscher vielleicht brauchbarer als je gewesen wären, nicht daran dachte, einen Gelehrten in dieser Absicht mitgehen zu lassen, obgleich ein Astronom und ein Maler mitgeschickt wurden. In der That war es so sehr auf die bloße Entdeckung der Durchfahrt in kaufmännischer Hinsicht abgesehen, daß man in dem geheimen Verhaltungsbefehl, der Würde des Entdeckers uneingedenk, ihm sogar ausdrücklich gebot, sich, im Fall er neue Inseln fände, mit ihrer Untersuchung nicht aufzuhalten, und an der Küste von Amerika südwärts vom fünf und sechzigsten Grade der Breite keine Zeit zu verlieren. Ja, so brennend war die Begierde, dieses Lieblingsprojekt nun endlich ausgeführt zu sehen, daß man den Wunsch zu äußern wagte, Cook möchte binnen Jahresfrist sich in der Durchfahrt befinden[8]. Doch der Geist dieses großen Mannes blieb sich auf seiner letzten Reise gleich, und seine Neigung das Reich der menschlichen Kenntnisse zu erweitern, band sich nicht an eine unedle Vorschrift. Es war noch kein volles Jahr seit seiner Rückkehr von der zweyten Reise verflossen, als er am 12ten Julius 1776 mit der Resolution, seinem vorigen Schiffe, unter Segel gieng. Am Vorgebirge der guten Hoffnung stieß Clerke mit der Discovery zu ihm, und nunmehr ging der Lauf ostwärts durch das Südindische Meer, wo Kerguelen und Marion, zwey französische Seefahrer, in den Jahren 1771 und 1772 zwischen 46 und 48 Graden südlicher Breite einige wüste, felsigte Inseln entdeckt hatten, die Cook jezt wieder fand. Über Van Diemens Land und Neuseeland schifte er dem stillen Meere zu, entdeckte einige neue Inseln, und kam zuerst, da er Taheiti nicht erreichen konnte, ohne das Leben der dahin bestimmten Thiere aufs Spiel zu setzen, nach der Gruppe der Freundschaftlichen Inseln, die er jezt noch weit genauer als zuvor kennen lernte, und von deren Einwohnern er die wichtigsten Bemerkungen

8 Man sehe die geheimen Verhaltungsbefehle.

für den Menschenkenner sammelte. Mit der Reise von diesem Erfrischungspunkte nach O-Taheiti, und mit dem Aufenthalt daselbst und in den übrigen Societätsinseln, wo er seinen Mündel Omai, im Besitz aller seiner Englischen Reichthümer zurückließ, ging das Jahr 1777 zu Ende. Noch im December segelte Cook über den Aequator, und bereits am 18ten Januar des folgenden Jahres fand er die westlichen Inseln einer neuen Gruppe, die unter dem nördlichen Wendekreise liegt und in der Folge den Namen der Sandwichsinseln erhielt. Nachdem er diese Entdeckung berichtigt und seinen Wasservorrath hier ergänzt hatte, eilte er an die Küste von Neualbion, (wie jener Theil von Nordamerika seit Drakens Schiffahrt heißt,) die er im 45sten Grad der Breite zuerst erblickte. Nach vielen Stürmen fand er im funfzigsten Grad einen Hafen, von den Eingebohrnen Nutka genannt, wohin er seine Zuflucht nahm. Sobald er wieder in See ging, hatte er mit neuen Stürmen zu kämpfen, die seine Schiffe bis zum sechzigsten Grad der Breite vorn Lande entfernt hielten. Hier ändert es endlich seine Richtung, bildet einen Busen, und geht statt Nordwärts, wie bisher, auf einmal westsüdwestwärts fort. Cook folgte nun, mit seiner bekannten Unerschrockenheit und seinem festen Beharren, jeder Krümmung der Küste. Unter vielen Bayen und Häfen, die er entdeckte, zeichnen sich an Umfang des Prinzen Wilhelms Sund, und noch ein großer Busen aus, der seines Entdeckers Namen bekam. Endlich umschiffte er, nach einigen Augenblicken der kritischen Gefahr, wo ihm Nebel und Klippen zugleich den Untergang drohten, die lange Halbinsel Alaska, und gieng an der Insel Unalaschka, dem Handelsposten der russischen Pelzhändler, vor Anker. Die Küste von Amerika, welche in dieser Gegend wieder nordwärts geht, und einen großen Meerbusen im 64° der Breite umgiebt, verfolgte er mit der ihm eigenen Kunst, indem er oft Gefahr lief, auf den unzähligen Untiefen des dort sehr seichten Meeres zu stranden. Am neunten August erreichte er die westliche Spitze des ganzen Amerika, und nannte sie das Vorgebirge des Prinzen von Wales. Sie liegt in 65° 46' der nördlichen Breite, und bildet zugleich die östliche Gränze einer Meerenge, welche die alte und neue Welt scheidet. Bering ein würdiger Seeofficier in russischen Diensten, hatte diese Meerenge zuerst erreicht, und Cook zeichnete jezt, um das Andenken dieses braven Vorgängers zu verewigen, hier die Beringsstraße in seine Charten. Die Durchfahrt war nunmehr zur Hälfte schon errungen, und die Hoffnung alle Schwierigkeiten vollends zu besiegen aufs höchste gespannt, als am

17ten im ein und siebzigsten Grad der Breite, das Eis, in Gestalt eines undurchdringlichen Feldes allen weitern Fortgang nach Norden, sowohl längs der Amerikanischen als der Asiatischen Küste vereitelte, und überdies, da es beständig südwärts fortrückte, die Schiffe mehr als einmal in die augenscheinlichste Gefahr brachte, an den seichten Ufern zu scheitern. Cook mußte also, wenigstens für dieses Jahr, dem Vorhaben hier durchzukommen, entsagen, und sich begnügen, die Küsten und Inseln dieser Gegend, genauer aufzunehmen, und den letzten Rest geographischer Irrthümer, welche aus den verworrenen Nachrichten russischer Matrosen und unkundiger Kaufleute entstanden waren, vollends aus dem Wege zu räumen. Nachdem er diesem Geschäfte noch den Überrest der herbstlichen Jahreszeit gewidmet, und insbesondere die so sehr vervielfältigten Aleyutischen Inseln auf ihre wahre Anzahl zurückgebracht hatte, fiel sein rastloser Entdeckungstrieb darauf, mit der Untersuchung der neu entdeckten Sandwichsinseln den langen Zwischenraum von sieben Wintermonaten auszufüllen, die nunmehr vorübergehen mußten, ehe er sich dem Nordpol wieder nähern durfte. Wer an seiner Stelle hätte nicht lieber in Kamtschatka von den Mühseligkeiten der bisherigen Fahrt ausgeruhet? Aber wer, dürfen wir fragen, hätte nach allem, was wir bisher von Cook erzählt haben, auch nur vermuthen können, daß *Er* einer solchen Unthätigkeit fähig sey? Selbst gewöhnliche Menschen verläugnen ihren Charakter nicht, wenn kein überwiegendes Interesse die andere Schale senkt: vielweniger der wirklich große Mann, dessen Stolz und Beruhigung es ist, in allen Fällen nach dem Antrieb seines Herzens zu handeln. Cook folgte diesem inneren Führer; aber zum letztenmal; denn die interessanteste Entdeckung im Südmeer kostete sein unersetzliches Leben.

Nach dem unglücklichen 14ten Februar führte Clerke, wiewohl schon sichtbarlich dem Tode nahe, die Entdeckungsreise, von den Sandwichsinseln zurück, noch einmal gegen Norden an. Vom Hafen St. Peter und Paul in Kamtschatka, wo er anlegte, gieng er durch die Beringsstraße und versuchte die nördliche Durchfahrt. Allein das Eis stellte sich auch ihm als eine unüberwindliche Mauer entgegen, und zwang ihn nach vielen vergeblichen Bemühungen zum Rückzug. Ehe er noch in Kamtschatka wieder eintreffen konnte, starb er mit dem heitern Bewußtseyn einer getreuen Nachfolge in den Grundsätzen des großen Befehlshabers, dessen Zögling er gewesen war. Gore und King führten von Kamtschatka die Schiffe über China und das Vorgebirge der guten Hoffnung am 22sten August 1780, nach einer Abwesenheit von mehr als vier Jahren zurück.

Außer den Berichtigungen im Südindischen und stillen Meere, welche keinesweges unbeträchtlich sind, außer der Entdeckung mancher neuen Eilande zwischen den Societäts- und Freundschaftsinseln, wird diese Reise durch die wichtige Auffindung der Sandwichsinseln, und die Beschiffung der Nordwestküsten von Amerika in einer Strecke von mehr als zwölfhundert Seemeilen jederzeit ihren Werth behaupten. Cook hatte während derselben, wie auf seiner ersten Reise, wieder mehr Land entdeckt und aufgenommen, als je ein anderer vor ihm. Ich läugne nicht, daß seine astronomischen Kenntnisse, und die Vervollkommnung dieser Wissenschaft überhaupt, in so fern man sie in unsern Zeiten auf die Schiffahrt anzuwenden gelernt hat, ihm das große Geschäft erleichtern halfen; allein wie zahlreich, ja wie allgemein sind die Beyspiele nicht, wo der Seefahrer auch die Mittel, die er wirklich in Händen hatte, ungenutzt liegen ließ, weil es ihm an Fleiß, an Muth, an Geduld, an Vorsicht, an Gegenwart des Geistes, und vor allen, an der Haupteigenschaft des Entdeckers, am innern Forschungstriebe gebrach? Die Küste, die nicht Gold und Silber zeigte, oder einen Reichthum seltner Naturprodukte darbot, blieb unerforscht, wenn sie auch oft befahren ward.

Cooks letzte Reise vollendete gleichsam die Kenntniß von Amerika, die bis dahin so unvollkommen gewesen war, und zu so vielen Träumen von schiffbaren Durchfahrten Anlaß gegeben hatte. Was jezt im äußersten Norden unbeschifft ist, möchte dem Europäischen Durst nach Kenntnissen wohl noch lange verholen bleiben, weil es des Eises wegen nicht befahren werden kann. Allein wenn gleich die Hofnung jenes kürzeren Weges nach Indien, den man durchs Eismeer finden wollte, nunmehr gänzlich verschwunden ist, so behält doch die Entdeckung der ganzen nordwestlichen Gegend von Amerika, vom Nutka-Sunde bis zur Halbinsel Alaska, selbst für den Handel die größte Wichtigkeit; weit mehr vielleicht, als wenn es unserm Seemann gelungen wäre, sich zwischen Eisfeldern und Sandbänken hindurch einen Rückweg aus dem Kamtschatkischen Meere ins Eismeer zu bahnen, auf welchem doch hernach kein anderer es hätte wagen dürfen, nach Indien zu schiffen. Übrigens ist es für die Geographie so wichtig, als für Berings Andenken rühmlich, daß Cook die Meerenge zwischen Asien und Amerika gerade an der Stelle fand, wo jener sie zuerst angegeben hatte. Wie viele Schriftsteller, die ihren Lieblingsideen nachhingen, hatten nicht schon Berings Entdeckungen verdächtig zu machen gesucht, und dem russischen Reiche etwa zwanzig Grade der Länge von seinen östlichen Wüsteneyen streitig gemacht, um nur Raum genug zwischen beyden Welttheilen zu lassen oder mit dem neuen nach Gutdünken schalten zu können! Einige der hitzigsten ließen sich sogar verlauten, daß man in Rußland durch erdichtete Nachrichten die Welt geflissentlich zu hintergehen suche, um desto ungestörter gewisse politische Endzwecke erreichen zu können. Es herrschte zwar in dieser Äußerung der Freyheitsgeist, der wissenschaftlichen Untersuchungen geziemt; allein das edelste Geschenk einer republikanischen Erziehung, die Freymüthigkeit, wird entehrt, wenn Mangel an Beurtheilung oder kurzsichtiges Vorurtheil sie begleitet. Jener Vorwurf konnte am wenigsten diejenigen treffen, die lediglich aus gar zu großer Bereitwilligkeit, die ersten Nachrichten vom neuen nordischen Archipelagus mitzutheilen, in der Lage dieser Inseln beynah um zehn Grade der Breite irrten. Spanien hätte ihn eher verdient, welches seine Reisen ins stille Meer nach Taheiti, und längs der Küste von Amerika über Californien hinaus, sorgfältig verheimlicht. Indeß ist ein Tagebuch von der letztern, unter Don Bruno de Heceta im Jahr 1775 veranstalteten Reise in England ans Licht gekommen[9], dessen Verfasser, Don Francisco Antonio Maurelle, sich viel darauf zu gute thut, daß er bis zum acht und funfzigsten Grad der Breite gekommen ist. Auf dieser und einer noch früheren Spanischen Fahrt wurden an der Küste, die Cook der Stürme wegen vermied, einige Häfen entdeckt; und so scheint das kleine Fünkchen des Entdeckungsgeistes, welches die unsterblichen Bemühungen dieses Mannes auch in jener in Lethargie versunkenen Nation angezündet hatten, nicht ganz verloren gegangen zu seyn.

Wenn man seine drey großen Reisen in Verbindung mit einander betrachtet, so machen sie ein Ganzes aus, welches alle unbekannten Regionen der Geographie, so weit sie Schiffen zugänglich waren, in sich begreift, und zuverläßige Entdeckungen, die sich im Norden und im Süden über den siebzigsten Grad erstrecken, an ihre Stelle setzt. Künftig können einzelne Inselchen im stillen Meere entdeckt, die Lagen einiger früher gesehenen bestimmt, und

---

9 S. Barrington's Miscellanies, p. 508. Geschichte der Entd. und Schiffahrten im Norden. S. 521.

in Neuseeland, Neuholland, und Neualbion Plane von Häfen aufgenommen werden, die Cook entweder nicht besucht, oder deren Eingang er nur angegeben hat; allein Entdeckungen von großem Umfang können nicht mehr Statt finden, und der Erdball ist nunnmehr von einem Ende zum andern bekannt. Wer einen Blick auf die Charte wirft, und die Veränderung in der Erdkunde bemerkt, die Eines Mannes Forschbegier bewirkte, wird der noch einen Augenblick zweifeln können, daß unser Jahrhundert sich in seiner Größe mit jedem Zeitalter messen darf?

2. ANORDNUNG

Es ist an sich schon ein großes Schauspiel, wenn ein Mann von Cooks thätigem durchdringenden Geiste auftritt, und in dem kurzen Zeitraum von zehn Jahren die Kinder und die Erwachsenen des gesitteten und des rohen Welttheils seinen Namen mit Bewunderung nennen lehrt. Je mehr man sich aber mit in das Ganze menschlicher Angelegenheiten verwebt, und diese mit sich verbunden fühlt, je inniger man an den größeren Ereignissen Antheil nimmt, von denen man Einfluß auf die jezt lebenden und künftigen Geschlechter der Erde erwartet; desto wichtiger und interessanter wird es, den Gang eines großen Geistes näher zu betrachten, insofern die Ursache der Begebenheiten, die sich nur durch ihn ereigneten, auch großentheils in *ihm* zu suchen ist. Unternehmungen von so großem Umfange, wie Cooks Entdeckungsreisen, deren genauer Zusammenhang am Tage liegt, und deren Begebenheiten sich unmittelbar auf einander beziehen; Unternehmungen, wo ein Schritt den andern vorbereitete, und jede Entdeckung sogleich angewendet werden konnte, um neue darauf zu gründen, können ihren glücklichen Erfolg nur einem wohldurchdachten Plane verdanken. Ich rede nicht von einem Reiseplan, wie ihn der Minister auf der Charte entwirft. Was ist leichter, als dort die unerhörtesten Laufbahnen vorzuzeichnen, wo die goldne Reißfeder an keiner Klippe scheitern kann, und der papierne Ocean keine Wellen schlägt! Wer einigermaßen merkt, was zur zweckmäßigen Ausführung einer wahren Entdekkungsreise gehört, wird sich bald von diesem Zeichner wegwenden, um den Mann aufzusuchen, der die Seele des ganzen Unternehmens ist, der alles selbst thut und mit eigenen Augen sieht, der die Zukunft durchdringt und Begebenheiten berechnet, der aber auch, mitten unter den zahllosen Geschäften, denen er seine Zeit und seine Denkkraft widmen muß, im prüfenden Augenblick der Entscheidung, sein selbst ganz mächtig, mit fester Hand das Ruder führt.

Man müßte selbst ein zweyter Cook seyn, um die Anordnung einer Entdeckungsfahrt so nachzubilden, wie er sie sich dachte. Hier können also nur einige Elementarstriche den richtigen Gesichtspunkt bezeichnen, aus welchem man den ausserordentlichen Seefahrer beurtheilen muß, um den Werth desjenigen, was er geleistet hat, in seiner ganzen Größe zu erkennen, und nicht, wie wohl zuweilen aus Übereilung geschah, mehr als die Billigkeit erlaubt, von ihm zu fordern. Schon Bougainville beklagte sich, daß ihn seine Landsleute nicht blos mit müßigen Fragen unaufhörlich gequält, und keine Antwort abgewartet, sondern daß sich auch Spötter gefunden hätten, denen es unbegreiflich vorgekommen wäre, wie man die Welt umschiffe haben könne, ohne in China gewesen zu seyn. Doch diesen mißlungenen Spott verzeiht man einem Volke gern, das seine Fehler durch Witz wieder gut macht. Wir kennen ähnliche Beyspiele von vorschneller, doch unschädlicher Fragseligkeit, und haben ernsthaft geantwortet, wenn man uns ernsthaft fragte: »ob die Insel Otaheiti zum festen Lande gehöre?« und »auf welcher von seinen Reisen Cook gestorben sey?« Wir kennen aber auch eine Klasse von beissenden Fragen, welche sich von den Französischen eben so unterscheiden, wie unsere Aristarchen jenen an Vielwisserey überlegen sind, und sich dünken lassen, Horazens *nil admirari* sey für sie eine Vollmacht, alles Große verkleinern zu dürfen. Sie, die Weisen unsers Jahrzehends, wissen alles besser, denn sie wissen alles voraus, und spotten des Entdeckers, dem diese hehre Divinationsgabe fehlt. Sie hätten überall mehr Klarheit und Gewißheit verbreitet; von allem hätte man durch sie erfahren, was sie – zuvor gewußt, und so wie sie es verlangt, gesehen haben würden. Sie wären von ihren Entdeckungen nicht so frühzeitig hinweggeeilt, sie hätten nicht so manche schöne Gelegenheit versäumt, nicht so vieles unergründet gelassen; sie hätten mehr und größere Dinge geleistet, mit einem Wort, es klüger gemacht, als der gute Cook. Bey diesen und ähnlichen Verweisen, welche die Philosophie im Lehnstuhl dem Entdecker ertheilt, muß er freylich betroffen schweigen, oder höchstens dem Dichter ganz leise nachsprechen:

– ad haec ego naribus uti
formido.

Statt aller Antwort, wollen wir unsere Leser an Bord führen, um sie dort mit einigen nautischen Verhältnissen bekannt zu machen.

Die Wahl der Schiffe, die zu langen und gefährlichen Reisen die tauglichsten sind, ist das erste in der Reihe der Anstalten, wodurch ein Mann wie Cook für den guten Ausgang seines Vorhabens sorgt. Byron und Wallis, als wirkliche Capitains in der Flotte, hätten es erniedrigend oder wenigstens höchst ungemächlich gefunden, ein geringeres Kriegsschiff als von vierzig

Kanonen zu führen. Für den Entdecker sind indeß die Schiffe von diesem Range in mehr als einem Betracht sehr unbequem. Ihre Besatzung, die an vierhundert Mann stark seyn muß, richtet kaum so viel aus, als in einem kleineren Schiffe der vierte Theil, und läßt sich weder so schnell übersehen, noch so leicht regieren. Von den Erfrischungsorten, die Cook zu seinen Absichten vortreflich, und seinem Schiffsvolke angemessen fand, wären die meisten unzureichend für die Bedürfnisse einer zahlreicheren Mannschaft gewesen, und schon um dieser einzigen Ursach willen, hätte er in einem größeren Schiffe seinen Endzweck verfehlt. Selbst der Mundvorrath, der von England mitgenommen wird, kann wegen der Bauart jener größeren Fahrzeuge, die zu schnellen Evolutionen, zum Angriff und andern Absichten des Seekriegs eingerichtet sind, nicht in gehöriger Menge geladen werden, um eine langwierige Fahrt zu gestatten. Daher eilten Cooks Vorgänger, ihren Kreislauf um die Erde innerhalb zweyer Jahre zu vollenden, anstatt, wie Er, den Namen Entdecker verdienen zu wollen. Ihn aber hatte die Erfahrung zu diesen Vorbegriffen geleitet, die einem gewöhnlichen See-Capitain auf seiner Station, es sey im Kriege oder Frieden, um so weniger einfallen können, da seine Flotte jederzeit durch eigene Proviantschiffe versorgt werden muß. Die Fahrzeuge, welche in England zum Küstenhandel, und hauptsächlich zum Transport der Kohlen aus Northumberland nach London bestimmt sind, müssen nicht nur sehr geräumig seyn, um ihren Eigenthümern größern Vortheil zu bringen, sondern auch wegen der stürmischen, mit Sandbänken ganz besäeten Nordsee einen vorzüglich runden, oder vielmehr nach unterwärts platten Bau, und, in der Zusammenfügung, große Stärke haben, um bey dem oft unvermeidlichen Stranden, leicht und unbeschädigt wieder flott werden zu können. Diese Art Schiffe, deren Vorzüge Cook am besten kannte, weil er selbst darin lange Zeit mit der mühsamen und gefährlichen Küstenschiffahrt, und mit dem Anblick von Schrecknissen, die sonst der beherzteste Seemann flieht, vertraut geworden war, suchte er sich zu seinen großen Unternehmungen aus, weil er gewiß überzeugt war, daß man sich in unbekannten Meeren ihnen sicherer anvertrauen könne, als allen Kriegsschiffen und Fregatten. Bey einer solchen Wahl genoß er überdies den wesentlichen Vortheil, so manche seichte Meeresgegend befahren, und in manchem Hafen Schutz finden zu können, welche ein Schiff, das tiefer im Wasser gegangen wäre, durchaus hätte vermeiden müssen.

Cook ließ den Boden seiner Schiffe nicht mit Kupferplatten beschlagen, womit man den Wurmfraß zu verhüten, und den Gang des Schiffes zu beschleunigen glaubt; denn man will bemerkt haben, daß die Fische sich von solchen mit Kupfer beschlagenen Schiffen entfernen; und Cook war es weit mehr darum zu thun, seinen Leuten keine Gelegenheit zu Erfrischungen zu rauben, als ein Paar tausend Schritte mehr in einer Stunde zu laufen. Doch auch außer dieser Bedenklichkeit, von der es noch nicht ausgemacht ist, ob sie wirklich gegründet sey, bewog ihn eine wichtigere Ursache, den Gebrauch des Kupfers zu vermeiden. Es ist wahr, daß sich auf einem kupfernen Boden kein Meergras, keine Eichelmuscheln oder Seetulpen ansetzen, und also die glatte Oberfläche die Wellen leichter durchschneidet, und ein schnelleres Seegeln bewirkt: allein allmählig frißt das Kupfer die eisernen Ruderangeln an, und bringt dadurch das Schiff in wesentliche Gefahr; denn ohne Ruder kann es nicht gesteuert werden, und doch läßt sich, in offener See, der Schaden nicht ausbessern. Anstatt des Kupfers, bediente sich Cook einer Art kleiner eiserner Nägel, mit breiten Köpfen, welche er dicht neben einander in die Haut oder äußere Bedeckung, des Schiffbodens einschlagen ließ. In kurzer Zeit überzog der Rost die kleinen Zwischenräume zwischen den Nägeln, und sicherte das Schiff vor Würmern so vollkommen, als es Kupferplatten nur immer hätten thun können.

Die Ausrüstung der Schiffe, und die Menge sowohl, als die Beschaffenheit des Vorraths aller Art, beschäftigten zunächst die Aufmerksamkeit des Capitains, so wenig auch diese Gegenstände den gewöhnlichen Befehlshaber angehen, der sein Schiff aus den Händen der Werft-Officianten völlig ausgerüstet erhält, und es, wenigstens in diesem Falle, für überflüßig hält, mehr als seine Pflicht zu thun. Als Ansons Geschwader im Jahr 1740 den Spaniern in Peru einen tödtlichen Streich versetzen sollte, mißlang der große Anschlag durch die Schuld der zwecklosen Ausrüstung; und diese gerechte Klage rechtfertigte den Admiral. Wären Cooks Unternehmungen aus einem ähnlichen Grunde gescheitert, ohne Zweifel hätte man ihn ebenfalls von aller Schuld völlig freygesprochen; allein sein Name wäre dann schwerlich auf die Nachwelt gekommen. Ich brauche wohl nicht erst zu fragen, welches von beyden größer ist: einen Vorwurf von sich abwälzen, oder seine Maaßregeln so sicher nehmen, daß alles gelingt, und überhaupt kein Tadel Statt finden kann? In der That, wäre Cook nicht Kenner in diesem Fache gewesen, hätte er nicht selbst gewählt, und von jeder Art des Vorraths so viel als ihm nöthig dünkte, unter seinen Augen einschiffen lassen; wie hätte er auf drey- und mehrjährigen Reisen, bey der Unmöglichkeit sich wieder mit anderm zu versehen, so vielen Stürmen und Wettern Trotz bieten können? Es ist bekannt, daß die verschiedenen Vorräthe eines Schiffs, welches zur Brittischen Flotte gehört, gewissen Officieren untergeben sind. So hat der Equipagenmeister oder Lootse (*Master*) die Oberaufsicht über die ganze Ladung. Der Oberbootsmann hat alles Tau- und Takelwerk, die Anker, die Segel und die Bote in Verwahrung; der Schiffszimmermann, den Holzvorrath und das Eisengeräth, nebst allem Zubehör; der Constapel die Kriegsmunition, der Wundarzt die Medikamente, endlich der Seckelmeister, (*purser*) und dessen Schreiber die Lebensmittel und die Kleidungsstücke. Die Befehlshaber, welche auf Entdekkungsreisen gingen, verwalteten gemeiniglich das einträgliche Seckelamt selbst. Auch dieses war eine der nothwendigsten Einrichtungen, wodurch der glückliche Erfolg der Reisen gesichert ward, der sonst von den guten oder schlechten Anstalten dieses Beamten abgehangen hätte. Ein umständliches Verzeichniß von allen einzeln mitgenommenen Artikeln würde uns zu weit führen, und ohne weitläuftigere Erläuterung zwecklos seyn. Hieher gehört nur noch die Bemerkung, daß in jedem Fache Cooks Erfahrung nicht nur über die Nothwendigkeit oder Entbehrlichkeit der gewöhnlichen Vorräthe entschied, sondern auch mehrere Veränderungen veranlaßte, und einige ganz neue, noch von keinem Schifscapitain geführte Artikel in Gang brachte, welche seitdem zum Theil in der Flotte allgemein eingeführt worden sind, zum Theil noch angenommen zu werden verdienten. Unter den besondern Vorkehrungen aber, welche ganz ausschließend für Entdeckungsreisen gehören, verdient die folgende nicht ganz übergangen zu werden. Cook hatte auf seiner ersten Weltumschiffung bemerkt, wie nützlich ihm ein kleineres Fahrzeug als sein Schiff, bey der Untersuchung einer beträchtlichen mit Untiefen umringten Seeküste gewesen wäre; ja, er war überzeugt, daß im Fall die großen Schiffe so beschädigt würden, daß die Rückkehr nach Europa in denselben zu mißlich seyn möchte, dergleichen kleine Fahrzeuge sogar zur Rettung der gesammten Mannschaft dienen könnten. Demzufolge hatte man ihm, auf der zweyten und dritten Reise, in jedem Schiffe einen kleinen *Schooner*[10] mitgege-

10 Ein Fahrzeug mit zwey Masten, im gegenwärtigen Falle von zwanzig bis dreyßig Tonnen.

ben, dessen Holzwerk ganz fertig gezimmert war, und erforderlichen Falls nur zusammengefügt zu werden brauchte. Die Masten, das Tauwerk und die Segel dieser Fahrzeuge, waren ebenfalls in England mit eingeschifft worden; kurz, es fehlte nur an Gelegenheit, sich ihrer wirklich zu bedienen.

Wenn man berechnet, welch einen großen Platz diese Fahrzeuge im Schiffe einnehmen müssen, wenn man bedenkt, daß alle Vorrathskammern mit Sachen vollgepfropft sind; daß auf dem Verdeck, zwischen dem großen und dem Fockmast, fünf große und kleine Boote stehen; daß die Seiten des Vordercasteels mit ungeheuren Noth- und Bugankern und ansehnlichen Strom- und Flußankern gleichsam bedeckt sind; daß der innere Raum voll vieler hundert Fässer ist, wovon allein zuweilen sechzig bis siebzig mit Wasser, eben so viel mit Sauerkraut, und ungleich mehr noch mit gepöckeltem Rind- und Schweinfleisch, mit Mehl, Erbsen und Zwieback, auch viele mit Wein und Branntwein angefüllt sind; daß eine Menge Steinkohlen theils als Ballast, um das Schiff gehörig ins Wasser zu senken, theils zum täglichen Gebrauch in der Küche, im Tiefsten liegt; daß viele Kabeltaue, jedes hundert und mehr Klafter lang, und manches von der Dicke eines Schenkels, oben im Matrosenraume befindlich sind: so erstaunt man wahrlich, wie in einem Behältniß von vierhundert und achtzig Tonnen, deren jede vier und vierzig Quadratfuß hält, noch hundert und zwanzig Menschen Platz finden, oder, wenn dies begreiflich ist, wie sie drey Jahre lang, bey unverdaulicher Kost, bey steter Anstrengung und allem Druck der härtesten Lebensart, gesund und gutes Muthes bleiben können? Vielleicht läßt sich hier mit wenigen Worten zeigen, wie diese Besatzung in dem schwimmenden Schlosse vertheilt ist.

Drey Masten ruhen unmittelbar auf dem Kiele[11], und streben hinter einander gerade in die Höhe. Der mittelste und vordere *(Haupt- und Fockemast)*, jeder mit seinen zwey Verlängerungen *(Mars- und Bramstengen)*, sind siebzig bis achtzig Fuß hoch und unten etwa Mannes dick. Der hinterste oder *Besaanmast* ist kleiner und hat nur eine Verlängerung (die *Kreutzstenge)*. In schräger Richtung steigt vorn über dem Schiffsschnabel das *Bugspriet*, gleichsam als ein vier-

11 Bey dieser Beschreibung nehme ich Rücksicht auf das Schiff, in welchem ich Cook auf seiner zweyten Reise begleitet habe, die *Resolution*. Es bedarf wohl keiner Erinnerung, daß ich geflissentlich so viel Kunstwörter als möglich vermieden habe, da diese Beschreibung nur für den Land- und Städtebewohner bestimmt ist.

ter Mast hervor, der ebenfalls mit einer Verlängerung, (dem *Clüverbaum*) versehen ist. Die Masten werden durch starke Taue unterstützt, welche theils nach vorn, theils nach den Seiten hin, vom Mastkorbe herunter gehen, und im ersten Falle *Stage*, im letztern aber, wo mehrere beysammen sind, die *Wände* heißen, an denen man, auf queerübergebundenen Schnüren, welche die Sprossen einer Leiter vorstellen, hinaufsteigen kann. Jede Verlängerung des Mastes trägt ein viereckiges, und jeder Stag ein dreyeckiges Segel. Die Seiten des Schiffes steigen nach hinten zu ein wenig in die Höhe. Über dem ganzen Hintertheil liegt auf starken Balken ein Boden von Planken, der bis zum Hauptmast geht. Dieser Boden, oder in der Schiffersprache, dieses *halbe Verdeck*, heißt auf Kriegsschiffen das *Quarterdeck* (oder Verdeck der Officiere). Ein ähnliches halbes Verdeck liegt auf dem Vordertheile des Schiffs, zwischen dem Bugspriet und Fockmast, und wird das *Vorder-Casteel* genannt. Ungefähr sechs Schuh tiefer als diese halben Verdecke geht das eigentliche Verdeck, als ein vollkommener Boden, durch das ganze Schiff von einem Ende zum andern. Auf *dem* Theil desselben, der unter das Quarterdeck geht, wohnt der Capitain, dessen Hauptzimmer (state-room) oder die große Kajüte, das Hintertheil des Schiffs in seiner ganzen Breite von etwa sieben Schritten einnimmt, und zu beyden Seiten mit einem kleinen bedeckten Altan (quarter-gallery) versehen ist. Vor dieser Kajüte hat der Capitain sein Schlafgemach, ein Vorzimmer und eine finstre Vorrathskammer. Die große Kajüte ist das einzige helle Zimmer im Schiffe, indem sechs kleine Fenster, jedes ungefehr drey Schuh hoch und zwey Schuh breit, nach hintenhinaus, dicht nebeneinander stehen. Vor dem Eingange zur Wohnung des Capitains bleibt der Platz in der Mitte frey, wo man aufs Quarterdeck hinauf und tiefer ins Schiff hinabsteigt; und nur zu beyden Seiten sind bretterne Verschläge für den ersten Lieutenant, den Astronomen, den Equipagenmeister, und die Naturforscher angebracht, die auch in dieser Ordnung an Bequemlichkeit abnehmen, so, daß die letzten einen Würfel von sechs Fuß vorstellen, wo ein Bett, ein Kasten und ein Schreibtisch nur eben noch Platz für einen Feldstuhl übrig lassen. Das Fenster dieser Kajüte ist eine Glasscheibe von sechs Zoll ins Gevierte, in einem starken Rahmen, den man aber, aus Furcht vor Überschwemmungen, nicht eher ausheben darf, als bis man sich den Wendekreisen nähert. Unter dem Halbverdeck des Vorder-Casteels hat, rechts und links, der Bootsmann und der Zimmermann seine Kajüte, und zwischen ihnen ist die Küche. Parallel mit dem Verdeck, nur etwa fünf Schuh tiefer, geht ein zweyter Boden durch das ganze Schiff, auf dessen Hintertheil, zu beyden Seiten, die Kajüten des zweyten und dritten Lieutenants, des Lieutenants der Seesoldaten, des Wundarztes und des Malers stehen. Zwischen denselben bleibt ein großer Spielraum für die Barre oder das Heft des Schifsruders, welches in Seilen geht, die auf dem Quarterdeck vermittelst eines großen Rades regiert werden. Vor dem Besaanmast steht, hier unten, die große Tafel, an welcher die vorgedachten Officiere speisen, fest aufs Verdeck genagelt, welches zur See mit allen Tischen geschieht. Übrigens steht man in diesem Theil des Schiffs nie ganz aufrecht, und sieht nie anders, als bey brennenden Lichtern, außer, wenn das Wetter es erlaubt, zwey große Schießscharten im Hintertheil zu öffnen. Die Officiers-Kajüten haben zwar ganz kleine Fensterchen; doch dürfen sie, so lange das Schiff in See ist, nie geöfnet werden, weil die Wellen fast unaufhörlich drüber gehen. Der Constapel, der Schreiber, die Unterwundärzte, die Steuermannsgehülfen und die Seecadetten wohnen zu vier oder fünf beysammen, auf eben diesem zweyten Verdeck, in Verschlägen von Segeltuch, in den vier Ecken des übrigen Raumes, der außerdem für die Ankertaue und für die gemeinen Leute bestimmt ist, und sein Licht nur von oben, durch die Luken erhält, durch welche man ein- und aussteigt. Ganz im Vordertheil des Schiffs, unter der Küche, sind des Bootsmanns Vorrathskammern befindlich. Allein der große Vorrath aller Art liegt unter diesem zweyten Boden, durchs ganze Schiff vertheilt; doch finden sich auch hier noch allerley Abtheilungen und Verschläge, welche theils die Unordnung verhüten, die bey der Menge der Fässer zuweilen doch unvermeidlich ist, theils auch gewisse Vorrathsartikel vor Gefahr und vor Veruntreuung sicher stellen. So giebt es eine eigene Brodkammer, eine Segelkammer, eine Kleiderkammer, eine Branntweinkammer und eine Pulverkammer.

Ohne viel darauf zu sehen, daß das Schiff schnell wie eine Courierfregatte segeln möchte, hielt es Cook gleichwohl für nöthig, daß es wenigstens so gut fortkäme, als es der Bau desselben erlaubte, und, was weit wichtiger war, daß es gut am Winde läge, sich schnell und ohne abzutreiben umlegen liesse[12], und

---

12 Wenn man sich den Horizont in 32 gleichen Theilen denkt, so kann ein Schiff, welches gut am Winde liegt, vermöge einer schrägen Stellung der Segel, in einer Richtung fortgehen, die nur um sechs solcher Theile von der Gegend, woher der Wind kommt, entfernt ist; doch verliert es un-

nicht heftiger von einer Seite zur andern rollte, als die unvermeidliche Gewalt der Wellen es mit sich brächte. Seinem Auge entgiengen aber auch die Ursachen der etwa hier vorkommenden Fehler nicht, und seine Erfahrung wußte ihnen abzuhelfen. Da die Vertheilung des Gewichtes im Schiffe großen Einfluß auf den Gang desselben hat, so mußten auf seinen Befehl verschiedentlich Veränderungen vorgenommen werden, wodurch bald am Vordertheil, bald nach hinten zu, auf dieser oder auf jener Seite, die Schwere vermehrt oder vermindert ward; ein Geschäft, welches desto mehr Geschicklichkeit erfordert, je weniger dabey der allgemeine Plan der Ladung gestört werden darf, damit man jederzeit bequem zu demjenigen Vorrath gelangen könne, welcher zum täglichen Verbrauch unentbehrlich ist.

Ich habe das Auge des Seemannes erwähnt; und wer begreift nicht leicht, in wie vielen entscheidenden Fällen auf seinen Blick im Ocean, ebensoviel ankommt, als auf den Blick des Befehlshabers im Felde, wo sich feindliche Heere begegnen? Die glückliche Bildung des Organs, welches die Lichtstrahlen auffaßt, ist zwar die Bedingung dieser göttlichen Sehekunst, aber nicht sie selbst; denn wie viel sehende Augen giebt es nicht, die ihren Besitzern zu wei-

---

vermerkt einen, ja mannichmal wohl zwey solcher Theile, und geht also im Grunde nur $^{7}/_{32}$ oder $^{3}/_{32}$ vom Winde fort. Wenn man nun eine Strecke so fortgesegelt ist, so kann man ebenfalls von der andern Seite des Punkts, woher der Wind kommt, demselben bis auf $^{6}/_{32}$ nahe kommen, und indem man wechselsweise auf diesen Annäherungslinien fortgeht, sich auch einem Orte, der gerade gegen den Wind hinliegt, nähern. Diese Art der Annäherung heißt das *Laviren.* Z. B. Wenn A der Punkt ist, wohin man will, B der Ort des Schiffs, und AB die Richtung des Windes, so kann dennoch das Schiff von B nach A kommen, indem es nach c, d, e und f *lavirt.* In diesen

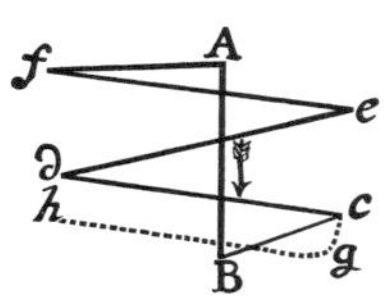

Punkten muß es *umlegen,* das heißt, man läßt den Schiffschnabel gegen den Wind gehen, und wieder auf der andern Seite, so viel als nöthig ist, vom Winde abfallen, während daß die Segel anders gestellt werden, um den Wind von der andern Seite aufzufangen. Ein Schiff, welches sich nicht gut umlegen läßt, verliert wieder während des Umlegens, weil es von c bis g zurücktreibt, und kann also natürlich, anstatt nach d zu kommen, nur h erreichen. Stürme, Windstöße, Strömungen, Ebbe und Fluth, hohe Wogen, u. d. gl. machen Ausnahmen von der allgemeinen Regel.

ter nichts dienen, als sie auf ihren Tritten sicher zu geleiten? Die Übung von vielen Jahren kann sie vervollkommnen, aber nicht hervorbringen; denn das Wesentliche dieser Gabe besteht in einem regen Beobachtungstrieb, der nach Vervielfältigung der sinnlichen Eindrücke strebt, um dadurch schnell und sicher zu richtigen Urtheilen und zum vollkommensten Gebrauch der Sinne zu gelangen. Woher konnte es anders kommen, daß Cook, wie ich unzäligemal gesehen habe, wenn er aufs Verdeck gestiegen war, gleich auf den ersten Blick in dem Walde von Seilen und Stricken, die einander in der Höhe durchkreuzen, eine oder die andere Leine gewahr wurde die entweder zu stark oder nicht genugsam angezogen, den schärferen Gang des Schiffs verhinderte; da doch der wachthabende Officier, ein Seemann von Erfahrung, schon mehrere Stunden lang umhergesehen, und diesen Fehler nicht entdeckt hatte? Woran lag es sonst, daß so oft man Entfernungen vom Lande, Höhen der Berge und Felsen, und ähnliche Gegenstände nach dem Auge beurtheilen wollte, Cook allemal der Wahrheit am nächsten rieth, und daß ihn sein Augenmaaß nicht täuschte, wenn es darauf ankam, den engen Eingang eines Hafens zu treffen, oder gar, wie in Huabeine, gegen den Wind hinein zu laviren? – Ich fürchte nicht, daß man diese einzelnen Züge, die so ganz das Gepräge des großen Seemannes tragen, hier am unrechten Orte finden wird. Einst, wenn die Zeit wieder zerstreuet haben wird, was wir jezt mit so vieler Emsigkeit sammlen, wird der gelehrte Antiquar Cooks wahre Größe an den Bruchstücken erkennen, die er einzeln aus dem Schutt hervorzieht. Wissen doch einsichtsvolle Zergliederer aus einem Zahn oder einem Knochen, den man im innern Nordamerika an den Ufern des Ohioflusses fand, die Größe jenes unbekannten Thieres zu berechnen, dessen Geschlecht schon längst erloschen ist; und erkennt man nicht an einem Fuß von Riesenstärke, den Sohn Jupiters und der Alkmene? Wie sollte man nicht auch den Genius des Entdeckers an seinem durchdringenden Scharfblick erkennen? Doch wir müssen ihn noch ferner in jenen Anordnungen betrachten, wodurch er sich einen glücklichen Ausgang seiner Entdeckungsfahrten versicherte.

Unter den Gegenständen seiner Vorsorge stehen seine Gefährten oben an. Menschen sind die stärksten Triebfedern, die der größere Mensch in Bewegung setzt, und die Werkzeuge, wodurch er alles vollbringt. Von ihrer Auswahl und ihrer Erhaltung hängt also der Erfolg seiner Unternehmungen ab.

Cook wählte zu seinen langwierigen Entdeckungsreisen vor allen den Matrosen, der sich ihm durch Geschicklichkeit in allen Geschäften seines Dienstes, durch seinen abgehärteten, gesunden Körper und sein blühendes Alter empfahl. Der Mann mit Erfahrung und grauem Haare konnte bey ihm auf ein gewisses Zutrauen Anspruch machen, und die Stellen eines Quartiermeisters und Bootsmannsgehülfen erlangen, die zwar wenig oder nichts vor dem Dienste des gemeinen Matrosen voraushaben, aber gleichwohl mehr Einsicht und Ernst erfordern. Ein im Dienste grau gewordener Seemann ist in der That nicht minder ehrwürdig, als der alte Krieger, und hat noch einen Kampf mehr, nehmlich mit den Schrecknissen und Todesgefahren des furchtbarsten Elementes, bestanden. Mit fünf und vierzig solchen auserlesenen Matrosen, achtzehn Seesoldaten, und noch etwa zwölf subalternen Seeleuten, also mit fünf und siebzig Mann, vollbrachte Cook seine größte und beschwerlichste Entdeckungsfahrt gegen den Südpol. Allein seine vorzügliche Stärke bestand in der großen Anzahl brauchbarer Officiere, die er sich von seinen Vorgesetzten ausgewirkt hatte. Ungeachtet sein Schiff nur achtzehn Kanonen führte und folglich nach der gewöhnlichen Regel des Seedienstes nur Einen Lieutenant haben sollte, erhielt er deren drey, nebst drey Lootsengehülfen oder Steuermännern *(masters mates)*; und anstatt zweyer Seecadetten *(midshipmen)* durfte er sechs besolden, und noch mehrere unbesoldete mit sich nehmen. Diese Einrichtung hatte bey der Ausführung seines großen Reiseplans den wesentlichsten Nutzen. Es konnten nämlich, ohne das Schiff von Officieren zu entblößen, wenn es im Hafen lag, mehrere Partheyen zu gleicher Zeit, jede unter Aufsicht eines Officiers, in verschiedenen Geschäften ausgeschickt werden, und es blieben jederzeit noch einige unbeschäftigt, die ihre Erholungsstunden zu Lustpartien und Spatziergängen anwenden konnten. Allein der wichtigste Vortheil dieses neuen Verhältnisses der Officiere zu der übrigen Besatzung zeigte sich zur See, in einer wohlthätigen Eintheilung der Wachen, die zugleich der Einsicht und der Menschlichkeit ihres Urhebers Ehre macht. Auf allen Kauffahrern sowohl, als auf Kriegsschiffen, ist das ganze Schifsvolk nur in zwey Hälften vertheilt, wovon stets eine auf dem Verdeck den Dienst versieht, indessen die andere ruht. Auf Englischen Schiffen lösen sie einander siebenmal des Tages ab, so daß täglich eine Hälfte der Mannschaft zehn, die andere aber vierzehn Stunden wacht. Noch beschwerlicher scheint die holländische Einrichtung, nach welcher in vier und zwanzig Stunden nur fünf mal abgelöset wird, und wobey denn ein Theil der Mannschaft acht, der andere gar sechzehn Stunden im Tage arbeiten muß. Cook hingegen theilte sein Schiffvolk in drey gleiche Theile, deren jede unter einem Lieutenant, einem Steuermann und einigen Seecadetten stand. Dadurch gewann er erstlich, daß jedes Drittel nur um den dritten Tag zwölf Stunden lang Dienste zu leisten hatte; die beyden anderen Tage aber nur sechs Stunden lang wachte; zweytens, daß die härteste Wache, von Mitternacht bis vier Uhr Morgens auch nur in drey Tagen wieder an denselben Mann kam, und endlich, daß die Zwischenräume der Ruhe mehrentheils doppelt so lange, als nach der gewöhnlichen Vertheilung ausfallen mußten, da man zwey Wachen hindurch verschont blieb[13]. Ja diese Einrichtung war so reich an Vortheilen, daß jene schwere Mitternachtswache allemal den Theil des Schiffsvolks treffen mußte, der an demselben Tage nur überhaupt sechs Stunden lang diente. Wer von der Härte des Seedienstes einen Begriff hat, wird, ohne weiteren Commentar einsehen können, wie nothwendig diese Schonung auf langen Reisen sey. Allein dem Mittelländer fehlt dieser Begriff, den nur das Anschauen recht lebhaft erwecken kann. Wer malt ihm die täglichen Beschäftigungen des Schifsvolks, so treu versinnlicht, daß er selbst ein Urtheil fällen, und mit mir den ganzen Werth einer Einrichtung beherzigen könne, wodurch Cook einer so nützlichen Menschenklasse die Mühseligkeiten ihrer harten Lebensart erleichterte? Kaum hat die Schiffsglocke geläutet, oder viermal angeschlagen, so ertönt des Bootsmanns Pfeife durch den Matrosenraum, und seine hei-

---

13 Der Tag des Seefahrers fängt um Mittag an. Von den sieben Wachen, deren jede ihren eigenen Namen führt, sind fünf vierstündige, und die beyden andern zweiystündig. Wenn ich die drey Abtheilungen der Mannschaft mit A, B, C, bezeichne, wird man aus folgender Tabelle sehen können, wie oft die Wache an eine jede kommt:

A. 0 bis 4 Uhr	N. M.	4 St.	Nachmittagswache
B. 4 – 6 –	–	2 –	erste Hundewache
C. 6 – 8 –	–	2 –	2te Hundewache
A. 8 – 12 –	–	4 –	Erste Nachtwache
B. 0 – 4 –	Morgens	4 –	Mittelwache
C. 4 – 8 –	–	4 –	Morgenwache
A. 8 – 12 –	–	4 –	Vormittagswache

Augenscheinlich fängt also B den nächsten Tag und C den dritten an: A hat also an beyden Tagen nur eine zweystündige und eine vierstündige Wache.

sere Stimme ruft die Wache hinauf, um ihre Cameraden abzulösen. Beym zweyten Ruf muß alles auf den Beinen seyn, und auf dem Verdeck, auf dem Vorder-Casteel, und am Steuerruder ein jeder seinen angewiesenen Posten einnehmen. Der Ungestüm zweyer Elemente, die fast in unaufhörlicher Bewegung sind, dringt mit vereinten Kräften auf sie ein. Um sich warm zu erhalten, laufen sie beständig auf und ab, bis irgend ein Vorfall sie zur Arbeit ruft. Ändert der Wind seine Richtung, so werden die Segel nur anders gestellt; steigt aber seine Heftigkeit, so müssen sie theils eingereft[14], theils völlig eingezogen werden. Der Anblick dieser gefährlichen Verrichtung ist schauderhaft, wenigstens für jeden der es nicht gewohnt ist, Menschen ihr Leben auf das Spiel setzen zu sehen. Sobald die untersten Zipfel des Segels vom Verdeck aus gelöset und aufgezogen werden, brausen die Winde darin, und schlagen es an Stange und Mast, daß das ganze Schiff davon erbebt. Mit bewundernswürdiger Behendigkeit und nicht geringerem Muthe klettern die Matrosen sogleich bis zur zweyten oder dritten Verlängerung der Masten hinan. Dort hängen in starken Tauen die Segelstangen oder Raaen quer über das Schiff; an ihren beyden Enden und in der Mitte befestigt, hängt ein schlotterndes Seil, welches den Füßen des verwegenen Seemannes zum Ruhepunkt dient. Auf diesem Seil gehen sechs bis acht Matrosen hurtig und mit sichrem Tritt zu beyden Seiten bis an die äußersten Enden der Raa hinaus, trotz dem Winde, der das flatternde Segel gewaltsam hin und her schleudert, und das Seil unter ihren Füßen erschüttert; trotz der schwankenden Bewegung des Schiffs, welche in jener Höhe ohne Vergleich stärker gefühlt wird, als auf dem Verdecke. Man hat berechnet, und mit dem Sextanten gemessen, daß der Mast zuweilen, bey sehr hoher See, in einem Winkel von acht und dreyßig Graden von der Perpendikularlinie abweicht. Ich habe zu gleicher Zeit das Ende der großen Raa sich in eine thürmende Welle tauchen sehen. Der Matrose am Ende einer Segelstange, die gegen funfzig Fuß hoch am Maste hängt, wird folglich mit jeder Welle alsdann durch einen Bogen von funfzig bis sechzig Fuß geschaukelt! Jezt scheint er ins Meer hinabgeschleu-

---

14 Ein Segel einreffen, heißt einen Theil desselben über die Raa oder Segelstange wickeln und festbinden, damit es kleiner werde. Während dieser Arbeit wird die Raa herabgelassen, und sobald eingerefft ist, zieht man sie wieder auf, und sie hängt alsdenn nicht so hoch als zuvor am Maste. Man kann ein Marssegel zwey auch dreymal reffen.

dert zu werden; jezt wieder die Sterne zu berühren. Doch ohne sich diese gewaltsamen Bewegungen anfechten zu lassen, biegt er sich über die Segelstange, entreißt dem Winde das Segel, rollt es zusammen, bindet es fest, und vollendet diese gefahrvolle Arbeit mit seinen Gehülfen in wenig Minuten. Seine einzige Sorge bey diesem, wie bey jedem andern Geschäfte, ist dahin gerichtet, daß es ihm keiner an Geschicklichkeit und Muth zuvorthun möge; denn dieser rühmliche Wetteifer liegt tief in seiner Seele, und ist die Folge eines gewissen gemeinschaftlichen Gefühls, welches diesem Stande eigen ist. Ihm muß es übrigens gleichgelten, ob die Sonne ihm dazu leuchtet, oder ob er sich, in der tiefsten Finsterniß der Nacht, blos auf das Tasten seiner harten Hände verlassen darf. Selbst wenn der Sturm ein Segel zerrissen hat, und mit den Stücken alles zerpeitscht, scheut kein Matrose die Gefahr von einem solchen Schlag getroffen zu werden, und rettet was zu retten ist. Wenn in der Nähe Land vermuthet wird, sitzt er mehrere Stunden lang unbeweglich am höchsten Gipfel der Marsstange, und blickt aus dieser einsamen, schwindlichtmachenden Höhe wachsam umher. Er lächelt, wenn unerfahrne Landleute, oder junge Anfänger jeden heftigen Wind einen Sturm nennen, und ist ungern freygebig mit diesem Namen, so lange das Schiff noch mehr, als die unteren großen Segel führt. In offner See hat selbst ein Sturm nichts schreckliches für ihn; was kann ihm schaden, sobald alle Segel eingezogen sind, und das Schiff mit dem Schnabel gegen den Wind beygelegt, mit fest gebundenem Ruder, dem Drange der Wellen folgt? oder wenn man es, sicher daß kein Land in der Nähe sey, mit wenigen Segeln schnell vor dem Sturm hinfliehen läßt[15]? Nur alsdenn wird der Sturm in der That furchtbar, wenn er das Schiff auf eine Küste führt, wo kein Hafen dem Seefahrer Sicherheit verspricht, und die einzige Hofnung dem Schiffbruch zu entgehen, auf der Stärke der Segel beruht. Diese Gefahr triff ihn indeß nur selten; Anstrengung und Unannehmlichkeiten hingegen, sind sein tägliches Loos. Der Posten am Steuerruder ist einer der beschwerlichsten; keiner hält es länger als eine Stunde dabey aus; und wenn die See in hohen Wogen geht, oder der Wind heftig stürmt,

15 Dies wird nur in der Voraussetzung gesagt, daß das Schiff dauerhaft gebaut sey, und gut auf dem Wasser schwimme. Wo dieses nicht der Fall ist, kann es, indem es die Welle auf der Seite empfängt, ganz umgeworfen, oder wenn sie von hinten hineinschlägt, zerschmettert werden, und in beyden Fällen bleibt keine Rettung übrig.

müssen zwey Personen zugleich das Rad regieren, welches sonst für die Kräfte des einzelnen Mannes leicht zu mächtig wird, und ihn zuweilen so mit sich fortreißt, daß er in Lebensgefahr ist. Wenn das Schiff nahe am Winde geht, und die See etwas ungestüm ist, so schlagen die Wellen oft hinein, und zwar hauptsächlich da, wo die Wache sich aufhält, die zuletzt, bis auf die Haut durchnäßt, sich lachend über ihr Unglück tröstet. Diese Gleichmüthigkeit, die den Sinn für Freude nicht ausschließt, ist ein Hauptzug in dem Charakter des Seemannes; und hat sie gleich oft den Anstrich eines kindischen Leichtsinnes, so gränzt sie doch zuweilen an die wahre Philosophie des Lebens, und ist auch, wie diese, das Resultat der Erfahrung und der Gesundheit. Die schnellen Veränderungen der Witterung und des Windes, die man zur See so oft erfährt tragen vieles dazu bey, den Matrosen gegen alles Ungemach zu härten. In Sturm und Regen lebt er der frohen Hofnung, daß bald wieder milder Sonnenschein und guter Wind kommen werde. Allein, auch wenn die Zeit der Prüfung kommt, wo diese Hofnung fehl schlägt, ist das Beyspiel des Befehlshabers und der Officiere hinreichend, um den Muth des getäuschten Seemannes aufrecht zu erhalten. Auf jenen viermonatlichen Fahrten gegen den Südpol, wo das Schiffsvolk fast täglich von Kälte und Nässe litt, wo das Eis an den Segeln und Tauen die Hände verwundete, die es angreifen mußten, wo einmal über das andere die ganze Mannschaft aufgerufen ward, um das Schiff aus einer dringenden Gefahr zu retten, wo das hin- und hersegeln zwischen Eismassen, denen man öfters ausweichen mußte, nebst vielem stürmischen Wetter, vollends alle Kräfte erschöpfte, wo endlich der Nebel die Sonne fast immer vor unsern Augen verbarg, und wie ein drückendes Gewicht auf unserm Geiste lag: – wenn da der Trübsinn des Engländers endlich überhand genommen hätte, fürwahr! man hätte Unrecht gehabt, sich darüber zu wundern. Doch dazu kam es nie. Ich habe unsere Leute schweigen sehen, wenn Monate lang das Verdeck, ihr Spielplatz und Erholungsort, ein unangenehmer Aufenthalt für sie war; aber unverdrossen und thätig blieben sie immer, denn ihre Vorgesetzten erduldeten bey Tag und bey Nacht mit ihnen die vielfältigen Beschwerden ihres harten Dienstes. Der Officier blieb, durchnäßt und starrend vor Kälte, auf dem Verdeck, und verließ es nicht eher als seine Wache, und Cook selbst genoß keine andre Speise als der gemeine Seemann. Eine Last wird leicht, und die Gefahr verschwindet, wenn man sie mit andern theilt. Noch wirksamer war aber das feste

Vertrauen des Volks auf die weise Führung seines Befehlshabers, und die Ehrfurcht, die man allgemein an Bord für seine Talente und seinen Charakter hegte. Theils jene freywillige Enthaltsamkeit von allem ausschließenden Genuß, theils unzählige Beyspiele von seiner unermüdeten, väterlichen Sorge für das Wohl seiner Untergebenen, stärkten ihr Vertrauen auf ihn bis zu einem Grade von Enthusiasmus. Ein Fest, welches er ihnen zu rechter Zeit erlaubte, ein stärkender Trank, den er austheilen ließ, wenn die Witterung zu schneidend war, oder wenn harte Arbeit die Leute ermattet hatte; ein Zug von Menschlichkeit, wenn er seine Zimmer aufopferte, um den Segelmacher dort bequemer arbeiten zu lassen, und viele kleine Nebensachen dieser Art, gewannen ihm das Herz der rauhen, harten Kerle, die selten so behandelt worden waren. Man darf daher mit Recht behaupten, daß seine Disciplin musterhaft war, und dies vielleicht um so viel mehr, da diejenigen Officiere, die aus andern Kriegsschiffen unter Cooks Commando versetzt wurden, sie gemeiniglich nicht strenge genug fanden. Wie rühmlich ist nicht dieser Tadel für Cook? Wie schön ist nicht dieser Contrast eines großen Mannes, der auch im Matrosen die Menschheit ehrt, gegen jene Seedespoten, in deren Schule die Tadler gelernt hatten, ihre Willkühr für ihr höchstes Gesetz zu halten? Allein auch nur der konnte am besten für den Matrosen fühlen, der selbst auf den untersten Stufen des Seedienstes das eiserne Scepter solcher kleinen Tyrannen kennen und verabscheuen gelernt hatte. Cook strafte selten und ungern, nie ohne dringende Ursach und allemal mit Mäßigung. Er störte nie die unschuldige Freude seiner Mannschaft; vielmehr munterte er sie dazu auf, und gab ihnen Freyheit zum Spiele. So wie sie die traurige Gegend des Südpols verließen, und in der Annäherung zum heißen Erdstrich den belebenden Einfluß einer wärmeren Luft und einer hellleuchtenden Sonne empfanden, kehrte ihre ganze Munterkeit wieder zurück. Der Überfluß, der ihrer in O-Taheiti und den benachbarten Inseln wartete, und die Aussicht, dort mehr als einen Sinn, der jezt so lange gefeyert hatte, zu vergnügen, verbreiteten oft einen Grad von Fröhlichkeit, der in abentheuerliche Tänze und ausgelassene Possenspiele ausbrach. Die Nächte, die jezt mild und warm zu werden anfingen, wurden im Mondenschein oder auch im Finstern angenehm verplaudert, und das noch übrige Ungemach der Reise, welches gegen den Beschluß unseres Sommerzugs an sich immer unerträglicher ward, schien, eben weil es zu Ende gieng, weit weniger als sonst gefühlt zu werden.

Man muß mit Cook gereiset seyn, um recht lebhaft zu empfinden, daß ein schönes Klima wirklich mehr als die Hälfte alles Genusses, dessen der Mensch fähig ist, aufwiegt. Wenn man mit eignen Augen gesehen hat, wie es gleichsam magisch wirkt, daß Herzen, die vorher in sich gekehrt und gegen jedermann verschlossen waren, sich für einander öfnen; wie es Heiterkeit und frohen Scherz erweckt; wie es einen ganzen rohen Haufen mit einem gemeinschaftlichen Geiste belebt: so kann man sich des Gedankens kaum erwehren, daß es dem Menschengeschlecht in warmen Ländern zuerst gelingen mußte, den schönen Bund der Geselligkeit zu errichten, und zu jenem höchsten Genuß ihres Daseyns hinanzusteigen, der nur in der Freude anderer zu finden ist.

Die Rückkehr in mildere Zonen, und die Annäherung gegen einen bequemen Erfrischungsort wirken aber nicht allein auf den Matrosen; auch die Officiere fühlen alsdenn den Einfluß des wohlthätigen Gestirns, und den innern Trieb sich mitzutheilen, den die freudige Hofnung ihnen einhaucht. Man würde sich in der That sehr irren, wenn man glaubte, daß eine Seereise, welche eine Anzahl Menschen in den engen Bezirk eines Schiffs zusammendrängt, sie dadurch auch näher verbinde. Die Eigenthümlichkeit des Seelebens, erzeugt vielmehr einen gewissen Grad von Ungeselligkeit. Die wirksamste Ursache dieser Vereinzelung und Zurückhaltung ist ohne Zweifel die strenge Subordination. Mehr als fünf oder sechs Personen können, vermöge ihrer Verhältnisse, nicht auf gleichen Fuß miteinander umgehen. Wie darf man, unter so wenigen, auf den glücklichen Fall einer zur Vertraulichkeit und Freundschaft einladenden Übereinstimmung rechnen, die überall, in den volkreichsten Städten, wie in den entlegensten Dörfern, das seltenste Geschenk des Himmels ist? Selbst die gesellschaftliche Unterhaltung, – um auf jenen höheren Genuß des Herzens Verzicht zu thun, – wird durch den engen Kreis, in welchem man sie suchen muß, gestört und eingeschränkt. Zwar sieht man oft im Anfang einer Reise, zumal unter jungen Leuten, jene ungeschliffene Familiarität entstehen, die entweder Unerfahrenheit und Leichtsinn, oder Mangel eines edlen Selbstgefühls verräth; doch eben diese betrügliche Grundlage macht, daß sie sehr vergänglich ist. Wie leichte elektrische Körper, ziehen sie sich, bis zum Augenblick der Berührung, heftig an, und stoßen einander dann nicht minder heftig zurück. Zu Schiffe fällt aber auch alles weg, was in Städten den Umgang in vermischter Gesellschaft erträglich oder wünschenswerth macht. Es ist nicht genug, daß hier schlechterdings keine Auswahl und keine Abwechslung Statt finden kann; denn diese Unbequemlichkeit empfindet man bisweilen auch zu Lande. Allein der stete Wechsel häuslicher und öffentlicher Begebenheiten, diese unerschöpfliche Quelle der gleichgültigen Gespräche, womit gewöhnliche Menschen die Leere ihrer Erholungsstunden ausfüllen, ist für den Seemann verloren, sobald er der Küste den Rücken kehrt. Wenige Wochen erschöpfen den kleinen Vorrath von eigenen Abentheuern, Anekdoten und lustigen oder witzigen Einfällen, die jeder vorzubringen weiß, und deren zweyte, dritte Wiederholung man nur noch eben ohne Gähnen hört. Sobald ein jeder alle diese Erzählungen auswendig weiß, verstummt die Tischgesellschaft, oder man hört wenigstens nichts, als einige Alltagsbetrachtungen über Wind und Wetter. Was die gesellschaftlichen Verhältnisse der Seefahrer noch unanmuthiger macht, ist die unvermeidliche Nothwendigkeit eines gemeinschaftlichen Aufenthalts. Es giebt einen bestimmten Gesichtspunkt selbst für wahre Größe. So wie man dem Meisterstück eines Phidias nicht zu nahe treten kann, ohne den Eindruck des Ganzen zu schwächen, und sich mit einem anscheinenden Mißverhältniß zu täuschen; so muß man oft den Helden aus einer gewissen Entfernung betrachten, um nicht die Schwächen der Menschheit an ihm gewahr zu werden. Je tiefer man nun vom Helden zum gewöhnlichen Menschen hinabsteigt, desto ekelhafter ist der Anblick seiner dem Auge zu nahe gerückten Gestalt. Bey dem lebhaftesten Sinn für gesellige Freuden, würden dennoch die meisten in unzähligen Fällen ihnen weit lieber entsagen, als die Bedingung eingehen, mit denselben Personen, deren Umgang ihnen von Zeit zu Zeit die angenehmste Unterhaltung gewährt, immer fort in Einem Hause zu wohnen, und in demselben Zimmer zu schlafen. Man denke sich, um dieses Bild zu vollenden, die engen Behältnisse, die ich vorhin beschrieb; die tausend kleinen Bequemlichkeiten, die dem Städtebewohner zu Bedürfnissen geworden sind, und die man zur See entbehren muß; endlich die Sitten mancher Seeleute, und die Unmöglichkeit einander zu vermeiden, ohne sich einzuschließen, oder in die Hangmatte[16] zu werfen; so hat man den Schlüssel zu jener so

16 Ein Stück Segeltuch, sechs bis sieben Fuß lang, vier bis fünf Fuß breit, an den kurzen Seiten mit weiten Schnürlöchern, durch die auf jeder Seite ein Tau gezogen wird, in welches ein Haken

oft an Seefahrern bemerkten Ungeläufigkeit der Zunge, und zu ihrer mürrischen Verschlossenheit. Man begreift aber auch, wie selbst ein edler junger Mann, vom lebhaftesten Charakter, Zeit gewinnen konnte, während Cooks erster Reise die Tafeln zum astronomischen Kalender auf zwey Jahre zu berechnen[17].

Wenn jene Stille unterbrochen wird, so geschieht es mehrentheils durch das entgegengesetzte Extrem einer lärmenden und tobenden Fröhlichkeit, wozu die feyerliche Begehung gewisser Festtage den nächsten Anlaß giebt, weil sie die verschiedenen Klassen von Officieren in größere Gesellschaften vereinigt. Das Weihnachtsfest und zuweilen auch des Königs Geburtsfest waren solche Tage. Cook bewirthete dann zwölf bis vierzehn Officiere, und ein Lieutenant machte die Honneurs einer zweyten Tafel, zu welcher alle Unterofficiere des Schiffs gezogen wurden. Auch der gemeine Matrose ward bey dieser Gelegenheit nicht versäumt; und wenn doppelte Portionen seines Branntweins ihm nicht Genüge thaten, so wußte er mit einem Vorrath, den er seinem Munde ganze Monate lang vorher entzogen hatte, das Fest nach altem Brauche zu begehen und die Gefahren der Reise, ja die ganze Welt und sich selbst, zu vergessen. Consequenter, wenn gleich nicht weiser, als seine Vorgesetzten, die sich zum Theil ihrer rauschenden Ausschweifung schämten, hatte er sich im Voraus darauf gefreut, und noch lange nachher blieb ihm die Erinnerung daran eine Losung zur Freude. Offen für alle Eindrücke des gegenwärtigen Augenblicks, kennt er die Quaal des Nachdenkens nicht; und mitten unter siebzig bis achtzig Menschen seines Gleichen fühlt er weder die Einschränkung, noch den Mangel der Gesellschaft, der seinem Officier so lä-

---

eingebunden ist, um sie damit an zwey Seiten in kleine, an den Verdecksbalken befindliche Löcher einzuhängen. Dieser Beutel ist das Bett des Seemannes, und schnürt sich um Kopf und Leib sehr enge zusammen, weshalb man ihn vermittelst eines kurzen Stocks, oder eines halbmondförmigen Holzes, oben und unten auseinander spannt. Die Officiere schlafen gemeiniglich in viereckigen leinenen Kasten, worin ein Rahm mit Gurten liegt, der aber wie jener Beutel aufgehängt wird. Jenes ist die gewöhnliche Hangmatte; dies heißt bey Engländern und Holländern Cot. S. Capt. Müllers vortrefliche Zusätze zu der Abhandlung von Schiffen im Hannov. Magazin.

17 Dies that Capitain Clerke, der damals Steuermann oder Lotsensgehülfe war. S. J. R. Forsters Geschichte der Entdeckungen und Schiffahrten im Norden. S. 467.

stig fällt. Der gröbste sinnliche Genuß ist der Sold, um welchen er mit unüberwindlicher Anstrengung und desto hartnäckigerem Beharren dient, je gewisser er überzeugt ist, daß ihm dieser Lohn nach wenigen Wochen, höchstens Monaten, nicht entgehen kann. Sein ganzes Leben, ein unaufhörlicher Wechsel von mühseligen Schiffahrten zum üppigen Aufenthalt des Hafens, bürgt ihm für die Wahrheit des Satzes, daß er jede Freude, wofür er Sinn hat, mit Arbeit erkaufen kann; und dieser Schluß, der kühnste Flug seiner Vernunft, haftet fest in seiner Seele. Wir können das Loos der Menschheit beklagen, die es zufrieden seyn muß, um diesen unwürdigen Preis ihre Kräfte zu verschwenden; allein wir müssen den wackern Kämpfer ehren, der ihn erarbeitet, und nur den Müßiggänger verachten, der Lüsternheit ohne Thatkraft besitzt, und schamlos genießt, was er nie erwerben kann. Wie erhaben und geistig aber auch der Genuß immer sey, den wir an die Stelle dieses thierischen setzen, und unseres Erringens werth achten mögen; so besteht dennoch die vollkommenste Art unseres Daseyns, nach den ewigen Gesetzen der Natur, wechselsweise im Sammeln und Zerstreuen unserer Kräfte. Nur die Zwischenräume der Ruhe und Labung erquicken und stärken den erschöpften Arbeiter zum Kampfe mit neuen Beschwerden; und von dem richtigen Verhältniß zwischen Handlung und Erholung hängt sogar die Dauer unseres Lebens ab. Je härter die Anstrengung war, desto süßer ist der darauf folgende Genuß, und wir können hinzusetzen, daß er desto unentbehrlicher sey je sicherer man darauf gerechnet hat. Die Erfahrung lehrt unwidersprechlich, daß die Menschheit unter einer unerträglichen Bürde entweder völlig erliegt, oder sie mit gerechtem Unwillen abschüttelt. Im erstern Falle wird die menschliche Natur bis in ihre Grundfesten erschüttert, die wenigen Tage des Lebens werden noch verkürzt, die organische Kraft wird unwiederbringlich geschwächt; ihr Gebilde verliert sein göttliches Ebenmaaß, und erlangt nie seine volle Größe und Stärke. Man sehe fünf elende Negersklaven, oder eben so viel noch unglücklichere nordische Leibeigene, eingeschrumpft, erschlafft und kraftlos, mit Mühe eine Last bewegen, die Ein Deutscher oder Engländer im vollen Genuß seiner Kräfte rüstig davon trägt! Wo hingegen der Unterdrückte noch nicht gänzlich entkräftet ist, da kann ein Funke des Selbstgefühls noch Zunder in ihm finden, und eine Flamme erwecken, die seinen Tyrannen verzehrt. Selbst ein vortreflicher Probus ward das Opfer seiner ergrimmten Legionen, als er die Austrocknung der Sirmischen Sümpfe, an einem brennenden Sommertage, mit unmenschlicher Härte betrieb[18].

Wenn man die Lebensart der Seefahrer in obiger Rücksicht betrachtet; so scheint sie mit einer dauerhaften Gesundheit und einem ziemlich hohen Alter wohl bestehen zu können. Noch mehr; wenn die Zeitpunkte der Erfrischung nur nicht zu weit von einander entfernt sind; wenn man den Krankheiten vorbeugen kann, welche von der harten Schiffskost und dem ungesunden Aufenthalt im Schiffsraume bey der geringsten Vernachlässigung so leicht entstehen: so würden vielleicht Entdeckungsreisen vor allen andern zur Erhaltung der Mannschaft die zweckmäßigsten seyn, weil man von den minder gesitteten Völkern des Südmeeres jene starken Getränke nicht erhält, deren Mißbrauch in Europäischen Besitzungen für den Seemann so nachtheilige Folgen hat. Selbst die Ausschweifungen, denen er sich in den Armen einer Venus Pandemos so gern überläßt, lassen dort nicht den tödtlichen Stachel zurück, den das Verderbniß großer Städte so furchtbar macht. Das Gift der Seuche ist dort, wegen der stärkeren Ausdünstung, und der gesunden Pflanzenspeise weniger als anderwärts gefährlich.

Cook wußte aber nicht nur zwischen der Dauer seiner Entdeckungszüge und den Kräften seiner Untergebenen ein richtiges Verhältniß zu beobachten; sondern er sorgte auch, wie ich schon gezeigt habe, durch eine bessere Eintheilung der Wachen dafür, daß die täglichen Zwischenräume der Ruhe länger als die Arbeitsstunden währten. Ungeachtet jedesmal nur fünf und zwanzig Mann aufzogen, waren sie gleichwohl hinreichend, alle gewöhnlichen Verrichtungen des Tages zu bestreiten. Früh Morgens bey Sonnenaufgang wuschen sie das Verdeck, theils der Reinlichkeit wegen, theils um die gar zu heftige Austrocknung im heissen Erdstrich, und das daraus erfolgende Leckwerden zu verhüten. Um acht Uhr ging, wenn nichts außerordentliches vorfiel, die ganze Wache, bis auf einen Quartiermeister und einen Mann am Steuerruder, zum Frühstück, welches aus Weizengrütze bestand. Der Vormittag ging insgemein damit hin, daß Fässer mit Lebensmitteln zum Verbrauch aus dem Schiffsraum hervorgezogen, und ledige an ihre Stelle hinuntergeschickt wurden. Zwischen eilf und zwölf Uhr kam der Schiffsschreiber auf

18 Hist. August. Script. p. 241.

das Verdeck, um jeder Cameradschaft ihre tägliche Portion Brantwein, und zwar, damit sie keine verkehrte Wirkung in den Köpfen hervorbringen möchte, bereits mit Wasser gehörig verdünnt, zuzutheilen. Außerdem aber war es jedermann erlaubt, aus einer offenen Tonne auf dem Verdeck so viel Wasser als er wollte, zu trinken, doch ohne einen Tropfen zu einem andern Gebrauch mit sich forttragen zu dürfen. Durch diese vortrefliche Einrichtung sorgte Cook zu gleicher Zeit für die Gesundheit seiner Leute, und verhinderte die Verschwendung eines so nothwendigen Vorraths. So bald die Polhöhe oder die Uhr die Mittagsstunde bestimmt hatte, war das Geläute der Schiffsglocke ein Signal, das Mittagsessen aus der Küche zu holen. Die ganze Mannschaft ist gewöhnlich in kleine Tischgesellschaften oder Cameradschaften *(messes)* von drey oder vier Personen abgetheilt, wovon einer wöchentlich das Amt übernimmt, die Portionen Essen und Trinken für seine Tischgenossen in Empfang zu nehmen. Daher sind auch die Stücken Fleisch schon so zugeschnitten, daß die Größe derselben der Anzahl der Personen in jeder Cameradschaft angemessen ist. An den vier Fleischtagen wird, außer der gewöhnlichen Erbssuppe, worin Täfelchen von eingekochter Fleischbrühe zerlassen werden, um sie nahrhafter zu machen, gepökeltes Rind- oder Schweinefleisch mit Sauerkraut gegeben. Mit diesen wechseln die *Banianentage*, denen der Matrose, mit Anspielung auf die Enthaltsamkeit der Indier von allem Fleische, diesen Namen giebt, weil auch er alsdenn, anstatt des Fleisches, nur einen harten Klos von Mehl bekommt. Der jedesmalige Wirth *(caterer)* einer jeden Cameradschaft, hat, so lange seine Woche dauert, ein mühsames Amt, denn er muß dafür sorgen, daß seine Tischgenossen ein gutes Stück Fleisch bekommen, und daß ihnen überhaupt an ihren Portionen nichts abgehe. Ein altes Herkommen giebt jeder Tischgesellschaft das Recht, die Nachläßigkeit ihres Wirths zuerst mit Schmälerung seines eigenen Antheils, dann aber auch mit dem Tagel, als dem Werkzeuge der summarischen Justiz des Schiffraums, zu ahnden. Da es nun fast unvermeidlich ist, daß nicht von Zeit zu Zeit ein gar zu kleines Stück in der Tonne seyn sollte, welches irgend einem zu Theil werden muß, so ergötzt sich das Volk ziemlich oft an dem Schauspiel einer solchen scherzhaften Execution. Während des Mittagsmahls bleiben wieder nur die Officiere, nebst ein paar Leuten am Steuerruder, auf dem Verdeck. Der Nachmittag ist gemeiniglich frey von Nebenarbeiten; am Abend wird das Waschen des Verdecks wiederholt, und gegen acht

Uhr verzehrt der Matrose sein frugales Abendbrod, welches mehrentheils aus bloßem Schiffszwieback, und dem Überreste der Mittagsmahlzeit besteht. Die nächtlichen Wachen bringen ihre Zeit mit Gehen zu, um sich munter zu erhalten. Zu Schiffe wird aber überhaupt viel gegangen. Außer den gesetzten Zeiten, die jedermann, wenn die Reihe ihn triff, auf dem Verdecke zubringen muß, kommt sowohl der Capitain als die meisten Officiere täglich ein paar mal herauf, um sich ein paar Stunden lang eine Bewegung zu machen. Unzähligemal habe ich mich auf dem Quarterdeck, welches höchstens vier und zwanzig Schritt lang ist, mit zwölf bis vierzehn Personen befunden, die paarweise hintereinander auf und ab spazierten, so, daß wir jedesmal beym zwölften oder funfzehnten Schritt umkehren mußten. Die Bewegung des Schiffs, welches theils von einer Seite zur andern rollt, theils mit dem Vordertheil bald sinkt, bald steigt, macht einen eignen Gang nothwendig; man muß nämlich, um sicher zu treten, mit gebogenem Knie und ziemlich weit auseinander gesetzten Füßen, sich wechselsweise auf einem und dem andern Beine wiegen, und gleichsam wie die Enten einherwatscheln. Ächten Seefahrern wird dieser Gang so sehr zur Gewohnheit, daß sie ihn auch zu Lande nicht ablegen können, wo er ihnen ein linkes Ansehen giebt, weil die Erde nicht unter ihren Tritten ausweicht, wie das Schiff. Die heftigen Bewegungen, welche die See dem Schiffe mittheilt, machen in der That eine Menge kleiner Vorkehrungen nöthig, wovon man zu Lande keinen Begriff haben kann. Alles Bewegliche muß befestigt werden; alle Gläser und Flaschen nebst Theetöpfen und Tassen werden in Bretter mit Einschnitten gehängt. Selbst die Tischgesellschaft in der Kajüte bindet man auf ihren Stühlen fest an den Tisch, und wenn die Suppe gegessen wird, hält jeder den Teller frey in der Luft, und balancirt unaufhörlich damit, um das Überfließen zu verhüten. Alle diese Fertigkeiten erwirbt man sich indeß in kurzer Zeit, ja man lernt sogar bey dem gewaltsamsten Schwanken des Schiffs, schreiben, zeichnen, und sich rasiren. Nur das Toben eines Sturms, wobey die Wogen sich wie Berge thürmen, kann diese Beschäftigungen unterbrechen, und die Spaziergänger vom Verdecke verscheuchen.

Außer dieser Unannehmlichkeit legt das ungestüme Wetter dem Matrosen auch eine neue Last auf, weil es öfters die vereinigten Kräfte der gesammten Mannschaft erfordert. Wenn Segel eingereft oder ganz eingezogen werden; wenn man das Schiff im Sturm umlegen, oder sonst ein Manœuvre vornehmen will, welches eine schnelle und geschickte Ausführung erfordert: so muß jedermann *(all hands)*, es sey bey Tage oder bey Nacht, heraufkommen und Hand anlegen. Ist die Lage des Schiffs im mindesten gefährlich, so ruft man auch alle Officiere herbey, und der Befehlshaber ist gemeiniglich der erste, der in solchen Fällen auf das Verdeck kommt, da ohne seinen ausdrücklichen Befehl, es sey denn im Fall einer plötzlichen und dringenden Gefahr, niemand das Schiff umlegen lassen, oder die Richtung, in welcher es fortgeht, ändern darf. In ofner See weiß man indeß wenig von solchen überraschenden Ereignissen. Nur am Lande, nur an diesem Ziele, dem der müde Seemann zuletzt so sehnsuchtsvoll entgegensieht, lauert die Gefahr im Hinterhalt; hier muß er oft mit vielen durchwachten Nächten, und mit Erduldung des härtesten Ungemachs, die Erfrischungen des Hafens erringen.

In einer Gegend, wo Cook Land vermuthete, ließ er die Schiffe, wenn deren zwey zugleich unter seinem Befehl standen, drey bis vier Seemeilen weit auseinander segeln, um ein desto größeres Feld übersehen zu können, und wo möglich keine Entdeckung zu verfehlen. Gränzten seine Vermuthungen an Gewißheit, oder befand er sich wirklich in der Nähe von bekannten Inseln, so ließ er des Nachts ab und zu laviren, um nicht aus der Stelle zu kommen, die er am Abend untersucht hatte. In Fällen aber, wo ihm viel daran gelegen war, keine Zeit zu verlieren, und so früh als möglich einen bestimmten Ort zu erreichen, mußte ein Officier die ganze Nacht hindurch in einem Boote einige Meilen weit voraussegeln, und falls er Land erblickte, durch Raketen oder andere Feuerwerke Nachricht davon geben. Ich wage es nicht, die Regungen zu beschreiben, die der wirkliche Anblick des Landes nach einer langwierigen Schiffahrt, ohne Ausnahme bey jedem Seefahrer erweckt. Sobald der Wächter im Mastkorbe Land! ruft, steigen die neugierigsten zu ihm hinauf; sobald es aber vom Verdeck gesehen werden kann, bleibt Niemand mehr unten im Raume; selbst Kranke kriechen alsdenn hervor, und ich müßte mich sehr irren, oder es ist nicht die Neugier allein, die sie so unaufhaltsam antreibt, das Land mit eigenen Augen zu sehen. Es liegt in der That schon etwas erfrischendes in diesem bloßen Anblick, etwas, das den ersten Heißhunger des Verlangens stillt. Das Auge ruhet und genießt; und dieser Genuß ist Labung für den ganzen Menschen, im weitesten Umfang des Einflusses, den selbst die strengsten Ärzte den Geisteskräften auf den Körper zugestehen. Je näher man kommt, desto lebhafter wird das Interesse, durch die Menge der Gegenstände, die man allmählig deutlicher unterscheidet. Allein gerade diese Annäherung bringt den Seemann oft in große Verlegenheit. An einer unbekannten Küste muß er verborgener Klippen und Untiefen gewärtig seyn, wogegen ihn nur die äußerste Sorgfalt und Wachsamkeit schützen kann; und selbst in völlig bekannten Gegenden, ist nur eine Windstille nöthig, um sein Schiff dem Schwanken des Oceans preis zu geben, und in die augenscheinlichste Gefahr zu bringen, an die Küste getrieben zu werden. Diese Schwierigkeiten, die mit jeder Entdeckung des Landes verbunden sind, schrecken insgemein den Befehlshaber einer Entdeckungsreise von der genauen Untersuchung der neuen Länder zurück. Sie fordern gerade die Mischung von Erfahrung und Kühnheit, die Cook besaß, wenn man sich über sie wegsetzen soll. Die Tagebücher seiner Reisen sind aber auch mit vielen Beyspielen angefüllt, wo ihn der Eifer für die Erdkunde in die allergefährlichsten Lagen gebracht, und seine Schiffe mehr als einmal auf Riefe oder Klippen getrieben hat. Ich erinnere mich, auf der Reise, wo ich ihn begleitete, daß wir uns wenigstens sechsmal wegen einer Windstille in der größten Gefahr befanden, an der Küste zu scheitern; nämlich bey Otaheiti, an den Riefen der Freundschaftlichen Eilande, zweymal unter den neuen Hebriden, und zweymal an der Küste von Neucaledonien. Bey Otaheiti kamen wir wirklich auf den Felsen zu sitzen, und es war ein Glück für uns, daß wir auf einem Korallenriefe, welches sonst gegen die Seeseite hin steil wie eine Mauer in den Abgrund geht, einen Absatz fanden, wo ein Anker in der Tiefe von etlichen siebzig Klaftern liegen konnte. In diesem Augenblick der allgemeinen Noth griff jeder, ohne Unterschied des Ranges oder der Beschäftigung, die ihm sonst zukam, zur Arbeit, um das Schiff vom Felsen hinab in tieferes Wasser zu winden. Wundärzte, Sternkundige, Naturforscher, Zeichner, lauter Leute, die sonst mit der Schiffsarbeit nichts zu thun haben, keichten an der Ankerwinde bey einer Hitze von mehr als dreyßig Graden.

Die Ankunft im Hafen macht den Arbeiten des Schiffvolks nicht allemal ein Ende; im Gegentheil finden sich alsdenn eine Menge Verrichtungen, welche die anhaltendste Anstrengung erfordern, und wobey zuweilen viel zu wagen ist. Die unvermeidliche Nothwendigkeit, gewisse Vorräthe, wie z. B. Holz und Wasser, zu ergänzen, und das bey mißlichen Gesundheitsumständen oft nicht minder dringende Bedürfniß frischer Lebensmittel, sind zwar an sich hinlängliche Bewegungsgründe, einen Hafen zu suchen; allein so wichtig sie immer seyn mochten, und so ernstlich Cook zu allen Zeiten darauf sann, seine Mannschaft gesund und muthig zu erhalten, so vergaß er doch nie den Zweck seiner Reise über die Mittel zur Erlangung desselben, und hütete sich, diese Mittel je als Zwecke anzusehen. Das Entdeckungsgeschäft blieb also auch alsdenn noch sein Hauptaugenmerk, wenn er am Lande Erfrischungen suchen mußte. Wo seine Vorgänger, oder er selbst, bey einem früheren Besuch, im Fache der Geographie nichts nachzuholen übrig gelassen hatten, wie z. B. in den Societätsinseln und in verschiedenen Gegenden von Neuseeland, da verweilte er nicht länger, als es die Erholung des Schiffvolkes unumgänglich erforderte. Wie eifrig er es sich aber angelegen seyn ließ, während dieses Aufenthalts, von der *innern* Beschaffenheit des Landes nähere Nachricht einzusammeln, und mit dem Nationalcharakter der Einwohner vertrauter zu werden, davon giebt insbesondere das Tagebuch seiner letzten Reise den redendsten Beweis. Nachdem Wallis und Bougainville, jeder ungefähr drey Wochen, Cook aber in der Endeavour, wegen des Durchgangs der Venus, volle drey Monate, und auf seiner zweyten Reise zu zwey verschiedenen Jahreszeiten über vierzehn Tage in O-Taheiti zugebracht hatte, hielt er noch auf der dritten Reise die wichtige Nachlese von den dortigen Sitten, Gebräuchen und Religionsbegriffen, die seine letzten Aufsätze so lehrreich und unterhaltend macht. In der That ist es offenbar, daß so vieler wiederholten Besuche ungeachtet, unsere Kenntniß von jener Insel noch jezt sehr unvollkommen seyn müsse, und daß es auch schlechterdings unmöglich sey, auf Entdeckungsreisen, die einen bestimmten Zweck haben, den ganzen Umfang aller Verhältnisse eines jeden neuentdeckten Landes zu erschöpfen. Ohne hier auf ein Beyspiel zu verweisen, welches uns nahe liegt; ohne zu erinnern, daß es die Beobachtung vieler Jahre und unzählige Hülfsmittel erfordert, um, ich will nicht sagen, einen vollständigen Begriff von unsern Ländern zu erlangen, sondern nur von einzelnen Gegenständen, wie Verfassung, Rechtspflege, Religion, Wissenschaft und Kunst eines Europäischen Staates, genaue Nachrichten zu sammeln; muß es jedem auffallen, daß Unbekanntschaft mit der Sprache jener Völkerschaften in den meisten Fällen dem Forscher ein unübersteigliches Hinderniß in den Weg legt. Dem Reisenden bleibt unter diesen Umständen weiter nichts übrig, als aufmerksam zu beobachten, und das gesehene treu zu erzählen. Alles was außer seinem Gesichtspunkte liegt, ist so gut, als ob es noch nicht existirte; wenigstens sind alle Nachrichten, die man aus dem Munde der Eingebohrnen erfährt, bey der Unvollkommenheit unserer Sprachkenntniß, mehr oder weniger schwankend und unzuverlässig, je mehr Beziehung sie auf abstrakte Begriffe oder auf Gegenstände der Einbildungskraft und Logik haben. Die Taheitische Götterlehre und Kosmogenie bleiben daher noch immer doppelt verschleyert, einmal durch ihre eigenthümliche Ungereimtheit, und dann durch unsere fehlerhafte Auslegung. Doch diese Schwierigkeit beyseite, wie viele Handlungen und Begebenheiten, welche die Hauptzüge zum Nationalgemälde liefern, können nicht Statt finden, ohne daß sie sich gerade während des kurzen Aufenthalts des Entdekkers ereignen? Cook war viermal in Otaheiti gewesen, und dennoch sah er erst das letztemal ein Menschenopfer, diesen so äußerst merkwürdigen Zug von der Grausamkeit des Aberglaubens bey einem übrigens sanftmüthigen Volke. Eben so verhält es sich mit allen andern Gegenständen des Nachforschens. Wenn man eine weit ausgebreitete Küste, oder eine Insel von beträchtlichem Umfange beschifft, so schränken sich alle Untersuchungen auf die wenigen Anlandungspunkte ein; außer ihnen bleibt alles, und hauptsächlich das Innere des Landes unerforscht. Wie läßt es sich auch denken, daß man in einigen Tagen, oder wenn es hoch kommt in einigen Wochen, alle Produkte, selbst nur jener kleinen Bezirke einsammeln könne, da jede Jahreszeit und fast jeder Monat, seine besondern Blüthen und Früchte trägt, da Thiere, Vögel und Fische zu gewissen Zeiten ihre Wohnplätze verändern, und Insekten während ihrer verschiedenen Verwandlungsepochen oftmals von der Oberfläche der Erde verschwinden? Allein der Entdecker soll ja nicht Topograph seyn; er hängt von seinem Reiseplan ab, und sucht sein Verdienst in einer weisen Eintheilung und Benutzung seiner Zeit, so, daß er zugleich seinen Hauptendzweck, die Entdeckung neuer Länder, und die wichtige Nebenabsicht ihrer genaueren Untersuchung, nach Möglichkeit erreicht.

Insofern das Entdeckungsgeschäft von Umständen abhängt, die sich nicht vorhersehen lassen, ist es fast unmöglich, den Erfolg bey jeder neuen Veranlassung vorauszubestimmen. Stürme, widrige Winde, Windstillen, die Annäherung einer Jahreszeit, die den Entdecker nach andern Meeresgegenden hinruft, der Wassermangel des neuen Landes oder dessen Unfruchtbarkeit, welche ihm die nöthigsten Erfrischungen und Schiffsbedürfnisse versagt, die

Unsicherheit einer offenen Rheede, die Schwierigkeit und Gefahr des Anlandens, die Wildheit und Feindseligkeit der Eingebohrnen, – alles dies sind Einschränkungen, welche die weisesten Maaßregeln vereiteln, und der feurigsten Forschbegierde Einhalt thun können. Man gehe indeß Cooks drey große Reisen durch, und erwäge, wie viel er, unter solchen Umständen, in Vergleich mit andern Seefahrern geleistet hat, so wird man, auch ohne nautische Kenntnisse zu besitzen, leicht entdecken, was Erfahrung, Unerschrockenheit, Geduld, Scharfsinn und Eifer des Entdeckers dagegen vermögen, und wie manches Hinderniß sie glücklich bezwingen. Der Unbeständigkeit des Wetters und selbst einem langwierigen Widerstande der Winde setzte Cook sein, nur großen Männern eigenthümliches, Beharren entgegen, und da er jeden Vortheil unverzüglich benutzte, war er seines Sieges jederzeit gewiß. Aufmerksam auf den Wink des Botanikers, der ihm blutreinigende und nahrhafte Kräuter zeigte, schuf er sich aus unbewohnten Wüsteneyen, wo kein anderer Seefahrer verweilt hätte, die herrlichsten Erfrischungsplätze. In der Behandlung der minder gesitteten Völker, welche die jenseitige Halbkugel bewohnen, ging er den Mittelweg, der dem Entdecker geziemt. Sein richtiges Gefühl, sein von den Fesseln des Vorurtheils freyer Verstand, seine Achtung für die Rechte der Menschheit bewogen ihn zur Schonung und Nachsicht. Er mäßigte den überkochenden und zu geringschätzigen Eifer derer, die sich bey der geringsten Widersetzlichkeit lieber furchtbar als beliebt machen wollten. Es ist allerdings empörend, wenn man, bey dem Bewußtseyn der besten Absichten, nur Mißtrauen erblickt, und für angebotene Freundschaft nur höhnende Ausforderungen zurück empfängt. Allein das Ehrenrührige und zur Wiedervergeltung Anspornende fällt weg, sobald man sich mit Cook an die Stelle jener rohen Menschen setzt, bey denen Fremdling und Feind beynahe gleichgeltende Begriffe sind. Der Europäer, dem seine Waffen eine entschiedene Überlegenheit geben, kann überdies nicht eigentlich von dem Schwächern beleidigt werden, dessen Unwissenheit er schonen, und dessen Tapferkeit er ehren muß. Cook vermied daher sorgfältig jede Gelegenheit zum Streite, und suchte das Vertrauen der Eingebohrnen zu rechter Zeit durch Geschenke und Freundschaftsbezeigungen zu gewinnen. Von einer andern Seite hingegen litt er es nie, daß man an ihm und seinen Leuten ungestraft die allgemein erkannten, und selbst dem Wilden heiligen, Rechte des Eigenthums gewaltthätig kränkte. Nichts gleicht dem Übermuth des Räubers, dem sein erster Versuch gelingt;

mit stolzer Verachtung sieht er auf seinen Gegner als seine Beute herab, und indem der Besitz des geraubten Gutes seine Habsucht schärfer reizt, kann ihn nichts mehr abhalten, einen neuen Anschlag auf des Fremden Eigenthum und Leben zu wagen. Immerhin mögen Romandichter, die sich ihrer Ideale nicht entschlagen können, und gewohnt sind, von Naturmenschen, vom goldnen Zeitalter, von ursprünglicher Vortreflichkeit und Einfalt, und einem angebohrnen Gefühl, daß allen alles gehöre, überirdisch zu träumen, immerhin mögen sie, sage ich, diese Bilder ihrer süßelnden Phantasie auch in ihre Darstellung der wirklichen Welt übertragen: der Reisende durchirrt alle vier Welttheile, und findet nirgends das liebenswürdige Völkchen, welches man ihm in jedem Walde und in jeder Wildniß versprach. Getäuscht durch eine faselnde Erdichtung, die den Namen der Geschichte und der Philosophie entheiligt, schämt er sich endlich seiner kindischen Leichtgläubigkeit, und erweiset dem läppischen Naturmenschen noch unverdiente Ehre, wenn er ihn zu den Centauren und Cyklopen, oder zu den redenden Thieren der alten Fabel zählt[19]. Man zeige uns den Wilden, der, ohne blödsinnig zu seyn, vom Mein und Dein gar keine Begriffe hat. *Sein* ist die Hütte, die er errichtet, der Pelz, den er genähet, der Kahn den er ausgehöhlt, der Bogen den er geschnitzt, die Schleuder, die er geflochten, das Netz das er gestrickt, der Putz den er sich mühsam zusammengesucht und mit unendlicher Geduld bereitet hat. *Sein* ist der Baum über seinem Haupte, der ihm Früchte trägt, das Wild das er tödtet, der Fisch den er fängt. *Sein* ist endlich der Wald wo er jagt, das Ufer wo er fischt, das Weib, das er umarmt. Niemand versucht es ungeahndet, ihn im Besitz dieses Eigenthums zu beeinträchtigen. Doch auch das Thier, könnte man einwenden, fühlt einen zueignenden Trieb; wer kennt nicht den sultanischen Instinkt des Seelöwen und des Affen-Anumants[20]? Allein für den Menschen giebt es beydes, ein Eigenthum der Begierde, und eines der Vernunft.

---

19 Die Fabeln und Mythen hatten eine Moral, und die besten ließen die Thiere ihrem Charakter völlig gemäß auftreten. Die Ungeheuer der alten Dichter waren schöne allegorische Bilder. Der Naturmensch der neuern aber ist ein widersinniges Unding, welches in keine mögliche Welt paßt, außer etwa in die, wo Löwen Gras fressen, Tiger Lämmer säugen, und Adler die jungen Täubchen füttern, das ist, in eine Welt des Widerspruchs, wo alles aufhört zu seyn, was es ist.

20 Anumant heißt in Indien der Affe, dem ein ganzer Trupp gehorcht, und dessen Herrschaft sehr despotisch ist. Der Seelöwe hat ein Serail von Weibchen, denen kein anderer zu nahe kommen darf.

Der Instinkt geht vor dem Begriff her, er dauert auch neben ihm fort, und ist das Übergewicht, wodurch die Vorstellung des *Mein* immer ungleich lebhafter zu bleiben pflegt, als die Vorstellung des entgegengesetzten *Dein.* Aber der Begriff, der nur durch eben diesen deutlichen, klaren Gegensatz offenbar werden konnte, entstand fast zugleich mit der Sprache und mit der Gesellschaft. Die Nordamerikaner im Nutka-Sunde wollten für die Erlaubniß Holz zu hauen, Wasser zu füllen, und Gras zu mähen bezahlt seyn, und rechneten es sich hernach zum Verdienst an, daß sie den Engländern Holz und Wasser unentgeldlich überlassen hätten. Cook fand ihre Forderungen billig, und würde, wenn er zugegen gewesen wäre, die Erlaubniß erkauft haben, wie er in der Folge wirklich für das Heumachen bezahlte. Können auch, darf ich jezt fragen, gesittete Europäer den Begriff des Eigenthumsrechtes weiter ausdehnen? Und ist er nicht jederzeit wechselseitig? ist das Recht des Seefahrers auf sein Eigenthum nicht so gültig, als das, womit der Wilde das seinige besitzt? Wie gelangte der Wilde sonst zu dieser Erkenntniß, wenn nicht bey einer Gelegenheit, wo er zugleich einem andern ein ähnliches Recht zugestehen mußte! Wissentlich also wagt er einen Eingriff in dieses von ihm selbst anerkannte Recht, wenn er, aus Übermuth und im Vertrauen auf seine Stärke, einen gewaltthätigen Raub begeht. Daher stimmen alle zuverläßige Reisende und insbesondere Cook mit seinen Gefährten, darin überein, daß die Rechtmäßigkeit der an den Plünderern vollzogenen Strafe in allen Fällen, ohne Ausnahme, von den Wilden selbst freywillig eingestanden worden sey. Der Mensch der nur sein Recht behaupten, und jedem andern das seinige absprechen wollte, wäre fürwahr! nur ein etwas klügerer, und folglich ein desto furchtbarerer Tiger. Man hat zwar hier und dort Wüthriche dieser Art, selbst auf dem Throne gesehen; allein sie und ihr göttliches Recht sind der Abscheu und zugleich die Schande der Menschheit.

Es ist das Schicksal des Entdeckers, so friedfertig er übrigens gesinnt seyn mag, in Lagen zu kommen, wo er sein Leben auf das Spiel setzen, und bisweilen mit dem Blute derer, die ihn angreifen, erkaufen muß. Seine Wachsamkeit und Vorsicht vereiteln zwar insgemein den regellosen Angriff der Wilden; der Blitz und Donner des Geschützes, das aus der Ferne tödtet, entscheiden schnell für ihn, nicht so wohl durch die Anzahl der Erschlagenen, als durch das Schrecken, das sie verbreiten; doch hat man auch Beyspiele von dem seltneren Falle, daß er unversehens überfallen, oder von der tollkühnen Menge überwältigt worden ist. Cook war lange der Gegenstand einer anbetenden Verehrung bey dem Volke von Owaihi, bis es über eine rasche That eines Officiers plötzlich in Gährung gerieth. Noch wollte er das Leben der Insulaner schonen, und versäumte dadurch den Augenblick seiner eigenen Rettung; es war zu spät zu den Waffen zu greifen, da schon blinde Wuth die Gemüther erfüllte. Eine Maaßregel, welche zu rechter Zeit ein größeres Blutbad verhütet, kann vielleicht den Anschein von Strenge haben; allein sie ist menschlich und weise, so bald man ihre Folgen betrachtet. Könnte oder möchte man sich doch zuvor ganz an die Stelle des Entdeckers denken, ehe man sein Betragen gegen die Einwohner jener fernen Weltgegenden verdammte! Es ist guter Ton, daß Herren und Damen von feinem Gefühl sich über den Mißbrauch der Übermacht gegen ein unschuldiges, und wenn es ihnen beliebt, ein harm- und wehrloses Völkchen ereifern; daß sie mit Abscheu und Entsetzen die Mordthaten der Europäer erwähnen. Woher kommt es denn aber, daß man sich Beschuldigungen von der gehässigsten Art erlaubt, so bald von Entdekkern und Indianern die Rede ist, da es in jedem andern Falle ungezogen seyn würde, ohne die unläugbarste Evidenz damit hervorzutreten? Selbst würdige und gelehrte Männer giessen viel unverdienten Spott über den Entdecker aus; weil er, ihres Bedünkens, ein unrechtes Compendium des Naturrechts nachgeschlagen haben müsse, um darin die Richtschnur seines Verkehrs mit den Insulanern des Südmeers zu finden. Cook hatte aber weder den Barbeyrac noch den Puffendorf gelesen, und überhaupt den Wilden nicht theoretisch studirt. Sollte es auch nicht einem kleinen Zweifel unterworfen seyn, ob man wirklich Compendien nachschlägt, wenn man sich in Lebensgefahr befindet? Doch vielleicht ermannet sich irgend ein empfindsamer Sittenrichter, seinen Flaum und seinen niedlich besetzten Tisch zu verlassen, um den Seemann auf einer mühsamen Fahrt zu begleiten. Wenn alsdenn ein Sturm die Masten zerschmettert, oder eine Klippe den Boden beschädigt, wenn der unentbehrlichste Vorrath von Holz und Wasser zu Ende geht, wenn der Scharbock unter der Mannschaft wüthet, mit Einem Worte, wenn das harte Gesetz der Nothwendigkeit den Entdecker in den Hafen treibt, so wird hoffentlich der nunmehrige Theilnehmer an diesen Leiden genau bestimmen können, was die Selbsterhaltung fordert, und wo die Menschlichkeit anfängt. Der Neuseeländer der heute ganz friedlich Fische zum Verkauf bringt, kommt morgen als Feind. Wohlan! heute giebt man ihm Nägel, und morgen wehrt man sich mit Kugeln. Weit entfernt also, jene Menschen nach unsern schulgerechten Begriffen zu behandeln, sieht man sich vielmehr gezwungen, sich zu den ihrigen herab zu lassen. Die Frage, womit der strenge Moralist sich zuletzt durchhelfen will, nämlich: mit welchem Rechte man den Wilden in seinem Lande beunruhige? gehört eigentlich nicht hieher; denn sie betrift nicht mehr das Betragen des Entdeckers, sondern will die Moralität der Entdekkungsreisen überhaupt verdächtig machen. Wer dasjenige erwägt, was hierüber im Eingange dieses Aufsatzes gesagt worden ist, wird es schwer sich den Europäern zur Sünde anrechnen, daß sie nicht die ersten sind, die auf einer entfernten Insel anlanden, sondern Menschen dort antreffen, welche sich bereits in früheren Zeiten dahin gewagt haben. Wie viel indeß auf die Mäßigung des Befehlshabers ankomme, erhellt aus einer Vergleichung zwischen Cooks Reisen und andern Südseefahrten. Mendanna, Quiros, Roggewein, Wallis und Carteret richteten große Niederlagen unter den Eingebohrnen der wenigen Südseeinseln an, die sie berührten; da hingegen Cook, bey dem erstaunlichen Umfang seiner Entdeckungen, mit den verschiedensten Völkerschaften, in O-Taheiti, den Societäts- Freundschafts- und Sandwichsinseln, den Marquisen und neuen Hebriden, in Neucaledonien, Neuholland und Neuseeland, und an der ganzen Nordwestküste von Nordamerika, mehrentheils in gutem Vernehmen stand, und nur äußerst selten in die betrübte Nothwendigkeit versetzt wurde, zu gewaltsamen Vertheidigungsmitteln zu schreiten. Die Anzahl der Erschlagenen bleibt auch alsdenn noch unbeträchtlich, wenn man die unglücklichen Schlachtopfer der unverantwortlichen Übereilung oder Fühllosigkeit einzelner Officiere hinzu rechnet.

Das Mittel, wodurch der große Seemann diesen Theil seines Plans durchsetzte, war jene außerordentliche und nie ermüdende Thätigkeit, die ihn auch bewog, die geschäftigsten Rollen selbst zu übernehmen, und der Willkühr seiner ungestümeren, oft harten Untergebenen so wenig als möglich zu überlassen. So bald man sich dem Lande nahete, fing eine Reihe von neuen Beschäftigungen an. Von einem Augenblicke zum andern, so wie die verschiedenen Vorgebirge und Spitzen zum Vorschein kamen oder sich wieder hintereinander verborgen, mußte ihre Lage und Richtung vermittelst des Compasses bestimmt werden. In der Nähe des Ufers, insbesondere wo ein Hafen zu seyn schien, oder wo ein flacher mit Sand bedeckter Strand an das Meer gränzte, ward das Senkbley fleißig ausgeworfen, um zu erforschen, ob Ankergrund vorhanden sey. Die Schiffe änderten ihre Richtung nach den Beugungen und vorspringenden Spitzen der Küste, welche man oft gänzlich aufzunehmen suchte, ehe man vor Anker ging. Beym Anschein eines Hafens, wo es nicht rathsam gewesen wäre, sogleich einzulaufen, ward ein Boot ausgesetzt und zur Untersuchung abgeschickt. Die Tiefe des Wassers, die Beschaffenheit des Grundes, die Lage des Eingangs; mit welchem Winde man hinein, und mit welchem man bequem heraussegeln könne? ward auf die Art vorher bestimmt. Wo die rechte Einfahrt leicht verfehlt werden konnte, mußten sich Boote auf die Untiefen zu beyden Seiten legen, und dieser Vorsicht ungeachtet blieb dennoch bisweilen manche Klippe unter dem Wasser verborgen und unerforscht, die man erst mit der Gefahr das Schiff zu verlieren kennen lernte. So eifrig man bemühet gewesen war, sich mit den Eingebohrnen, die etwa in ihren Kähnen sich einige Meilen weit in See an das Schiff gewagt hatten, freundschaftlich zu unterhalten, so hörte doch gleichsam aller Handel und alles Gespräch mit ihnen auf, so lange die ungewisse Lage des Schiffs an einer unbekannten Küste die ganze Aufmerksamkeit des Seemanns erfoderte. Hätten diejenigen Insulaner, die geneigt waren uns als Feinde anzugreifen, einen Begriff davon gehabt, wie schwer es sey, unsere großen Schiffe zu regieren, so würden sie unfehlbar keinen gefährlicheren Augenblick zum Angriff haben wählen können, als eben den, wo die ganze Mannschaft in voller Beschäftigung stand, und niemand seinen Posten bey den Segeln, bey dem Senkbley, bey dem Anker und den Kabeltauen verlassen durfte. Allein solche kritische Zeitpunkte giengen immer glücklich vorbey. Cook wählte sich den Ankerplatz, das Anker ward am bestimmten Orte geworfen, die Segel wurden eingezogen, und dann die Boote von neuem bemannet, um zu versuchen, was das Land hervorbrächte. Der erste Gegenstand des eigenen Nachforschens oder der Nachfrage bey den Einwohnern, war ein bequemer Platz, wo man die ledigen Wasserfässer mit frischem Trinkwasser füllen könnte. Die Pantomime leistete bey solchen Gelegenheiten wesentliche Dienste, bis man die nothwendigsten Wörter der Landessprache erlernt hatte. Das Bedürfniß des Essens und Trinkens durch Zeichen zu verstehen zu geben, ist so leicht und dem Mißverstande so wenig unterworfen, daß alle Conversation am Lande gemeiniglich davon anfängt. Beynahe immer nennt der Insulaner, sobald er begreift was man von ihm fordert, das Verlangte, z. B. Wasser, oder die Frucht am Baume, auf die man hindeutet, oder das Schwein welches unweit seiner Hütte umher läuft, mit Namen; und für Leute, denen alles daran liegt, sich verständlich zu machen, gehen seine Ausrufungen nicht verloren. Sobald er seiner Seits durch einige Beyspiele dieser Art inne wird, daß die Fremden seine Töne nachsprechen und zu verstehen suchen, deutet er auf die Menge der Gegenstände um sich her, und nennt einen jeden mit dem in seiner Sprache üblichen Worte. Der Sprachforscher findet also, wenn die Eingebohrnen nicht etwa, wie die Feuerländer, in Trägheit und dumme Fühllosigkeit ganz versunken sind, frühzeitig Gelegenheit, sein Wörterbuch zu bereichern. Seine Untersuchungen werden indeß durch ihre verschiedene Gemüthsart bald erleichtert, bald eingeschränkt. Wenn gleich die Fälle selten sind, wo sie in wirkliche Feindseligkeiten gegen die Entdecker ausbrechen, so giebt es doch auf der andern Seite auch wenige Beyspiele von einem so unbegränzten Zutrauen und einer so patriarchalischen Gastfreyheit, wie sie in Taheiti und den Freundschaftsinseln angetroffen wird. Je mehr Zurückhaltung und Mißtrauen der Insulaner blicken läßt, desto vorsichtiger und behutsamer muß sich der Reisende gegen ihn betragen. In Mallikollo wagten wir es kaum, zehn Schritte weit in den Wald zu gehen, der sich längs dem Strande hinzog; und dennoch winkten uns die Einwohner, sobald sie uns gewahr wurden, wir sollten sogleich an den Strand zurückkehren. In Tanna durften wir anfänglich auch nur ganz kurze Spaziergänge wagen, bis wir nach mehreren Tagen die Wohnungen des für uns am freundlichsten gesinnten Alten entdeckten, und allmählig die Zuneigung der dortigen Familien gewannen. Gleichwohl blieben die Einwohner, welche sich gegen den Vulkan hin aufhielten, jederzeit auf ihrer Hut, und ungeneigt mit uns vertrauten Umgang zu pflegen, so, daß sie uns zu wiederholtenmalen den Durchgang durch ihre Pflanzungen, nach jenem feuerspeyenden Berge versagten. Allein die gewöhnliche Kürze, oder auch die unbestimmte Dauer des Aufenthalts, und vorzüglich die Menge und Mannichfaltigkeit der in der Nähe zu beobachtenden Gegenstände gestatteten selten weitere Excursionen in das Innere, wenn auch die Insulaner nichts dawider hatten. Schon am Strande, wo die Neugier den größten Haufen der Einwohner zu versammeln pflegte, beschäftigte man sich oft Tage lang mit Erlernung der Sprache, mit der Beobachtung dieser von uns so verschiedenen Menschen, mit dem Tauschhandel um ihre Kleidungsstücke, ihre Waffen, ihre Zierrathen und andre Kunstarbeiten. In ihren Hütten erforschte man ihre Lebensart erst durch wiederholte Besuche; man untersuchte allmählig, so wie man sich durch Geschenke und kleine Liebkosungen gleichsam die Rechte der Freundschaft in einem immer höheren Grade erwarb, das Innere des Haushalts, die Geräthschaften, die Speisen, und ihre Zubereitung; zuweilen lernte man nur wenig, aber täglich wenigstens etwas neues. Bald beobachtete man die Austheilung der Arbeiten, die Verfertigung der Kleidungsstücke, die Bestellung des Ackers, den Bau einer Hütte oder eines Kahns; bald ereignete sich Gelegenheit, irgend eine merkwürdige Sitte, oder einen auffallenden Gebrauch zu sehen; bald fand man unverhofft einen Ehrenmann, der von der Erzeugung seiner Götter und von der Schöpfung zu erzählen wußte. Die Produkte des Steinreichs, die ein jedes Land darbot, die dortigen Vögel, Insekten und Gewürme, mußten theils gesammelt, theils mit Geduld verfolgt werden; und die Blüthen der Bäume und Kräuter nöthigten den Botaniker, wegen ihrer Vergänglichkeit, an Bord zu eilen, um dort ihre Beschreibungen und Abbildungen vollenden, und dann nach einer neuen Ernte ans Land zurückkehren zu können. In den meisten Fällen mußte er sich ohnehin in seinen botanischen Spatziergängen nach den Beschäftigungen und Erholungsstunden des Schiffvolks richten, weil es, außer an den bestimmten Tagszeiten, wo Boote abgeschickt wurden und andere ankamen, selten Gelegenheit gab, vom Schiffe ans Land, oder zurück an Bord zu kommen. Alles war während dieser geschäftigen Zeit in Bewegung. Eine Parthey mußte Wasser füllen, eine andere fällte Brennholz; einige Officiere waren mit dem Tauschhandel um Lebensmittel beschäftigt. In fischreichen Gegenden schickte man Boote aus, um auch diese Erfrischung nicht zu versäumen; in unbewohnten oder unbebauten Ländern suchte man sich durch wildwachsende Suppenkräuter für den Mangel der Gartengewächse schadlos zu halten. Zu gleicher Zeit wurde das Schiff ausgebessert, und, wie es nach einer langen Fahrt nothwendig war, mit neuem Tau- und Takelwerk versehen. Cook ließ das Meergras und die Muscheln die sich angesetzt hatten, vom Boden abkratzen, und die Ritzen zwischen den Planken, welche durch das Eintrocknen und das beständige Arbeiten des Schiffs gegen Wind und Wellen immer weiter aus einander gegangen waren, mit Werg verstopfen. Auf eben die Art kalfaterte man das Verdeck, welches zuweilen das Wasser stromweise durchließ, und wenn alles fertig war, füllte man die Fugen mit Pech an, und bestrich das ganze Schiff mit Theer. Endlich ließ Cook auch Ballast laden, um das verminderte Gewicht zu ersetzen, und den Gang des Schiffes zu erleichtern, kurz, er setzte es in segelfertigen Stand. Wenn es die Umstände erforderten, mußte am Lande eine Schmiede errichtet werden, um neue Bolzen, Klammern, und dergleichen zu schmieden; und wo es anging, legte Cook auch eine Brauerey von Tannen- oder andern ähnlichen Sprossen an, um seine Leute durch eine gesunde Art von Bier zu erquicken. Ferner wurde am Lande ein Zelt aufgeschlagen, welches zur Sternwarte eingerichtet war. Während der Zeit wurden, zumal in weitläuftigen Bayen, deren Umfang und Lage man nicht mit einem Blick übersehen konnte, von Zeit zu Zeit Entdekkungspartheyen ausgeschickt, welche die verschiedenen Gegenden genau aufnehmen, und in Charten bringen mußten. Cook selbst belebte und betrieb fast alle diese Geschäfte durch seine Gegenwart. Er landete in einem neuen Lande fast immer selbst zuerst, oder folgte bald dem ersten Boot; er wies den Partheyen ihre verschiedenen Plätze an, und besuchte sie täglich mehrmals, um die Arbeit zu fördern, und allen Unordnungen und etwanigen Mißhelligkeiten mit den Einwohnern vorzubeugen. Wo diese sich sehen ließen, suchte er sie dadurch zu gewinnen, daß er Bänder, Schaumünzen[21] und andere Geschenke, insbesondere aber Eisengeräth unter sie austheilte, sie zu sich bat, die Vornehmsten an seiner Tafel bewirthete, und vor allen Dingen es dahin zu bringen suchte, daß ein Handel um Lebensmittel zu Stande kam. In unbewohnten Gegenden, wo diese Hülfe wegfallen mußte, und der Fischfang fast die einzige Erfrischungquelle blieb, pflegte er mit einer Gesellschaft von Officieren auf die Jagd zu gehen, und das erlegte Wildpret, es mochte nun in Seelöwen und Robben, oder in Pinguinen, Wasserraben, Enten, Gänsen und anderem Geflügel bestehen, unter die Mannschaft zu vertheilen.

Die Aufmerksamkeit des berühmten Entdeckers auf diesen Gegenstand, verdient wohl, daß ich noch ein Paar Bemerkungen darüber hinzufüge. Es hätte warlich wenig gefruchtet, daß man die Schiffe unter seiner Führung von

---

21 Die Schaumünze, welche er auf der zweyten Reise austheilte, hatte auf einer Seite das Brustbild des Königs Georg des dritten von England, und auf der andern die Abbildung der beyden Schiffe Resolution und Adventure, mit der Jahrzahl ihrer Abreise von England. Sie war von Bronze und vergoldet.

England aus so reichlich mit allen Erfordernissen versah, wenn nicht Er selbst den großen Haushalt geführt, zu rathe gehalten, und wo es möglich war, zu ergänzen gesucht hätte. Eine von den Ursachen, welche den Capitain Furneaux bewogen, nach seiner zweyten Trennung von Cook, geradesweges nach England zurückzugehen, und ein ganzes Jahr früher als er sollte, das Südmeer zu verlassen, war der Mangel an Lebensmitteln, welche nicht mehr auf eine dritte Campagne hinreichend befunden wurden. Gleichwohl hatte man sein Schiff eben so reichlich, wie die Resolution, auf drey volle Jahre versehen, und es hatte bloß an jener strengen Sparsamkeit gefehlt, welche Cook so weit trieb, als es mit der Erhaltung seiner Mannschaft nur immer bestehen konnte. Er wußte den Zeitpunkt abzumessen, wo er seinen Leuten etwas von ihrer vollen Portion abkürzen durfte; er unterließ auch nie, sobald nur frische Lebensmittel gereicht werden konnten, den ganzen Vorrath von Schiffskost, der täglich verbraucht zu werden pflegte, für eine künftige Gelegenheit aufzusparen. Von Zeit zu Zeit ließ er die Vorräthe aller Art genau besichtigen, was verdächtig befunden ward, zuerst verzehren, und allerley Handgriffe vornehmen, um den Überrest vor künftiger Beschädigung zu sichern. Dieser Sorgfalt verdankte er die Dauer seiner zweyten Reise, indem er dadurch noch zu rechter Zeit entdeckte, daß aller Schiffszwieback, den man in neue Fässer gepackt hatte, schimmlicht geworden war. Sogleich mußte in Neuseeland ein Backofen errichtet werden, worin er den Zwieback, nachdem vorher aller verdorbene ausgeworfen war, nochmals trocknen ließ. Wäre Cooks Wachsamkeit nicht so sehr ins Einzelne gegangen, und hätte sie nicht die dem Anschein nach geringfügigsten Kleinigkeiten, so wie die große Einheit des ganzen Plans umfaßt, so würde es ihm schwerlich gelungen seyn, seine Mannschaft, zum Erstaunen von Europa, drey Jahre lang so gesund zu erhalten, daß von hundert und zwanzig Menschen nur Einer durch Krankheit verloren ging. Er wußte aus Erfahrung, daß Unreinlichkeit und Mangel an frischer Luft im Matrosenraume oftmals ohne weitere Ursachen hinreichend sind, die heftigsten Ausbrüche des Scharbocks zu veranlassen. Man stelle sich jenes niedrige enge Behältniß vor, wo die Hangmatten dicht neben einander gereihet sind. Es erhält zu allen Zeiten nur wenig frische Luft; bey stürmischem Wetter aber fast gar keine, weil alsdenn der Hauptzugang mit einem Gatter und darüber mit Persening, oder getheerter Leinwand, bedeckt ist. Die Ausdünstungen von mehr als achtzig Personen verpesten nicht nur diesen Raum, und verursachen daselbst eine ungesunde Hitze, sondern sie durchdringen auch die Betten und Hangmatten, und selbst die Balken und Verdecke des Schiffs. Um die nachtheiligen Folgen dieser mephitischen Luft so viel als möglich zu vermindern, ließ Cook die Hangematten bey schönem Wetter alle Morgen auf das Verdeck bringen, und in die daselbst befindlichen Boote werfen, damit sie den ganzen Tag über vom frischen Winde durchlüftet wurden. Von Zeit zu Zeit, mehrentheils einmal in vierzehn Tagen, mußte jedermann heraufkommen, indeß zwischen den Verdecken mit Schießpulver und Essig geräuchert ward; und damit der Rauch alles Holzwerk recht durchziehen möchte, ließ Cook die Räume auf ein Paar Stunden lang zuschließen. Bisweilen wurden auch die Verdecke mit Essig gewaschen, und bey heißer Witterung spannte man auf dem Verdeck einen weiten Cylinder von Segeltuch gegen den Wind aus, dessen unterstes Ende den Zug der frischen Luft bis in den Matrosenraum hinableitete. Um den gemeinen Matrosen, der, sich selbst gelassen, ziemlich cynisch einhergeht, zur Reinlichkeit anzuhalten, pflegte Cook gewöhnlich des Sonntags die ganze Mannschaft zu mustern, und wer alsdenn nicht wenigstens rein gewaschen erschien, oder von der vorzüglichen Unsauberkeit seines Anzugs keine befriedigende Rechenschaft zu geben wußte, ward das erstemal durch Vorenthaltung seiner Branntweinsportion, und nach wiederholten Vergehungen auch wohl mit der Peitsche bestraft. Auf den beyden Reisen, welche die Erforschung der Pole zur Absicht hatten, führte Cook einen beträchtlichen Vorrath von warmen Kleidungsstücken mit sich, welche das Admiralitätscollegium auf seine Vorstellung unter die Mannschaft austheilen ließ, um sie in jener kalten Weltgegend vor der ungestümen Witterung zu schützen. Diese Kleidungsstücke bestanden in einer Jacke und Schifferhosen vom allerdicksten und der Nässe fast undurchdringlichen Boy, die er hernach noch mit einer Kappe für den Kopf vermehrte, wovon der Halskragen den Nacken und die Schultern bedeckte.

Noch muß ich das Hauptverwahrungsmittel und das beynahe specifische Heilmittel gegen den furchtbaren Scharbock erwähnen, für deren Einführung auf langen Seereisen Cooks Name, so lange Großbritannien Flotten hat, mit Dankempfindungen und mit Ehrfurcht genannt werden wird. Hier zeigte er die ganze Stärke einer gesunden natürlichen Beurtheilungskraft, welche durch seine ausgebreitete Erfahrung und den Umgang mit einsichtsvollen Männern geschärft worden war. Wenn es einen Wahrheitssinn, das ist, um deutlicher zu sprechen, wenn es eine so glückliche Organisation giebt, welche zum richtigen Auffassen der Verhältnisse vorzüglich geschickt ist, – und wie wollte man daran zweifeln? – so besaß sie Cook gewiß in einem vorzüglichen Grade. Der Sieg den er über Vorurtheile davon trug, die den Verstand des gemeinen Seemannes seit Jahrhunderten gefangen hielten, ist davon ein so auffallender Beweis, daß ihm die Königliche Societät der Wissenschaften in London, blos dafür die goldene Schaumünze des Ritters Copley zuerkannte. In dem seltsamen Charakter des Matrosen bemerkt man neben dem fröhlichen Leichtsinn und dem Hange zum gröbsten sinnlichen Genuß, wovon ich bereits gesprochen habe, einen Zug von Halsstarrigkeit gegen alle Neuerungen und von blinder Anhänglichkeit an das alte Herkommen, der wirklich auf eine sonderbare Art damit contrastirt. Fast sollte man denken, daß er seine Eigenschaften nicht blos von den beweglichen Elementen, zwischen denen er unaufhörlich schwebt, sondern zum Theil auch von dem eichenen Kasten, in dem er herumschwimmt, entlehnt haben müsse. Umsonst versucht man es, die wohlthätigsten Anstalten zu seiner unmittelbaren Erhaltung in Gang zu bringen; er würde eher das äußerste leiden, als sich eine ungewohnte Speise auf dringen lassen. Cook, der diese eiserne Unbiegsamkeit des Schiffvolks kannte, versuchte es nicht, seinen Endzweck durch gewaltsame Mittel zu erreichen. In der Überzeugung, daß das Sauerkraut durch seine Säure der Fäulniß kräftig widerstehen müsse, aß er es täglich selbst, und bewog seine Officiere es ebenfalls zu essen. Dem gemeinen Manne, der gleich Anfangs seinen Abscheu dagegen zu erkennen gegeben hatte, stellte er es frey, sich eine Portion zu holen, oder sie noch fernerhin zu verschmähen. Allmählig ließ sich nunmehr einer oder der andere einfallen, was der Capitain und die Officiere täglich mit so vielem Wohlgefallen genössen, könne doch so schlimm nicht seyn. Es wurden einige Portionen geholt; bald darauf noch mehrere, und endlich ward die Tonne leer. Bey der Eröfnung der zweyten fand sich ein jeder ein und verlangte seinen Antheil, so daß von der Zeit an die Austheilung regelmäßig von Statten gieng. Auf diese Art setzte Cook sein Vorhaben durch, und erlangte mit Gelindigkeit, was er durch Gewalt gewiß nicht erreicht haben würde. Auf seiner zweyten Weltumschiffung wurden sechzig große Fässer voll dieses treflichen antiscorbutischen Gemüses ausgeleert. Wenn sich demungeachtet bey Personen, die besonders zum Scharbock geneigt waren, oder wegen eines Zusammenflusses von andern Ursachen,

Symptome dieser Krankheit zeigten, so wurden sie durch den Gebrauch der aus frischem Malz bereiteten und noch lauwarm getrunkenen Bierwürze, und durch Auflegung der Träbern auf die scorbutischen Flecken, theils völlig vertrieben, theils so sehr gemildert, daß sie nicht gefährlich werden konnten, und bey der Ankunft am Lande binnen wenigen Tagen verschwanden. Durch die Anwendung eben dieser prophylaktischen Methode rettete Capitain Clerke in Kamtschatka den größten Theil der dortigen russischen Besatzung, unter welcher der Scharbock in seiner schrecklichsten Gestalt wüthete. So bald übrigens durch die Einführung des Sauerkrauts der erste Schritt gewonnen war, besiegte Cook mit leichterer Mühe die Vorurtheile seiner Mannschaft in Rücksicht mancher andern Nahrungsmittel, welche unter einem weniger sorgfältigen Befehlshaber Gegenstände ihres Ekels geblieben wären. Welcher Matrose würde Wallrosse, Seelöwen und Seebären, Pinguinen, Sturmvögel und Albatrosse gegessen haben, wenn ihm sein Befehlshaber nicht mit gutem Beyspiel vorgegangen wäre? Die wilden Kräuter in Neuseeland, als Celery, Löffelkraut, Tetragonien, u. a. m. würden ihm eben so wenig, als das Bier aus harzigen Baumsprossen genießbar geschienen haben, wenn man nicht anfänglich den Gebrauch seiner freyen Willkühr überlassen hätte. Diese Nachsicht gegen die Schwäche seiner ungeübten Vernunft war vielleicht das beste Mittel, ihr einen neuen Grad von Energie zu geben; wenigstens gab es auf Cooks Schiffen nunmehr Matrosen, die aus eignem Antrieb die Vorurtheile der Erziehung oder der Gewohnheit überwanden, und sogar auf die Ratten, die von ihrem Vorrath zehrten, als auf Leckerbissen, Jagd machen lernten.

Wenn man Cooks Reisegeschichten liest, wird man mit Erstaunen gewahr, daß eigenes Nachdenken mit Scharfsinn begleitet, im Nothfall zuweilen bessere Dienste leistet, als Belesenheit und genaue Bekanntschaft mit den Entdeckungen der vorigen und gegenwärtigen Zeit. Oft ist es gerade das systematische Wissen, was einem sonst guten Kopfe den Zugang zu neuen Ideen verschließt. Wäre Priestley ein Scheidekünstler gewesen, so hätte er in der Physik und Chemie keine so merkwürdige Revolution zuwege gebracht, die Beschaffenheit der Luftarten wäre unerkannt geblieben, und die Montgolfiers, die Rosiers und die Blanchards wären nie in die Luft gestiegen. Es galt seit langer Zeit durchgehends für eine ausgemachte Wahrheit, daß es ganz unmöglich sey, in heissen Ländern frisch geschlachtetes Fleisch einzusalzen, und wie in unserm gemäßigten Erdstrich aufzubewahren. Die Einwohner jener wärmeren Gegenden kannten diese Methode nicht, und den Europäern, die sie dort versuchen wollten, war sie jederzeit mißlungen. Der Überfluß an Lebensmitteln, den Cook auf den Societätsinseln und insbesondere in O-Taheiti einzutauschen pflegte, konnte ihn natürlich genug auf den Gedanken leiten, ob es nicht etwa möglich wäre, den Kunstgriff zu entdecken, der, dem Klima zum Trotz, den glücklichen Erfolg des Einsalzens sichern könnte. Der Umstand, daß die größten und fettesten Schweine die Seereise sehr schlecht ertrugen, nicht fressen wollten, und in den ersten Tagen häufig starben, machte eine solche Entdeckung noch wichtiger, und veranlaßte einen Versuch zur Probe, der alle Erwartung übertraf. Durch eine genaue Aufmerksamkeit auf die kleinsten Nebenumstände, und vorzüglich durch eine musterhafte Reinlichkeit brachte es Cook endlich in dieser Kunst so weit, daß ihm kein Versuch mehr mißlang; und einer seiner Zöglinge hat seitdem dieselbe Methode, mit gleichem Erfolg in den Westindischen Inseln probirt[22]. Dieser Sieg über ein Vorurtheil, welches in unzähligen Fällen die Mittel der Erhaltung einschränken mußte, scheint mir, wegen seines großen Nutzens und seines ausgebreiteten Einflusses auf die Versorgung der Matrosen und Truppen in heissen Ländern, hier mit Recht einen Platz zu verdienen. Eben die Fruchtbarkeit an Erfindungen, den Bedürfnissen seines Schiffs abzuhelfen, die hier den großen Seemann eine neue Salzspeise bereiten lehrte, gab ihm auch in den starrenden Polargegenden ein Mittel an die Hand, seinen Wasservorrath zu ergänzen, und sein Tauwerk auf mancherley Art vor zu schneller Verderbniß zu sichern. Es ist wahr, unter den frühen Abentheurern, welche im Norden eine Durchfahrt suchten, hatten bereits Frobisher und Davis in den Jahren 1578 und 1585 das Eis, welches im Meere schwimmt, ungesalzen befunden, und zum Trinkwasser gebraucht; allein Herr Cranz, der die Grönländischen Küsten später beschrieben hat, behauptet das Gegentheil, und diese Meynung hat auch in neueren Zeiten die Oberhand behalten, so, daß bis auf Cooks zweyte Reise das Vorurtheil von salzigem Eise weit und breit herrschte. Cook hatte das Verdienst, es nicht etwa durch einzelne Versuche,

22 Ich erzähle sie hier nicht, da sie in der letzten Reise des berühmten Seemannes ausführlich vorkommen.

sondern dadurch, daß er seinen Wasservorrath zu wiederholten malen von schwimmendem antarktischen Eise ergänzte, von neuem zu widerlegen. Zum Beweise, wie tiefe Wurzeln jene irrige Meynung geschlagen hatte, brauche ich nur zu erwähnen, daß es nach Cooks Rückkunft noch Chemiker gab, die durch Versuche im Kleinen darthun wollten, das Eis im Meere müsse salzig seyn, und Cook habe nur solches eingesammelt, welches sich am Lande in großen Flüssen gebildet habe. Zuverläßigere Scheidekünstler bewiesen indeß die Nachläßigkeit im Verfahren jener Hypothesenfreunde, und erhielten allerdings vom Meerwasser ein reines, salzleeres Eis; und jeder Physiker sahe deutlich ein, daß, wenn auch um den Südpol jenseits des siebzigsten Grades der Breite Land liegen sollte, die Kälte daselbst so groß seyn müßte, daß keine Quellen, geschweige denn Flüsse daselbst entstehen könnten. Cook, dem auf die Art die beeisten unfreundlichen Meere, die den Pol umgeben, den nothwendigsten Lebensvorrath liefern mußten, fand auch Mittel, die dortigen Seethiere zu seinen Zwecken zu benutzen. Außerdem, daß er seine Mannschaft das Fleisch derselben essen lehrte, ließ er aus dem Speck, womit die Natur sie gegen die Kälte gerüstet hat, Thranöl brennen, und ihre Häute zur Ausbesserung des unbeweglichen Tauwerks, wo Leder nöthig war, verwenden. Der Thran wird auf dem Schiffe theils in Lampen, theils zum Einschmieren verschiedener Werkzeuge und zu andern Absichten sehr häufig verbraucht; folglich gehörte die Ergänzung dieses Vorraths zu den Gegenständen, welche der Sorgfalt des Entdeckers würdig waren.

Den Umfang und die Schwierigkeiten des Entdeckungsgeschäftes, die Wichtigkeit und Mannichfaltigkeit der Pflichten, Sorgen und Arbeiten, die auf Cooks Schultern lagen, endlich die völlige Abhängigkeit des glücklichen Ausgangs aller Unternehmungen von den Talenten dieses einzigen Mannes, von der unermüdeten Thätigkeit und steten Gegenwart seines an Hülfsmitteln unerschöpflichen Geistes, wird man auch in meinen unvollkommenen Entwürfen deutlich erkannt haben. Aus der Vergleichung desjenigen, was Cook geleistet hat, und der Art wie er dabey zu Werke gieng, mit den geringfügigen und kraftlosen Bemühungen anderer Seefahrer, bestätigt sich also die große Wahrheit, daß im Gewühl der Welt bisweilen Männer von außerordentlichen Gaben erscheinen, die zu gewissen Endzwecken gleichsam ganz eigentlich gebildet sind, und den großen Haufen des Menschengeschlechts weit hinter sich zurücklassen. Wenn man nicht bezweifeln kann, daß die natürliche Anlage, die Erziehung im weitesten Verstande, und die Verhältnisse der Zeit und des Wirkungskreises die Verschiedenheiten hervorbringen, die man zwischen Menschen und Menschen bemerkt, so scheint auch jene Behauptung nichts zu enthalten, was der Erfahrung und der Vernunft widerspräche. Das Seltene und Große verdient aber, wenn es gleich aus natürlichen Gründen erklärt und hergeleitet werden kann, jederzeit den Grad von aufmerksamer Achtung, den man Bewunderung nennen muß, weil er auf die höhere Ordnung in der Verkettung der Ursachen zurückgeht, auf eine Ordnung, die unsere Begriffe übersteigt. Doch indem wir die thörichte Bewunderung der Unwissenheit vermeiden wollen, fallen wir oft in das entgegengesetzte Extrem, alles wirklich Erhabene kalt und gleichgültig vorbeyzugehen. Jenes plus ultra, jenes weiter Eilen und Emporstreben zu neuen Kenntnissen und Entwicklungen unserer Kräfte, welches der menschlichen Natur so eigenthümlich ist, liegt allerdings bey dieser Geringschätzung des Bekannten zum Grunde; nur fehlt man insgemein darin, daß man das erschöpft zu haben glaubt, dessen Oberfläche man doch kaum berührte. Bey der Betrachtung eines ungewöhnlichen Charakters ist es schwerlich hinreichend, daß man sich im Allgemeinen vorstellen könne, wie seine Züge sich bildeten, und daß man ihn für keinen vom Olymp herabgestiegenen Halbgott halte. Wem dieses genügt, der kann unmöglich ein Gefühl von dem, was Größe ist, erlangen, und wird sehr schwer, ich will nicht einmal sagen selbst zur Unternehmung großer Handlungen angefeuert werden, sondern auch nur sich die Fertigkeit erwerben, gewöhnliche gut zu verrichten. Indem wir das Große mit den Triebfedern zusammenhalten, die es hervorbrachten, können wir freylich keine andere als diese Resultate herausbringen: die Ursach ist der Wirkung gleich, und keine Wirkung ist ohne Ursach; hielten wir aber dasjenige, was vor unsern Augen geschieht, mit dem zusammen, was wir leisten können, oder wirklich thun, so stießen wir in vielen Fällen auf ein Verhältniß, welches uns entweder schamroth machen, oder uns wenigstens eine unwillkührliche Bewunderung abnöthigen würde. Die letztere Art Vergleichungen anzustellen muß heut zu Tage seltner werden, da man oft mit achtzehn oder zwanzig Jahren alles zu wissen glaubt, und diese geistige Überladung gewöhnlich das kalte Fieber der Afterphilosophie nach sich zieht. Denn nicht genug, daß ein jeder bey Dingen die ihm leicht gethan dünken, ungerührt bleibt, so pflegt auch, wenn Thaten erzählt werden, welche bey dem Zuhörer oder Leser das Gefühl der Unerreichbarkeit erwecken, ein wegwerfender Scepticismus der gedemüthigten Eigenliebe zu Hülfe zu kommen, und die Gränzen des Möglichen willkührlich zu verengen, um alles Große für erdichtet halten zu können. Die Erfahrung des praktischen Lebens lehrt hingegen jeden, der auf sich Acht haben will, von einer Seite die Schwierigkeiten in der Ausführung dessen, was ihn so kinderleicht dünkte, gehörig erkennen; von einer andern aber auch den Punkt des Erreichbaren, wohin man durch gleichförmige Anstrengung aller Kräfte die in unserer Gewalt sind, gelängen kann, richtiger zu bestimmen und weiter hinauszurücken. So entsteht endlich eine bescheidene Anerkennung und Schätzung des fremden Verdienstes, ein Sinn für diejenige Vollkommenheit und wahre Größe, deren der Mensch fähig ist, und eine theilnehmende, herzliche Bewunderung der edleren Sterblichen, in denen die ganze Würde unserer Natur hervorleuchtet. Diese Wärme des Gefühls, die einen rühmlichen Wetteifer nährt, und sich mit den niedrigen Regungen des Neides nicht verträgt, ist zugleich das beste Verwahrungsmittel gegen jene eingeschränkte, partheyische, und leider noch so allgemeine Vorliebe für unsere eigene Beschäftigung, welche mit der Herabwürdigung anderer Lebensweisen und anderer Klassen des menschlichen Wissens verbunden ist. Thätigkeit ohne vorzügliche Geisteskräfte kann im Subalternen, Scharfsinn ohne regen Trieb zu handeln im spekulativen Philosophen brauchbar seyn; aber durch die Verbindung beyder Eigenschaften ward Cook zum Entdecker. Wenn lebhafte Erinnerungen von jener Fahrt, auf der ich ihn in einem frühen Alter begleitete, in einer ungeschmückten Erzählung, dazu beygetragen haben, diesen Charakter im Allgemeinen kenntlicher und namentlich in Cooks Beyspiel hochachtungswürdiger zu machen; so dürfte ich hoffen, diejenige Klasse von Schriften, welche von Entdeckungsreisen handelt, von dem schweren Vorwurfe befreyt zu haben, daß nichts sie den Lesern reizend mache, als die dadurch genährte leere Sehnsucht nach einem in Faulheit verträumten, oder mit kindischem Spiel vertändelten Leben.

3. RESULTATE

Man kann nicht läugnen, daß Cooks Reisen von den verschiedensten Klassen des Publikums mit einer allgemeinen Aufmerksamkeit gelesen worden sind. Hieraus scheint unmittelbar zu folgen, daß ihr Interesse aus den allgemeinsten Beziehungen entstanden seyn müsse, welche die Wißbegierde der Menschen am sichersten reizen, indem sie ihre Denkkraft beschäftigen und Empfindungen in ihnen erregen. Dem Menschen liegt unstreitig kein Gegenstand näher als der Mensch selbst in allen seinen mannichfaltigen Verhältnissen der Gestalt, der Entwicklung, der Verfassung, der Zeit und des Orts. Die Vergleichung unzähliger Abweichungen von unserer Lebensweise, die Betrachtung dessen, was in diesen verschiedenen Gemälden auf unsern eignen Zustand anwendbar ist, die Erweckung einer Menge von Ideen, Vorstellungen, Begriffen und Neigungen, die bereits in uns vorhanden waren, aber durch ähnliche oder auch entgegengesetzte Züge im Charakter verschiedener Nationen erst angestoßen wurden, sind eben so viele kräftige Mittel die Aufmerksamkeit des Verstandes zu fesseln. Die Begebenheiten der Reise, die Gefahren der Reisenden, ihr erlittenes Ungemach, das Betragen der Einwohner ferner Gegenden, mit einem Worte, Handlung ist es, was auch die Leidenschaften des Lesers in das Spiel zieht, und das Interesse der Reisebeschreibung aufs höchste spannt. Ein jeder fühlt sich an der Stelle des Beobachters, oder des Handelnden, und bestätigt dadurch jene so allgemein bekannte, als feine und richtige Bemerkung des dramatischen Dichters:

Homo sum: humani nihil a me alienum puto.

Auch die Natur, insofern ihre Beziehungen auf unser Leben leicht in die Augen fallen, gehört zu den Gegenständen, die ein allgemeineres Interesse erwecken. Es ist uns nicht gleichgültig, auf welche Art in jedem Lande die ersten Bedürfnisse befriedigt werden, und welche Annehmlichkeiten oder welche Mängel das Klima, die Unebenheiten des Bodens, die Bekleidung der Erde mit Bäumen und Kräutern und ihre Bevölkerung mit allerley Thierarten dem Beobachter darstellen. So hat auch die Schilderung großer Naturerscheinungen, insbesondere solcher, welche unmittelbare Beziehung auf die Sicherheit des Menschen haben, oder sich durch ihren majestätischen Anblick der Einbildungskraft bemeistern, für alle Klassen von Lesern einen starken Reiz. Auf diese allgemeinere Beziehungen folgen dann eine Menge nähere und speciellere, welche ihr Interesse nur von der verschiedenen Rücksicht, in welcher man liest, entlehnen. Der Umfang einer großen Entdeckungsreise und die Mannichfaltigkeit der darin vorkommenden Gegenstände machen aber, daß man sie fast in eben so vielfältiger Absicht mit Nutzen lesen kann, als es Modificationen oder Zweige des menschlichen Wissens giebt. Doch sind auch unter diesen wissenschaftlichen Beziehungen einige von allgemeinerem Interesse, und andere, die fast ganz allein den eigentlichen Gelehrten an sich ziehen, dem es um die Berichtigung oder Vermehrung gewisser Reihen von Begriffen zu thun ist. Diese letzteren enthalten nämlich das Detail einzelner Wahrnehmungen, deren Anwendung man ohne Sachkenntniß nicht gleich absehen kann; da hingegen jene hauptsächlich nur die wichtigen *Resultate* zusammenfassen, welche für diese oder jene Wissenschaft aus den vorerwähnten einzelnen Faktis flossen. Zu diesen allgemeinen Folgerungen, welche auf das Aggregat vieler einzelnen Beobachtungen gegründet sind, und dennoch selbst für den gleichgültigsten Leser etwas anziehendes haben, wäre es auch nur, weil sie Stoff zur gesellschaftlichen Unterhaltung darbieten, scheinen mir folgende mit Recht gezählt werden zu können: 1. daß eben so wenig das Daseyn des eingebildeten Südlandes jemals wieder behauptet werden kann, als die dunkle Lehre vom nothwendigen Gleichgewicht der beyden Halbkugeln; 2. daß das Meer um beyde Pole gefriert, und jene Eismassen bildet, von denen man ehedem wähnte, sie kämen aus großen Flüssen herabgeschwommen; 3. daß eben dieses Eis von Salztheilchen leer ist und zum Trinken gebraucht werden kann; 4. daß man heut zu Tage zur See astronomische Beobachtungen anstellt, wodurch sich die Länge fast allezeit bis auf einen halben Grad zuverläßig bestimmen läßt; 5. daß im Fach der nautischen Geographie nunmehr alle großen Entdeckungen erschöpft sind, und die Nachlese nicht anders als ärmlich ausfallen kann; 6. daß die südliche Halbkugel mehrentheils mit Wasser bedeckt, und verhältnißmäßig kälter als die nördliche ist; 7. daß viele Inseln und Felsenbänke vom ansehnlichsten Umfange im heissen Erdstriche blos das Werk einer Art polypenähnlicher Gewürme sind; 8. daß im Weltmeer ein zwiefaches Leuchten, ein elektrisches und phosphorisches, Statt findet, wovon letzteres wieder auf doppelte Art, nämlich unorganisch und in lebendigen Thieren, erscheint; 9. daß die häufige Erscheinung der Seevögel und des schwimmenden Seetangs (fucus) nicht mehr für ein sicheres Zeichen von nahem Lande gilt; 10. daß entlegene Inseln niemals reich an vielerley vierfüßigen Thieren sind; 11. daß die Botanik aus jenen neuentdeckten Ländern mit mehr als zweytausend Gewächsen bereichert worden ist, von denen manche in Zukunft einen beträchtlichen Nutzen versprechen; 12. daß man, bey gehörigen Vorkehrungen, auf dreyjährigen Seereisen vom Scharbock nichts zu befürchten hat; 13. daß sich dem Handel von mehr als Einer Seite neue Aussichten eröfnen; 14. daß verschiedene große und wichtige Länder dem Unternehmungsgeiste der Europäer die vortheilhaftesten Lagen zu neuen Pflanzstädten darbieten, wodurch dereinst das gemeinschaftliche Band der Nationen gestärkt, und die Kultur des Menschengeschlechts in allen Welttheilen befördert werden kann; 15. daß durch das ganze Südmeer, von der Nachbarschaft Indiens bis gegen Peru und Mexiko hinüber, auf weit entfernten und vereinzelten Inseln, ein Volk angetroffen wird, das in Gestalt, Sprache und Überlieferungsbegriffen durchgehends übereinstimmt, ob es gleich in Kultur, Verfassung und Sitten verschieden ist. 16. Daß ein andrer, in Ansehung der Sprache, Farbe und körperlichen Bildung von jenem verschiedner Stamm sich nicht so weit von Indien durch einige andere Inselgruppen ausgebreitet hat; 17. daß man in Absicht der Bevölkerungsgeschichte der Erde schwerlich auf zuverlässigere und mehr entscheidende Data rechnen kann, als man bereits besitzt; 18. daß die Natur des Menschen zwar überall klimatisch verschieden, aber im Ganzen, sowohl der Organisation nach, als in Beziehung auf die Triebe und den Gang ihrer Entwickelung, specifisch dieselbe ist; 19. daß, so wie es kein Volk ohne Sprache, und keine Sprache ohne Vernunft giebt, so auch keinen blos thierischen Stand der Natur; endlich 20. daß eine völlige und absolute Gleichheit unter den Menschen, so wie sie physisch nirgends exsistirt, auch sittlich unmöglich ist. Die Ausmittelung dieser und anderer Sätze von gleichem Gehalt scheint den Reisen unseres großen Seemanns einen entschiedenen Werth beyzulegen; und es würde dem kalten Leser zum Vorwurf gereichen, wenn er sie aus langer Weile überschlagen, und dem theilnehmendern, wenn er vorsetzlich ihre Wichtigkeit verkennen wollte[23]. Ich we-

---

23 Viele der obenangeführten Resultate, nebst den Gründen auf denen sie beruhen, lieset man in meines Vaters, während seiner Reise um die Welt gesammelten, *Bemerkungen* (welche ich aus dem Englischen übersetzt habe, Berlin bey Haude und Spener, 8. 1783.) Hieher gehören auch

nigstens bin zu fest überzeugt, daß es mehr als Eine Quelle des Interessirenden giebt, und hege zuviel Achtung für den vorzüglichen Grad der unter uns herrschenden allgemeinen Aufklärung, um es wahrscheinlich zu finden, »die Geschichte jener Reisen gewähre dem Leser weiter nichts, als Befriedigung der Sehnsucht nach einem goldnen Zeitalter,« da sie meines Erachtens im Gegentheil, diese Vorstellungsart auf immer aus dem Reich der Wirklichkeit in die Phantasiewelt der Dichter verweiset. Überall, wohin Cook und seine Gefährten kamen, es sey in der Nähe des Pols oder des Äquators, fanden sie den Genuß der Menschen im Verhältniß mit der Thätigkeit ihres Körpers und ihres Geistes. Der gemästete Müßiggänger ist in O-Taheiti, wie in Europa, nur eine Mißgeburt der Regierungsform, die auf Unkosten einer arbeitenden und dienstbaren Klasse von Menschen exsistirt. Sollte sein Loos uns nicht vielmehr ein Gegenstand der Verabscheuung, als der Sehnsucht seyn? Doch es ist Zeit, eines so übereilten als unverdienten Spottes zu schonen. So lange es unbestritten bleibt, daß eine vollkommnere Erkenntniß unserer Verhältnisse, oder dessen was wir Wahrheit nennen und durch vervielfältigte Erfahrung erlangen, dasjenige Ziel ist, für welches die Natur Geschöpfe mit entwicklungsfähigen Anlagen bestimmte; so lange wird das Verdienst des Entdeckers, der die Summe des menschlichen Wissens mit jener Menge von neuen oder berichtigten Begriffen vermehrte, weit über alle Anfälle der Tadelsucht erhaben, auf einem unerschütterlichen Grunde stehen. Will man aber noch weiter gehen, und seine Bemühungen, weil sie unserer gesitteten Verfassung, unserer wissenschaftlichen Aufklärung, unserer durch vermehrte Bedürfnisse aufs höchste gespannten Thätigkeit angemessen und nothwendig sind, eben darum auch für heilsam und nützlich erkennen; will man dasjenige, was heut zu Tage politische und sittliche Glückseligkeit zu heißen pflegt, nicht für Täuschung und leeres Wortgepränge halten: so wird sich ein dankbares Gefühl in unsere Bewunderung mischen, und dem wohlthätigen Genius der Entdeckungen huldigen, der uns jene für die Mitwelt und Nachwelt so reichhaltigen Resultate verschaffte.

---

meine Aufsätze *de plantis esculentis insularum oceani australis. Berol.* 8. 1786. und der in dieser Sammlung, über Neuholland nebst einem Aufsatz über die Menschenarten im T. Merkur, Oct. und Nov. 1786. Außerdem bleibt die Sammlung der neuen Seereisen die gemeinschaftliche Quelle jener Beobachtungen.

Den Menschen zu erhalten, und ihn glücklich zu machen, sind die beyden großen Probleme der Staatskunst. Daher schmückte bey Völkern, die das Verdienst zu ehren pflegten, ein Bürgerkranz den Mann, der alle Kräfte aufgeboten hatte, um zu diesen edlen Zwecken mitzuwirken. In England trat eine gelehrte Gesellschaft gewissermaßen in die Vorrechte des Souverains, indem sie sich freywillig die ehrenvolle Pflicht auferlegte, Verdienste um den Staat zu krönen. Cook hatte den Scharbock, diese Pest der Seefahrenden, welche sonst auf den Brittischen Flotten mehr Schlachtopfer hinweg zu raffen pflegte, als der blutigste Krieg, durch weise Maaßregeln besiegt. Ihm also, dem Retter und Befreyer von diesem grausenvollen und langsamverzehrenden Tode, dem Erhalter des Lebens vieler Tausende, die künftig gesund und getrost den Ocean beschiffen werden, ihm reichte die Philosophie den Kranz der Ehre dar, den er im alten Rom vom Volk und vom Senat erhalten hätte[24]. Cook hatte aber durch seine Entdeckungen für die Erhaltung jener nützlichen Menschenklasse, die sich nicht anders ernähren kann, als wenn sie unaufhörlich ihr Leben wagt, auf mehr als Eine Art gesorgt. Des Vortheils nicht zu gedenken, daß nach seinen letzten gefahrvollen und fruchtlosen Versuchen eine nördliche Durchfahrt zu finden, die Entdeckung derselben, welche bereits so viele unglückliche Unternehmungen veranlaßte, nunmehr bis auf eine künftige Verrückung der Erdachse wohl nicht versucht werden möchte, belehrt uns ein Blick auf die Charte, wie viel er dazu beygetragen hat, die Gefahren der Schiffahrt durch die genauere Auskundschaftung der Seeküsten des ganzen Erdbodens zu vermindern. Ich rede nicht blos von seinen geographischen Entdeckungen in einem bisher noch wenig besuchten Welttheil. Wie viele Ankerplätze, Häfen und Rheeden, wo Schiffe in Sicherheit liegen und für ihre Mannschaft Erfrischungen laden können, müßten wir nicht herzählen, wenn wir die herkulische Arbeit seiner drey Entdeckungsreisen durchgehen wollten! Allein auch Länder, die uns näher und schon im Bezirk des Europäischen Seehandels liegen, sind durch seine Bemühungen genauer bekannt, so wie ihre Lagen richtiger bestimmt und ihre Häfen mit allen kleinen

24 Sir Godfrey Copley, ehemaliger Präsident der Königlichen Gesellschaft der Wissenschaften zu London, hat derselben einen Fond hinterlassen, aus welchem jährlich eine so Pfund Sterling schwere goldene Schaumünze geschlagen werden kann, welche demjenigen Mitgliede zu Theil wird, dem man die wichtigste Erfindung verdankt. Die Schaumünze bekam Cook.

zur praktischen Schiffahrt unentbehrlichen Merkmalen beschrieben und gezeichnet worden. Ein eben so wichtiges und glänzendes Verdienst des unsterblichen Entdeckers, kann ich nicht übergehen, wenn ich nicht den Vorwurf einer großen Vergeßlichkeit verdienen will. Ihm, und zwar fast ganz allein ihm, ist man die vollkommnere Vereinigung der Sternkunde mit den Geschäften des Seemannes schuldig, eine Vereinigung, wodurch die größte Gefahr und Schwierigkeit der Schiffahrt gehoben wird. Er begnügte sich nicht, das praktisch-anwendbare dieser erhabenen Wissenschaft selbst unabläßig zu benutzen, sondern bildete während seiner Reisen in eben diesen Grundsätzen auch eine Menge junger Officiere, die gegenwärtig durch Beyspiel und Unterricht den Geist der Beobachtung in der ganzen Brittischen Marine verbreiten. Die schrecklichen Folgen der Unwissenheit, oder wohl gar einer thörichten Verachtung astronomischer Kenntnisse, die Verwirrung, die Angst, das Elend, die Gefahren, denen der Seemann ausgesetzt ist, wenn ihn ein Sturm von seiner Laufbahn verschlägt, und es ihm an Mitteln fehlt, sich wieder zu orientiren, sind durch unzählige Beyspiele zu bekannt als daß ich sie hier zu schildern brauchte. Um so vielmehr ist es zu verwundern, daß, bis auf Cooks Entdeckungsreisen, die nautische Sternkunde in ihrer Kindheit blieb. Die Länge zur See zu beobachten und zu berechnen, war bis dahin bey allen Seeleuten unerhört, und sowohl astronomische Instrumente, als Beobachter, die diesen Namen verdient hätten, waren noch äußerst selten. Ja, es ward sogar im Jahr 1770 noch nothwendig befunden, in dem Anhang zu den Mayerischen Tafeln den berühmten Sternkundigen de la Caille zu widerlegen, welcher behauptet hatte, daß die leichteste und einfachste aller Beobachtungen, die der Sonnenhöhe am Mittage, nicht genauer als bis auf fünf oder gar nur auf acht Minuten, der Wahrheit nahe kommen könne. Auf Cooks Schiffen hingegen war kein Officier, und kaum ein Seecadett, der nicht mit aller erforderlichen Genauigkeit die Entfernung des Mondes von der Sonne oder von einem Stern zu messen, folglich von allen Beobachtungen die subtilste anzustellen gewußt hätte. Es war mit dem Wetteifer und dem Ehrgeiz, den ihr Befehlshaber ihnen eingeflößt hatte, ganz unverträglich, daß sie sich über diesen Punkt eines Vorwurfs schuldig gemacht hätten. Eben diese Fertigkeit bewiesen sie in dem Gebrauch des Azimuth-Compasses zur Bestimmung der Abweichungen der Magnetnadel, und in der dazu nothwendigen Berechnung. Cook führte sie zur Untersuchung der Strömungen im Meere, der

Höhe und Richtung der Fluthen, und der Zeit ihres Wechsels an, worauf die Sicherheit der Schiffahrt an Küsten ganz vorzüglich beruhet. Allein auch jene wissenschaftlichen Beobachtungen, welche bis jetzt noch keine unmittelbare praktische Beziehung haben, sind dem jungen Officiere wenigstens in so fern vortheilhaft, als sie seinen Beobachtungsgeist schärfen und einst zu wichtigen Entdeckungen Anleitung geben können. Ist es nicht, zum Beyspiel, merkwürdig, daß die Fluth, mitten im Ocean kaum zwey Drittel der Höhe erreicht, welche man nach Anleitung der Theorie erwarten sollte? Ist nicht das Südlicht in dem kalten Strich der andern Halbkugel ein Faktum, welches für die Physik noch viel verspricht? Unter Cooks Anführung lernte also der Seecadett seine Aufmerksamkeit auch auf die Tiefe des Meeres in verschiedenen Gegenden, auf dessen verhältnißmäßige Wärme, und die Menge des im Wasser enthaltenen Salzes, auf die Ursachen der Polarität, auf die Inclination der Magnetnadel, und auf die Wirkungen der Schwere richten. So genoß er auch den Unterricht dieses großen Lehrers im Aufnehmen und in der Verfertigung der Seecharten. Im Boot und am Ufer, mit dem Compaß, dem Sextanten, dem Senkbley, einer Meßkette und andern Hülfsmitteln bey der Hand, maß er Winkel, Tiefen und Entfernungen; in der Kajüte bey mehrerer Muße entwarf er nach diesen Angaben den Plan der neuen Küste. Bedenkt man einen Augenblick, daß die Führung eines Schiffs blos von dem Willen, und folglich von der Einsicht des Officiers abhängt, so wird der Nutzen des astronomischen und physikalischen Unterrichtes für die Erhaltung des Schiffvolks, und Cooks Verdienst um die Menschheit, auch in dieser Rücksicht offenbar. Die einsichtsvollesten Schiffscapitains in der Flotte fühlten die Vorzüge dieser Officierschule in ihrem ganzen Umfange, und bewarben sich um die Erlaubniß unseres großen Seemannes, ihre Söhne oder nächsten Verwandten zu ihm ins Noviciat schicken zu dürfen. Auf seiner ersten Reise begleiteten ihn einige junge Leute, die bereits unter Byron oder Wallis das Südmeer besucht hatten. Aus diesen und einer großen Anzahl Cadetten, die ihm von ihren Ältern anvertrauet wurden, bildete er nach und nach mehrere vortrefliche Officiere, die theils auf den folgenden Reisen ihn wieder begleiteten, theils auf andern Stationen seiner Erziehung Ehre machten. Eben dasselbe Verdienst, welches ihn ohne fremde Hülfsmittel emporgehoben hatte, war auch hinreichend, seine Zöglinge zu befördern; verschiedene, die als Subalternen unter ihm dienten, schwangen sich bald zu Lieutenants, und selbst zu Befehlshabern von Schiffen empor. Die mannichfaltigen Ereignisse einer Entdeckungsreise waren für sie eine reichhaltige Quelle von Erfahrungen gewesen, die sie sonst nirgends in so kurzer Zeit hätten sammeln können, und unter keinem andern Führer so gut hätten benutzen lernen. Sie hatten sich daher, durch lange Gewohnheit, in allen Fächern des Seedienstes Cooks Methode zu eigen gemacht, und seine strenge Aufsicht hatte sie beständig darin geübt. Wo der edle Antrieb, sich hervorzuthun, mit dem Vortheil, sich nach einem so großen Muster bilden zu können, zusammentraf, war es da ein Wunder, daß ein gewisser Grad von Vollkommenheit errungen ward? Hätte das moralische Beyspiel mit dem mechanischen gleiche Kraft; oder wären die Triebfedern der Nachahmung gleich wirksam in dieser zwiefachen Beziehung, und interessirte es die jugendliche Vernunft, die noch keine Widerwärtigkeiten kennt, das Herz des Menschen so zu prüfen wie seinen Verstand: so müßten aus Cooks Schiffen lauter Officiere hervorgegangen seyn, die auch im Betragen gegen ihre Mannschaft seine milde, väterliche Zucht, und im Umgang mit ungebildeten Völkern seine menschenfreundliche Achtung für ihr Leben bewiesen hätten. Allein die moralische Bildung fordert eine längere Erfahrung und eine seltene Thätigkeit des Selbstgefühls.

Von jenen beyden vorhinerwähnten Aufgaben ist daher auch die Kunst, Menschen glücklich zu machen, die schwerste. Schon der schwankende Begriff der Glückseligkeit, den jeder mit sich herumträgt, müßte wohl, ehe er praktisch werden könnte, in den meisten Fällen eine große Einschränkung oder eine gänzliche Umschmelzung leiden. Mit den Neigungen und Bedürfnissen, mit den Anlagen und Fähigkeiten des Menschen, müssen auch die von ihm unabhängigen äußern Umstände in Rechnung gebracht werden: ja es ist augenscheinlich, daß die Dinge, auf welche wir einen Werth setzen und in deren Genuß wir glücklich sind, jenen Werth nur durch die praktische Erkenntniß ihres Gegensatzes erhalten, und uns nicht anders befriedigen können, als indem wir den Zustand, worin wir sie entbehrten, mit dem, worin wir sie erlangten, vergleichen. Zwischen den Augenblicken des Begehrens und der Befriedigung liegt der Augenblick des Bestrebens, um den es vielleicht der Natur am meisten zu thun ist. Ihr Instinkt, der mit unwiderstehlicher Kraft nach physischem Wohlbehagen, nach gesundem, schmerzlosem Daseyn, oder auch nach der lebhafteren Empfindung angenehmer sinnlicher Eindrücke strebt, ist eben so wohl als dieser Genuß selbst, nicht Zweck, sondern Mittel; die Absicht der Natur ging auf Entwicklung der Kräfte, auf Handlung, Bewegung, Thätigkeit; was sie von Genuß uns zur Lockspeise vorhielt, sollte, wie die kleine Portion Honig, welche der Hottentotte seinem freundlichen Bienenkukuk überläßt, nur den Gaumen reitzen, uns nur körnen, desto eifriger ihren Zweck zu befördern[25]. Das Bewußtseyn, welches sich zum Instinkt gesellt, erzeugt eine Menge oft widersprechender Neigungen, die auch alsdenn, wenn sie natürliche Triebe ersticken, noch immer jenen Satz bestätigen. Die Vorstellung, welche im Menschen die herrschende wurde, mochte noch so abentheuerlich seyn, so fand er einen Genuß darin, der ihn antrieb, seine ganze innere Kraft aufzubieten, und alles mit einer Empfindung, die stärker als jede andre sein Selbstgefühl erweckte, in Verbindung zu setzen. Glücklich seyn, scheint dem zufolge, wenigstens in der einzigen Welt die wir kennen, einen Zustand zu bezeichnen, wo Arbeit und Ruhe, Anstrengung und Ermattung, Begierde und Befriedigung, Wollust und Schmerz, Freude und Leid mit einander wechseln, wo aber die frohen Augenblicke des Genusses kräftig genug zu neuer Thätigkeit reizen, und lebenslang die möglichste Entwicklung aller physischen und sittlichen Kräfte befördern. Die Extreme einer zu heftigen Erschöpfung und einer gänzlichen Befreyung von aller Mühe, ersticken beyde die Thätigkeit, und machen nicht glücklich. Ohne Reiz, nämlich im ersten Fall ohne Hofnung, im andern ohne Begierde, sinkt die Hand, die nach dem Genuß greifen sollte, kraftlos zurück; wo hingegen das wichtige Verhältniß zwischen Arbeit und Genuß alle Fähigkeiten und Anlagen hervorruft, entwikkelt und in volle Wirksamkeit setzt, da scheint der weisen Staatskunst weiter nichts übrig zu bleiben, als über die Entwicklung verschiedener Kräfte so zu wachen, daß sie einander nicht zerstören können. Zur Prüfung dieser Gedanken müßte man untersuchen, ob die Länder, welche verhältnißmäßig die größte Anzahl glücklicher Menschen besitzen, nicht zugleich diejenigen sind,

---

25 Der Bienenmeister, oder Honigkukuk (cuculus indicatot) in Afrika, zeigt sowohl den Menschen als einer Art von Stinkthieren, die Stöcke der wilden Bienen an. Die Hottentotten folgen seinem Wink, graben den Honig aus, und überlassen ihm gerade so viel, als ihn lüstern macht, ihnen einen andern Stock anzuzeigen, welches er dadurch thut, daß er vor ihnen herfliegt, und dann, über dem Neste in der Luft schwebend, schreyt. Man sehe Sparrman in den Phil. Transact. T. LXVII.

wo Freyheit der Person, des Eigenthums, des Gewissens und des Denkens jede Art von Betriebsamkeit im höchsten Grade befördert, und wo man, ohne sich zu erschöpfen, für alle Bedürfnisse des Staats mit einer Art von Verschwendung sorgt? Diese wenigen Züge sind gewiß hinreichend, jedermann einen Staat ins Gedächtniß zu rufen, der sie alle in sich vereinigt.

Die Fortschritte der Aufklärung geben derjenigen Thätigkeit, welche die Hauptbedingung zum Glück der Menschen ist, einen stärkern Schwung; denn sie bringen neue Verhältnisse in Umlauf, wodurch die Industrie mit der immer steigenden Vermehrung der Bedürfnisse wieder ins Gleichgewicht kommt. In eben dem Sinn, wie man thierische Körper Maschinen nennt, hat man auch den zusammengesetzten Staatskörper mit dem vielrädrigen, leblosen Gebilde der menschlichen Kunst verglichen. Allein alles an dieser Maschine lebt, jeder Theil hat eigene Lebenskraft, und die Vereinigung lebendiger Glieder bildet nicht ein todtes, sondern ein beseeltes organisches Ganze, fast auf eben die Art, wie nach van Helmont, Bonnet und Otto Friedrich Müller, jede Organisation der Natur auf unserer Erde ein Aggregat lebendiger Einheiten ist[26]. Eine beständige und gewaltsame Bewegung, wobey unabläßig Theile verloren gehen und wieder ersetzt werden, erhält und ernährt dieses ungeheure Ganze; ein heftiger äusserer Stoß, ein Mißverhältniß der Organe, Erschlaffung aus Mangel, Stockung aus Übermaß der Säfte, verursachen in ihm, wie im einzelnen Thiere, Gährungen, Erschütterungen, Krankheiten und Zufälle aller Art, ja bisweilen gänzliche Auflösung oder Übergang in andere ähnliche Körper. Ohne dieses Gleichniß weiter zu führen, erläutert es die Unentbehrlichkeit derjenigen Erhaltungsmittel, an welche sich ein Staat, vermöge seiner Verfassung oder seiner ganzen Art zu existiren, gewöhnt haben kann, und schildert deutlich die Gefahr, welche ihm bey jeder Hemmung des einmal zu seinem Leben bestimmten Kreislaufes droht. Es mag also immerhin wahr seyn, daß ein mächtiger, reicher, üppiger Staat, im vollen Genuß seiner Kräfte, den Keim der Verwesung schon in sich enthält; im Grunde ein leerer Schall, da keine Gesellschaft unauflöslich ist: – so verliert das Verdienst eines Mannes, welcher dem gegenwärtigen Bedürfniß zweckmäßig abhilft und die Gesundheit des Staatskörpers auf lange Zeit

26 S. Bonnet confidération sur les corps organisés, I, §. 132.

sichert, so wenig, als der Ruhm eines geschickten Arztes, der einen Kranken wieder herstellt, ohne ihn unsterblich machen zu können.

Wenn also Cooks Entdeckungsreisen neue Aussichten für den Flor seines Vaterlandes eröfnen, wenn sie seine Mitbürger zu neuer Thätigkeit aufmuntern, und die allgemeine Aufklärung aller gesitteten Völker befördern; wer raubt ihm dann den unsterblichen Ruhm, für das Glück vieler Tausende gearbeitet, ja selbst sich hingeopfert zu haben? Dieses Verdienst des großen Seemannes ist nicht etwa blos hypothetisch, nicht der Traum einer hochgespannten Einbildungskraft, welche sich erkühnt, in eine dunkle, ungewisse Zukunft zu blicken; schon jetzt sprossen die Früchte der ersten und letzten Reise des Entdeckers hervor. Zwischen China und der neuentdeckten Westküste von Nordamerika haben englische Kaufleute das Band des Handels schon mit dem besten Erfolg geknüpft, und ihr erster wohlgerathener Versuch beweist die Einträglichkeit dieser neuen Fahrt. Die Pelzwerke jenes neuen Welttheils, und insbesondere die See-Otterfelle, welche der üppige Mandarin beynahe mit Gold aufwiegt, werden sich lange in ihrem Preise erhalten; denn diese Thiere müssen seltener werden, je eifriger der Amerikaner, durch den Tauschhandel angereizt, ihnen nachstellt. Es läßt sich also ohne besondern Scharfblick voraussehen, daß die Bequemlichkeit des Handels an jener westamerikanischen Küste bald die Errichtung fester Posten und Factoreyen nothwendig machen wird, aus denen mit der Zeit ordentliche Pflanzstädte entstehen müssen. Erinnert man sich dabey an das schnelle Wachsthum der Staaten welche neulich auf der östlichen Küste desselben Welttheils in einen großen republikanischen Bund zusammengetreten sind, so erwartet man, innerhalb ein Paar Jahrhunderten, auch westwärts eine wichtige Erscheinung am politischen Himmel. Die Natur aller Kolonien bringt es mit sich, daß sie, sobald sie für sich selbst bestehen können, sich *emancipiren* und vom alten Stamme losreißen. Dieses Schicksal steht unfehlbar, früher oder später, den spanischen Besitzungen durch ganz Amerika bevor, und kann vielleicht durch die Entstehung eines neuen Handelsstaats in Neualbion beschleunigt werden England könnte also einmal an den Bourbonischen Höfen, die jetzt die Unabhängigkeit der Amerikanischen Staaten unterstützten und sogar ihren Handel an sich zu bringen suchten, das Wiedervergeltungsrecht ausüben, und den Verhältnissen der alten mit der neuen Welt durch neue Revolutionen ein ganz verändertes Ansehen geben.

Aus der Verwesung organischer Körper, oder ihrem Auswurf, entstehen wieder neue Organisationen. Zuerst sind es zwar nur Schimmel und Bilze; doch diese bereiten das Erdreich für den Keim eines edleren Pflanzengebildes. Aus den überflüßigen oder schädlichen Gliedern eines Staats, die er von sich wirft, keimen bald neue Gesellschaften hervor, die allmählig zu einer ansehnlichen Größe und Stärke gedeihen. Einige Menschen von größerer Seele, welche sich unter günstigen Umständen in diesen neuen politischen Organisationen hervorthun, geben der noch biegsamen Masse Gestalt und Consistenz, und hauchen ihr einen bildenden Trieb ein, der sie in allen ihren Theilen entwickelt und weiter organisirt. Die Freystaaten in Amerika hatten keinen andern Ursprung, und ihre Gesetzgeber giengen aus ihrer eignen Mitte hervor. Eben diesen geringen Anfang hat die neue Brittische Kolonie, welche, noch in diesem Jahre, an der Ostküste von Neuholland angelegt werden soll. Jenes von Cook auf seiner ersten Reise entdeckte Neusüdwallis, und jene Botanybay, wo die Naturforscher in Zeit von drey Wochen beynahe vierhundert neue Pflanzengattungen fanden, sind zum künftigen Wohnort der Verbrecher ausersehen, welche sich seit einigen Jahren in den Englischen Gefängnissen angehäuft haben. Dort liegt ein ungeheures Land, welches man füglich einen neuen Welttheil nennen könnte, unbebaut und unbewohnt vor ihnen offen, und bietet ihnen einen milden Himmelsstrich, eine fischreiche Küste, und ein zum Anbau bequemes Erdreich dar. Das noch unerforschte Innere dieses Landes enthält vermuthlich eine Menge merkwürdiger, vielleicht kostbarer Produkte. Die geringe Anzahl der Elenden, die nackend, zerstreuet und ohne bleibende Stätte an den dortigen Seeufern irren, ist weder den Ansiedlern gefährlich, noch hat sie von diesen etwas zu befürchten. Der Anfang dieser neuen Pflanzstadt kann also unblutig seyn; sie kann die Jahre ihrer Kindheit ruhig und ungestört verleben, und muß, fern von dem Mutterlande, ihren Unterhalt mit desto größerem Eifer im Ackerbau suchen, der die einzige Quelle des wahren Reichthums ist. Allein sobald die Bevölkerung in Neuholland nur geringe Fortschritte macht, verwebt sich die Anpflanzung der nahegelegenen Inseln von Neuseeland, welche an Bau- und Nutzholz, an Pflanzenprodukten aller Art und an Fischen so ergiebig sind, mit in das Interesse der neuen Kolonie. Das dortige Erdreich und Clima sind dem Anbau unserer Getraidearten und des Weinstocks vorzüglich angemessen. Die Hyacinthenähnliche Pflanze (Phormium) welche dort einheimisch ist, und den

Einwohnern einen unzerstörbaren, seidenweichen und glänzendweißen Flachs liefert, eine Pflanze die zugleich den Vortheil hat, daß sie auf einem felsichten, oder selbst einem sumpfigen Boden, welcher sonst nicht genutzt werden könnte, vortreflich gedeihet, bieten den Stoff zu Segeltuch, zu Stricken und selbst zu allerley Arten von Leinwand dar. Die harzigten, gewürzhaften Bäume, aus deren Sprossen Cook Bier und Thee bereiten ließ, und mehrere Kräuter, welche allem Anschein nach reich an Heilkräften sind, versprechen dem Handel neue Aussichten; es sey nun, daß die angeerbte Wildheit der einheimischen Barbaren mit der Zeit gemildert werden kann, oder daß die Pflanzvölker europäischen Ursprungs, sich mit gewafneter Hand unter ihnen niederlassen. Für die nördliche Gegend von Neuholland, welche dem Äquator näher liegt, sind die Produkte der zwischen den Wendekreisen im stillen Meere zerstreuten Inselgruppen von größerer Wichtigkeit. Der Brodbaum, dessen Früchte eine so reichliche, gesunde und schmackhafte Nahrung geben, die Kokospalme mit ihren Nüssen, ihrem Öl und ihrem weinähnlichen Saft, der Pisang, der taheitische Myrobatanapfel, die Yams und Aronswurzeln, die süßen Batatten, das Zuckerrohr, mit Einem Worte die Früchte und eßbaren Pflanzen jener Archipele, können dereinst mit Nutzen in dem neuen Lande angezogen werden. Schon an den Küsten giebt es Stellen, die zum Anbau derselben tauglich sind, und in den Thälern, welche tiefer im Lande liegen, lassen sich dergleichen mit noch größerer Wahrscheinlichkeit vermuthen. Der Kajoputibaum, der das berühmte Öl dieses Namens giebt, und eine Menge Bäume, aus denen ein kostbares, dem Drachenblut sehr ähnliches Harz hervorquillt, wachsen in jenem Lande wild. Vielleicht könnte man von den Freundschaftlichen Inseln nach Neuholland auch eine neue Gattung des Fieberrindenbaums bringen, dessen bittrer, würzhafter Geschmack deutlich genug zu beweisen scheint, daß er so wenig, wie seine Amerikanischen Verwandten, an Heilkräften leer ausgegangen ist. Wer weiß nicht heut zu Tage von der Wichtigkeit dieses Amerikanischen Produktes zu sprechen, und wer erkennt nicht, daß allein die Entdeckung desselben das Band zwischen Peru und Europa unauflöslich macht? Eine zweyte Art von Fieberrinde aus den Caribäischen Inseln fängt an, durch ähnliche, doch verschiedene, aber in gewissen Fällen noch wirksamere Kräfte in Ruf zu kommen. Die dritte ziert mit ihren schönen wohlriechenden Blumen die Gärten der Insulaner im Südmeer, und wird vielleicht auch wegen ihrer Heilkräfte um die Hütten gepflanzt. Die Anpflanzung dieses Strauchs, und der Handel mit seiner Rinde, kann in Zukunft Völker mit einander verbinden, die ohne ein solches Mittel noch lange getrennt geblieben wären.

Mit Erstaunen bemerkt man, daß die Völker Asiens, sie mögen wie die Chineser von Europa unabhängig geblieben, oder wie die in Bengalen, Java, den Molukken und Philippinen von unsern Kaufleuten unterjocht worden seyn, dennoch auf ihrer Stufe der Kultur stille stehen, sich mit den Europäern nicht vermischen, und ihre eignen Sitten, Sprachen und Gebräuche beybehalten. Das Alterthum ihrer Verfassungen, die starke Bevölkerung aller jener Asiatischen Länder, und die Gewinnsucht des fremden Kaufmannes, der alles, nur nicht seinen unmittelbaren Vortheil, vergißt, scheinen sich zu vereinigen, um jene Eigenthümlichkeit des Charakters zu erhalten ja, das Klima wirkt sogar mit Macht auf den Eroberer zurück, der sich aus Trägheit und Behagen den Sitten der Besiegten genähert hat. In einem Lande hingegen, wo die Zahl der ursprünglichen Eingebohrnen unbedeutend ist; wo niemand dem neuen Ankömmlinge die Mühe erspart, den Acker zu bestellen; wo keine einheimische Manufaktur vorhanden ist, um ihn in Baumwolle oder Seide zu kleiden; wo folglich das Wachsthum und Gedeihen der neuen Pflanzstadt blos von ihren eigenen Kräften abhängen muß: da darf man wohl mit einiger Zuversicht auf die Fortdauer des Europäischen Geistes der Betriebsamkeit rechnen. Mit dem Anbau müssen also nach und nach Handwerke und Künste entstehen, welche sich durch den Handel ausbreiten und vervollkommen können; Industrie und Luxus müssen Hand in Hand miteinander gehen, und selbst die Wissenschaft kann nicht in gänzliche Vergessenheit gerathen. Wie müßte nicht ein Staat in der südlichen Halbkugel, dessen Einwohner so unternehmend, so thätig, so heftig angespornt durch die Menge ihrer Bedürfnisse und so sinnreich in Erfindung der Befriedigungsmittel wären, wie die Völker unseres Welttheils und der nordamerikanischen Freystaaten, die Verhältnisse aller nahen und fernen Nationen verändern? Neuholland, als Mittelpunkt des Handels betrachtet, scheint vortheilhaft gelegen zu seyn, um Indien mit Amerika zu verbinden, und gewissermassen die Oberherrschaft über die östlichen Inselmeere Asiens zu behaupten.

Wenn die allgemeine Aufklärung, wenn das gemeinschaftliche Fortrücke unserer ganzen Gattung nach einem bestimmten Ziele der Vollkommenheit, wenn die Aussicht, einer höheren gesellschaftlichen Glückseligkeit, als die Welt noch kannte, theilhaftig zu werden, nicht etwa leere Träume einer kranken Einbildungskraft, oder ohnmächtige Schwärmereyen der Ungenügsamkeit am Gegenwärtigen, oder gar den Umarmungen manches verwegenen Ixions absichtlich entgegengeschickte Wolkengöttinnen sind; wie wichtig wäre nicht alsdenn Cooks Entdeckungsepoche, auch als der Zeitpunkt, wo eine neue zweckmäßige Entwicklung des Menschengeschlechts und seiner Kräfte den Anfang nehmen, und ein fester Punkt mehr gewonnen werden sollte, aus welchem die weiseren Europäer den alten asiatischen Eigensinn, und jene unbezwingbare Widersetzlichkeit des vollkommensten, üppigsten und an natürlichen Schätzen unerschöpflichsten Welttheils gegen alle Fortschritte der Aufklärung endlich bestürmen müßten?

Kühn ist der Gedanke immer, daß fünf bis sechshundert Millionen Menschen, die es sich nicht träumen lassen, wie ernstlich und liebreich die Philosophie ihrer Brüder schon die Mittel sie aufzuklären berechnet, von einem Zeitpunkte nicht mehr fern seyn sollen, wo in ihrem Denken, Thun und Lassen eine merkwürdige Revolution vorgehen wird, wo Lehren der Weisheit aus Europa, vielleicht auch aus Amerika und den Südländern, mit unwiderstehlicher Macht der Überredung sie auffordern werden, ihrer lange gewohnten Sklaverey, ihrer natürlichen Weichlichkeit und Indolenz, dem desultorischen Gange ihrer in Bildern spielenden Vernunft, kurz den angeerbten, klimatischen Irrthümern und Mängeln ihres Verstandes und Herzens zu entsagen, und dafür die Wahrheit zu erkennen und anzunehmen, welche den Europäischen oder aus Europa entsprungenen Selbstdenker glücklich macht! Nun ist es zwar unläugbar, daß die gänzliche Bevölkerung der Erde und insbesondere die Entstehung großer wirksamer Staaten in einer bis jezt so gut als unbewohnten Weltgegend, merkwürdige Folgen und wichtige Veränderungen im System des allgemeinen Zusammenhanges nach sich ziehen müsse; und wer mag der prophetischen Begeisterung, oder jener ihr nacheifernden Kunst, im magischen Kreise der Dialektik die Zukunft zu enträthseln, das Vorrecht streitig machen, sogar die Art des Einflusses, den diese Revolution endlich auf die Menschengattung äußern wird, voraus zu verkündigen? allein für den kaltblütigen Forscher, der die Erfahrung befragt, ist es allerdings noch etwas befremdend, daß ihn die Begebenheiten der Vergangenheit zu diesen Vorherbestimmungen nicht zu berechtigen scheinen.

Man nehme das Alter der Erde und des Menschengeschlechts so hoch an, als man immer will, so ist doch die Geschichte nur gleichsam von gestern, und steigt nicht über dreytausend Jahre zurück. In diesem Zeitraum aber sind die Sitten, die Lebensart, die Regierungsform, der Charakter und die Religionsbegriffe der Chineser und Indier im wesentlichen unverändert geblieben, so oft auch die benachbarten Mongolischen Horden diese unkriegerischen Völker bezwungen haben. In wiefern sind also die Begriffe, die wir von unserem rastlosen Geiste, von unserer auf Freyheitssinn und Griechenlands Philosophie gepfropften Aufklärung abgezogen haben, anwendbar auf jene uralten despotisch-patriarchalischen Verfassungen Asiens, wo man sich an ererbten Künsten und Wissenschaften genügen läßt, nichts neues erfindet, und nichts fremdes lernen will? – In unserm unbeständigen Klima giebt es kluge Männer und Frauen, die nach meteorologischen Wahrnehmungen jedem Tage des zukünftigen Jahres seinen Antheil Regen, oder Sonnenschein, Frost, Hitze, Sturm, Gewitter und Windstille zumessen. In jenen Gegenden, wo das Barometer weder steigt noch fällt, wo die Winde und Jahreszeiten einer unabänderlichen Regel unterworfen sind, kann man die Wetterpropheten entbehren. Doch zugestanden, daß sich ein meteorologischer Cyklus für unsern Norden ausrechnen ließe, würde man daraus folgern können, daß dereinst die Zeit eines immerwährenden Sonnenscheins kommen müsse? So bündig ist gleichwohl der Schluß von den politischen Erscheinungen eines Augenblicks und eines Winkels der Erde, die vielleicht auch ihren Cyklus haben, auf eine zukünftige allgemeine Übereinkunft des Menschengeschlechts, welches dann in einem Meere von ununterbrochener Glückseligkeit nichts weiter zu thun haben würde, als – unaufhörlich zu genießen, und endlich, über Wahrheit einverstanden, die Denkkraft feyern zu lassen. Mich dünkt, wir müßten in dieser Sache nur analogisch schließen. Alle Wesen der Natur sind vergänglich, wenn gleich von verschiedener Dauer. Eine Stunde beschließt das ganze Daseyn eines Schimmels; Zoroasters Cypresse in Kaschmer war vierzehnhundert Jahre alt, als der Kalife Motawakel sie abhauen ließ. Am vergänglichsten ist die Krone der Schönheit, die Blume und ihr Duft. Wir genießen diese, und freuen uns ihrer, so lange sie währt, und pflegen sie, um ihrer froh zu werden. Können wir nicht auch die Blume der Aufklärung pflegen, sie genießen und uns freuen?

Was Cook zur Masse unserer Erkenntnisse hinzugefügt hat, ist jedoch von der Beschaffenheit, daß es tiefe Wurzeln schlagen und lange den entscheidendsten Einfluß auf die Thätigkeit der Menschen haben wird. Künstliche, vervielfältigte, complicirte Bedürfnisse, wie die unsrigen, und Leidenschaften die sich darauf beziehen, sind vielleicht unmäßig in ihren Forderungen; allein sie geben den menschlichen Kräften zugleich einen Schwung, wodurch sie oft unglaubliche Dinge verrichten. Nur das gegenwärtige Jahrhundert konnte Cooks brennende Ehrbegierde mit allen Hülfsmitteln ausrüsten, wodurch er zum Entdecker ward; und nur Cook konnte diesem Zeitalter Genüge leisten. Verschiedene Europäische Staaten haben so rasche Fortschritte zur Vervollkommnung gethan, daß sie auch dem blödesten Auge nicht mehr entgehen können. Selbst ihre trägeren oder mehr bedrückten Nachbaren fangen an einzusehen, wie weit sie zurückgeblieben sind, und welche Vortheile sie entbehren müssen. Auch in Despotien fühlt man endlich die große Wahrheit, daß die Sklaverey die Menschen entadelt und entnervt; man nimmt ihnen daher die schwersten Fesseln ab, und lockt auf diese Art die Industrie hervor. Vor der Morgenröthe der Wissenschaften verschwindet die menschliche Unfehlbarkeit. Duldung und Gewissensfreyheit verkündigen den Sieg der Vernunft, und bahnen den Weg zur Preßfreyheit und zur freyen Untersuchung aller Verhältnisse, die dem Menschen unter dem Namen Wahrheit wichtig sind. Endlich geben Luxus und Fleiß dem Leben einen neuen Werth; die Künste erreichen den Gipfel der Vollkommenheit und Einfalt; Beobachtung und Erfahrung erweitern und verbinden alle Wissenschaften miteinander; alle politischen Kräfte neigen sich ins Gleichgewicht; kurz, es ist oder es wird schon Blüthezeit. Die allgemeine Betriebsamkeit bemächtigt sich schnell jeder kleinen Entdeckung, jeder einzelnen Erfahrung, um sie auf das praktische Leben anzuwenden; wie wird nicht erst die Masse der Erkenntniß, die Cook errungen hat, ihre Hände füllen und alle ihre Triebwerke bewegen? Die vollendete Erdkunde; die mit der Astronomie verbundene Nautik; die Ausdehnung des Brittischen Handels bis an die neuentdeckte Westküste von Nordamerika; die Gründung einer Kolonie in Neuholland; die Bereicherung der Naturgeschichte; die genauere Kenntniß so mancher Menschenstämme in ihrer eigenthümlichen Verschiedenheit, und die daraus erfolgende nähere Entwickelung des allgemeinen Begriffs von unserer Gattung, ihrer gemeinschaftlichen Triebe, ihrer ähnlichen, auf Einer Vorstellungsart gegründeten

Vorurtheile und Irrthümer, ihrer Wildheit, Barbarey oder Kultur, ihrer klimatischen Lebensart und Organisation; endlich auch die Wichtigkeit der Entdeckungsepoche für manche jener Völkerschaften selbst, deren Wissen und Genuß dadurch einigen Zuwachs erhalten mußte; – wie innig und vielfältig verwebt nicht dies alles den Namen und das Verdienst des großen Entdeckers in die künftigen Beschäftigungen vieler Völker und Generationen! Der Gränzpunkt der fortschreitenden Aufklärung liegt außer unserm Gesichtskreise; selbst wenn ihre Blüthe längst verwelkt, ihre Frucht abgefallen und zerstreuet seyn wird, sprossen ihre Saamen in einem andern Boden wieder hervor. Wie ließe es sich also bestimmen, wo der Einfluß, den Cook auf sein Zeitalter und auf die Nachwelt haben muß, sich in den Strom der Jahrhunderte gänzlich verlieren wird?

Bisher betrachteten wir nur die auffallenderen Folgen seiner Entdeckungen; allein sie wirken auch unvermerkt im Stillen, und vielleicht mit desto größerem Nachdruck, auf den Verstand und das Herz. Es ist ein wichtiges Geschäft, in Stunden der Erholung, durch eine Reihe neuer Bilder die angestrengten Geisteskräfte zu erquicken, den Eindruck überstandener Mühseligkeiten zu verwischen, Kraft und Muth zu neuer Anstrengung zu geben, und das Gedächtniß mit nützlichen Lehren und Kenntnissen zu bereichern. Unter allen Merkmalen eines aufgeklärten Jahrhunderts ist vielleicht keines untrüglicher, als eben dieses lebhafte Bedürfniß der Lektüre, welches sich bis auf die untern Volksklassen erstreckt. Nur ist es zu bedauern, daß ein so reger Trieb von denen, die sich zu Schriftstellern berufen glauben, selten gewissenhaft befriedigt wird, indem die reifliche Erwägung der großen Pflicht, welcher sie sich unterziehen, gerade dasjenige ist, was sie am wenigsten zu kümmern scheint. Wenn indeß unter den jährlichen Hekatomben, welche nur durch ihre Anzahl einen Werth erhalten, der Wohlgeruch eines reineren, der Weisheit würdigen Opfers auf dem Altar der Göttin duftet, so wird sie mit den Sterblichen versöhnt, und läßt sich vom hohen Sternensitz in ihre niederen Hütten herab. Wenn ein Buch, das durch merkwürdige wissenschaftliche Resultate, lebhafte Schilderungen von Gegenständen, die den Menschen nahe angehen, und Darstellung großer gefahrvoller Thaten oder ungewöhnlicher wirklichen Begebenheiten die Wißbegierde, das Nachdenken, die Einbildungskraft, die Empfindungen und Leidenschaften der Leser nach einander anregt – zugleich dem Verstande eine Menge neuer Begriffe, Erkenntnisse,

Urtheile und Grundsätze einprägt, welche, da sie unmittelbar aus Erfahrung fließen, durch ihre praktische Beziehung auf das Leben, einen tiefen und bleibenden Eindruck machen: so kann es zur Bildung jedes einzelnen Lesers im erhabensten Sinne, nämlich zur zweckmäßigen Entwicklung seiner edelsten Anlagen, sehr wesentlich, und oft mit glücklicherem Erfolge beytragen, als manche Lehren, die auf das Wort des Meisters für apodiktisch gelten, und denen sein Beyspiel widerspricht. Das Gepräge des gemeinnützigen Fleißes, des beobachtenden Scharfblicks, der männlichen Vernunft, der Unbefangenheit und Einfalt, zeichnet Cooks Schriften, so wie seine Thaten, aus. Der Mann, dem überall Mittel zur Ausführung seiner Endzwecke zu Gebote standen, wußte auch Worte zu finden, wenn er tief empfundene Verhältnisse, sorgfältig durchspähete Naturgestalten und mit unnachahmlicher Kunst und großer Kühnheit vollbrachte Arbeiten, ohne Anmaßung, aber voll Ernst und Nachdruck erzählen wollte. Weder fremde Anleitung, noch vertraute Bekanntschaft mit großen Mustern, sondern der innere Drang, wodurch er auch Entdecker ward, bildete seinen ungeschmückten, aber reinen, deutlichen Styl. Ohne Anhänglichkeit an Systeme die er nicht kannte, an Vorurtheile die er belächelte oder verabscheute, blieb sein fester Punkt getreue Darstellung dessen, was er gesehen und erfahren hatte. Fassen wir den Inhalt seiner Reisegeschichte zusammen, so zeigt sie, was der Mensch auf verschiedenen Stufen der Bildung *ist*; was über die ganze Oberfläche des Erdbodens die wesentlichen Bedingungen eines glücklichen, nach seinen verschiedenen Bedürfnissen modificirten Zustandes sind; was die Natur ihm dazu darbietet, und was er aus den verborgenen Tiefen seines eigenen Wesens schöpfen muß; endlich, was der gesittete, vernünftige Mensch Großes vermag, wenn er den ganzen Reichthum seiner Organisations- und Verstandeskräfte aufbietet, und seinen Genuß in ihre unbegränzte Thätigkeit setzt. Aus dieser reichen Quelle schöpften bereits weise, gelehrte, erfahrene Männer Belehrung und Nahrung für ihren gebildeten Geist; und noch ergiebiger strömt sie für die aufblühende Jugend mit ihrer Wärme des Gefühls und ihrer beflügelten Phantasie. Deutscher Jüngling! auch Du lasest Cooks unvergeßliche, thatenvolle Entdeckungsgeschichte. Sprich! wurdest Du nicht belehrt, aufgeklärt, zum Nachdenken erweckt; jezt unwillkührlich durch Züge von erhabener Größe erschüttert; dann zu sanftem Mitleid, zur Tugend- und Menschenliebe hingerissen, oder zum edlen Selbstgefühl und zum Streben nach nützlicher

Betriebsamkeit entflammt; und von Dank und Bewundrung für den Entdecker durchdrungen?

Gerecht ist dieses Opfer der Bewundrung, welches jedes gefühlvolle Herz dem verewigten Seemanne darbringt; gerecht, und seinem Andenken desto heiliger, da es der Lohn ist, um welchen er gerungen hat. Zwar seiner kalten Asche frommt unser Lob nicht mehr; und der Geist des Helden, wie der Engel des Dichters,

wird nicht herrlicher
Durch eur Entzücken; wird nicht mächtiger
Durch eur Vertrauen!

Die Welt könnte seine Wohlthaten genießen, und, wie sie so oft gethan, des Gebers vergessen. Allein der Nachruhm ist das eigentliche Erbe der wenigen Edlen. Oft zündete die Ehre, die man dem Andenken eines großen Mannes weihte, den Funken des Genius in einem andern Busen an. Mit einem Eifer, der alle Hindernisse besiegt, kämpfte er dann um diesen Preis, der ihn so groß, so rein und göttlich dünkt; und wenn er am Ende seiner Laufbahn einen Blick in das Vergangene wirft, verläßt er diesen geschäftigen Schauplatz zufrieden, froh und mit dem festen Vertrauen, daß sein Beyspiel und der Ruhm seines Namens die wohlthätige Flamme fortpflanzen werde, so wie er sie zuerst empfing. So wird der Nachruhm gleichsam eine Schuld, welche die Nachwelt tilgen muß; und ein Zeitalter, welches bey den Verdiensten eines großen Mannes schweigt, verdient die Strafe, daß es keinen ihm ähnlichen Mann aus seiner Mitte hervorbringen kann.

Was der Mensch mit auf die Welt bringt, ist die innere Energie seines Wesens, und ihre verschiedenen Grade der Empfänglichkeit. Wie der Bildungstrieb des Körpers in verschiedenen Menschen nicht von gleicher Stärke ist, und bald Paragonen, bald Lappen und Samojeden, auch in einerley Klima Riesen und Zwerge hervorbringt, bald früh, bald spät, gleichförmig oder anfallsweise sich entwickelt; eben so ist die eigenthümliche Thätigkeit des Willens und der Denkkraft, und die Beweglichkeit der Phantasie und des Gefühls an innerer Stärke verschieden. Es herrscht aber auch eine unbegreifliche Harmonie zwischen den Gegenständen der Vorstellung, und der Fähigkeit ihre Eindrücke anzunehmen. Gewisse Menschen werden durch besondere Klassen von Vorstellungen kräftig erschüttert, die auf andere keinen Eindruck zu machen scheinen. So tönen gespannte Saiten von selbst harmonisch, doch nicht eher, als bis der gleichgestimmte Klang sie durchzittert. Ein Weiser sagt irgendwo sehr schön und richtig: »es hängt nur von uns ab, das Verhältniß unserer Geisteskräfte unter einander zu prüfen und sie ins Gleichgewicht zu bringen; ihr intensiver Reichthum aber ist die unbedingte Gabe der Götter.« Diese Ungleichheit des innern Kraftmaaßes wird offenbar, so bald man das Menschengeschlecht nur etwas genauer betrachtet; allein die auffallenden Beyspiele von auszeichnender Größe sind in allen Ständen selten, obgleich an keinen ausschließungsweise gebunden. »Selbst die meisten Fürsten,« sagt ein großer freymüthiger Geschichtschreiber, »zöge man ihnen den Purpur aus, und würfe sie nackt in die Welt, würden unverzüglich in die unterste Klasse der Gesellschaft zu Boden sinken, ohne Hofnung sich wieder empor zu schwingen.« Dagegen hatte die Natur unsern Entdecker in der geringen Hütte des Bauers mit einem vollen Maaße von Kräften gerüstet. Die Grundkraft seines Wesens lag in einem siegreichen Bestreben, zur Wirksamkeit und That auszuströmen; sie schlummerte nie, sie bedurfte nicht erst der Anregung der Sinne, und sinnlicher Genuß leistete ihr kein Genüge. Cooks Enthaltsamkeit war auf diese Art eine angebohrne Tugend, nicht die Folge eines hartnäckigen Kampfes. Seine Begierde konnte nur durch Erkenntnisse gesättigt werden, und sie mögen ihm nun Zweck oder Mittel, oder wechselsweise beydes gewesen seyn: so erzeugte dieses Bedürfniß, oder dieser Genuß, jenen nie ermüdenden Fleiß, jenes so bewunderte Ausdauren und Beharren, wodurch er so große Thaten vollbrachte, und gegen Arbeit, Schwierigkeit, Gefahren und Widerwärtigkeiten unüberwindlich blieb. Eine Einbildungskraft, welche die Verhältnisse der Dinge schnell und deutlich auffaßte und bemerkte; ein Beurtheilungsvermögen, welches richtig erkannte und unbestechlich entschied; eine Reizbarkeit des Gefühls, deren Übermaaß zuweilen leidenschaftliche Ausbrüche veranlaßte, aber noch öfter unter der Herrschaft der Vernunft sich zur Gerechtigkeit, Güte und Menschlichkeit neigte; – Anlagen, welche den Adel der Seele beweisen, sollten sich einst in Cook, dem Sohn eines Pächters, zu großen Zwecken entwickeln. Seine Geburt und die Dürftigkeit seiner Umstände begünstigten indeß keineswegs seine Ausbildung. Eine frühzeitige Neigung für das Seeleben entschied sein Schicksal. Sein thätiger Geist, stark in Entschlüssen, kühn und schnell in der Ausführung, zerriß die Fesseln, die man ihm angelegt hatte, und begab sich freywillig unter die Zucht eines Kohlenschiffers. Hier erlitt er funfzehn Jahre lang, als gemeiner Matrose und als Steuermann eines Kauffahrers, alles Ungemach und alle Mühseeligkeiten des harten Dienstes, den er in der Folge seinen Untergebenen zu erleichtern suchte; hier ward er mit den Schwierigkeiten und Gefahren der Schiffahrt vertraut; hier stählte sich sein Herz gegen den grausenvollen Anblick des nahen, kaum noch vermeidlichen Todes; hier legte er auch den Grund zu jener vollkommenen Geschicklichkeit im praktischen Theile seiner Kunst, zu der genauen und vollständigen Kenntniß des Schiffs und der Ausrüstung desselben, der Pflichten des Matrosen und der in ihm erforderlichen Fertigkeiten und Talente, wodurch er sich hernach vor unzähligen Befehlshabern so vortheilhaft auszeichnete. Nichts giebt uns einen anschaulichern Begriff von der Festigkeit seines Charakters, als diese lange Prüfungszeit, wo er im eigentlichsten Verstande mit seinem Schicksal kämpfte, und dennoch den Sieg davon trug. Hätten wir die Geschichte jener funfzehn schrecklichen Jahre seiner Jugend, wie lehrreich für den Menschenkenner würde sie seyn, welchen Aufschluß würde sie über den ruhigen Muth und den Reichthum der Seele dieses großen Mannes geben, der mitten im rohen Schwarm gemeiner Seeleute, – deren Sitten oft Abscheu und Ekel erregen, deren Hang zur gröbsten Sinnlichkeit in Laster ausartet, deren Leichtsinn zuweilen Verbrechen gebiert, selten eines großen Gedankens, nie eines festen Entschlusses fähig ist, – unerkannt und ohne andere Aufmunterung oder Belohnung als seinen eignen Beyfall, seinen Grundsätzen getreu bleiben konnte und seinem Ziel, so fern es auch seyn mochte, unermüdet entgegen arbeitete, ohne vom Beyspiel angesteckt zu werden, oder bey drückenden Umständen und fehlgeschlagenen Hofnungen die Hände und das Haupt sinken zu lassen! Fast scheint es auch, als wenn Cook sein großes Maaß von Kräften damals hauptsächlich vertheidigungsweise gebraucht haben müsse; denn die eingeschränkte, niedrige Sphäre, wohin ihn sein Schicksal verbannt hatte, bot ihm nicht Stoff genug, sich zu beschäftigen, und in dem Grade, wie seine Fähigkeiten und Anlagen es gestatteten, sich Kenntnisse und Fertigkeiten zu erwerben. Die praktischen Erfahrungen, welche beynahe das einzige waren, womit er seinen Verstand hier bereichern konnte, gewannen indessen bey ihm, durch den Scharfsinn und die gesunde Beurtheilungskraft, womit er sie verdauete, eine neue Gestalt, und leiteten ihn bald zu dem wichtigen Resultate, welches Tausende in seiner Lage übersehen, daß mathematische und vorzüglich astronomische Kenntnisse zur Bildung des geschickten Seemannes unentbehrlich sind. Ehe noch Cook das erste Ziel seines Ehrgeizes erreichen und ein Fahrzeug als Schiffer besteigen konnte, warf ihn sein Schicksal plötzlich auf die königliche Flotte. Hier bahnte ihm sein Verdienst zum erstenmal den Weg zur Ehre. Die Aussicht zu einer höheren Bestimmung zu gelangen, fachte seine Geisteskräfte zu neuer Anstrengung und neuen Arbeiten an. Wie vorhin zum Matrosen, so bildete er sich jezt zum Officier. Die Tiefen der Mathematik waren seinem Ernst ein leichtes und unterhaltendes Spiel; und er widmete sich ganz der Mechanik und Sternkunde, auf denen die Theorie der Schiffahrt beruhet. Wer es weiß, welche Ordnung und Klarheit der Begriffe das Studium der Mathematik über alle Klassen von Kenntnissen verbreitet, der wird sich vorstellen können, welch eine wichtige Veränderung mit unserm Seemanne jezt vorgehen mußte. Doch bey allem Reichthum seiner Geisteskräfte, bey der Vollständigkeit und Gründlichkeit seiner Kenntnisse, hätte Cook, ohne eine günstige Verkettung von Umständen, vielleicht nie den Gipfel erstiegen, wo die Welt den großen Mann in ihm erkannte. Das Glück, welches blindlings bald die Tugend, bald den Wahnwitz krönt, geht nur zu oft vor dem bescheidenen Verdienst vorüber, und kränkt dadurch nicht sowohl dieses, als vielmehr das ganze Menschengeschlecht. Oder trifft dieser Vorwurf nicht die Begebenheiten einer Welt, wo ein ununterbrochener Zusammenhang von Ursach und Wirkung alles bestimmt? Wie dem Wortstreit auch sey; genug, Cook gehörte unter die wenigen begünstigten Ausnahmen, oder er war zum Entdecker der halben Erdkugel ausersehen. Das mühsame Geschäft, die Küsten von Neufundland aufzunehmen, war vier Jahre lang gleichsam die Vorübung zu seiner größeren Laufbahn. Er erlangte dabey eine von wenigen erreichte Fertigkeit und Genauigkeit sowohl im Ausmessen, als im astronomischen Beobachten. Schon dort übte er seine Wachsamkeit und Vorsicht, seine Unerschrockenheit und Gegenwart des Geistes im Augenblick der Gefahr, sein mildes, schonendes Betragen gegen ungesittete Völker; – Eigenschaften, welche hernach auf seinen Weltumschiffungen im Charakter des Entdeckers glänzten, und zur Vollkommenheit gediehen. Die unerwartete und ehrenvolle Aufforderung zu diesen Entdeckungsreisen gab endlich seinen Geisteskräften die höchste Spannung, und goß ein neues Feuer in alle seine Handlungen. Seine Entwürfe waren groß, durchdacht, wohlgeordnet und von männlicher Kühnheit; sein Genie beseelte ihre Ausführung, und bürgte für den Erfolg. Die Ehre, das Ansehen, der Wohlstand seiner neuen Lage verengten sein Herz nicht, und änderten nichts in seinem Betragen; er blieb nach wie vor der Mann von einfachen Sitten, der zwischen seiner Pflicht und seinem Vergnügen keinen Unterschied kannte. Seine Empfänglichkeit für Begriffe und Gefühle war noch in voller Kraft, und schien vielmehr mit jeder Reise zu gewinnen; ja es finden sich, vorzüglich in der letzten, Spuren einer ungleich zarteren Empfindung, als man in dem abgehärteten Seemanne gesucht hätte. Dieser Zug, wenn sonst keiner, gäbe schon ein vollgültiges Zeugniß für seine große Seele, deren stets währendes Bestreben es war, sich immer vollkommner zu bilden: Kaum wird es jezt noch befremdend seyn, daß jener dunkle Trieb sich hervorzuthun, der allmählig in Ehrgeiz und Begierde nach Wohlstand übergieng, sich bey einer so reich organisirten Seele zuletzt in ein weit feineres und edleres Gefühl für den Nachruhm verwandelte. Dank sey es der Natur, daß es Wesen von so empfänglicher Organisation giebt, welche dieser zarte Antrieb, der zugleich die Menschen in Liebe vereinigt, zu großen Thaten wecken kann! Läßt sich auch die Eigenliebe geselliger und liebenswürdiger denken, als indem sie dahin strebt, sich selbst in andern lieben zu können?

Vollständiger, als er selbst es voraussehen konnte, hat Cook auch diesen letzten Endzweck erreicht. Ich denke mir ihn, in der Schwärmerey eines Augenblicks, als einen der wohlthätigen Helden des Alterthums, die auf Adlersschwingen zur Versammlung der seligen Götter emporgestiegen sind. Würfe er dann einen Blick vom Olymp auf diese Erde, so sähe er eben dieselbe philosophische Gesellschaft, die schon einmal seine Verdienste krönte, sein Andenken auf Münzen verewigen; er sähe die Zähre der Wehmuth fließen, so oft ein edler Mensch seinen zu frühen, von ganz Europa beklagten Verlust erfährt; er sähe sein eignes Werk, die Geschichte seiner Reisen, ein besseres Denkmal als Erz oder Marmor werden; – er sähe auch die Freundschaft Blumen auf sein Grab streuen!

FRAGMENTE ÜBER CAPITAIN COOKS LETZTE REISE UND SEIN ENDE

Wer bey der Lesung neuer Reisebeschreibungen an dem Schicksale der Endecker und Entdeckten Anteil genommen, der wird es fassen können, wie einem, der eine grosse Reise bereits mitgemacht, zu Muthe werden mußte, als ihm zween Männer die Abentheuer ihrer neuen Fahrt erzählten. Zween Deutsche, Heinrich Zimmermann aus Speyer, und Barthold Lohmann aus Cassel haben der letzten Entdeckungsreise der Engländer beygewohnt. Auf ihrer Durchreise habe ich sie hier gesprochen; dabey in Gedanken meine eigene Reise wiederholt, und die neuen Argonauten aller Orten begleitet. Allein das eigene Gefühl, welches die Nachrichten von meinen alten Freunden am andern Ende des Erddurchmessers, bey mir erregte, ist so nicht nachzubilden. –

Unzählige Fragen die ich diesen beyden Leuten vorlegte, wurden von ihnen so beantwortet, daß mir kein Zweifel über ihre Glaubwürdigkeit zurücke blieb. Ich möchte daher den kleinen Vorschmack, den ich auf solche Art von den Eräugnissen der lezten Reise erhalten habe, gern mitteilen, wenn man sich nur immer dabey erinnern wollte, daß ich ihn für nichts besseres ausgeben will, sondern vielmehr dem Lehrbegierigen rathe, sich mit so viel Geduld als nötig ist, zu rüsten, damit es ihm bis zur Herausgabe authentischer Nachrichten, nicht daran brechen möge. Ob diese nun so schnell erfolgen werden, als es bey den vorigen Reisen geschah, scheint einigermaßen zweifelhaft, zumal da jezt in England alles davon schweigt, und die ganze Sache über wichtigere Angelegenheiten vergessen wird. Vielleicht sind auch die genaueren Nachrichten, welche das Publikum solchergestalt von der Lage und Beschaffenheit der westamerikanischen Küsten erhalten würde, so wichtig, daß die jezigen Feinde Großbritanniens sich derselben zu ihrem Vortheil bedienen, und einen einträglichen Handel nach Asien anlegen dürften. – Welcher Freund der Britten wird, um diesem Falle vorzubeugen, nicht gern und willig seine Wisbegierde unterdrücken?

Von dem was ich jezt vernommen habe, läßt sich vermuthen, daß die neue Reisebeschreibung, wenn sie erscheint, wahrscheinlich noch reichhaltiger an interessanten Auftritten, als irgend eine der vorigen ausfallen werde, da theils die Dauer der Fahrt so viel länger gewesen, theils auch der grosse Kreis, worin die Entdeckungen gemacht wurden, sich dieses mal zu beiden Seiten des Aequators, beinahe gleichweit nach jedem Pole hin erstreckt. Allein freilich läßt sich auf die Wichtigkeit der Reise, von derjenigen Nachricht nicht schliessen, welche im Julius dieses Jahres im *London-Magazine* auf 3 Blättern erschienen ist. Sie verräth Unkunde des Gegenstandes den sie behandelt, in einem hohen Grade. Wo der unbekannte Verfasser, der von Cooks lezter Reise blos hat läuten hören, keine Schilderung der Sitten der neuentdeckten Insulaner zu liefern wußte, da hilft er sich mit Auszügen aus vorigen Reisebeschreibern und spricht von längst bekannten Sachen. Wo ihm aber die Curslinie der Schiffe unbekannt war, entwirft er sie keck nach seinen Vermuthungen, oder wie es ihm mag eingefallen seyn. Seine kurzen Anmerkungen über die spanischen Entdeckungsreisen gegen Norden von Kalifornien, möchten glaubend machen, er sey auch in Ansehung der neuen Cookischen Reise mit wirklichen Dokumenten versehen gewesen. Einem Sachkundigen entgeht es aber nicht, daß er nicht einmal die bisher einzige gegründete Nachricht von dieser lezten merkwürdigen Fahrt, nämlich die beiden Briefe des Herrn Professor Pallas an Herrn Oberkonsistorialrath Büsching[27], hat recht benutzen können. Ich will es versuchen ein paar Berichtigungen herzusezen, und dabey dasjenige, was ich von den mündlichen Ueberlieferungen der beiden deutschen Matrosen mittheilen läßt, einfliessen lassen; und zwar ohne von den Lesern das Zutrauen gegen sie zu verlangen, welches bey mir die Folge der vorerwähnten Prüfung war.

Von der Küste von Neuholland soll Capitain Cook, (laut der Nachricht im *London-Magazine*) eine Strecke von vierhundert Seemeilen (leagues) zwischen der Gegend welche von ihrem Entdecker Nuytsland heißt, und der südlich-

27 In dessen wöchentlichen Nachrichten, 2 tem und 3 tem Stück, des achten Jahrgangs.

sten Spitze dieses fünften Weltteils, oder van Diemensland, befahren haben. Allein dieser Theil der Reise existiert blos in der Einbildungskraft des Verfassers, indem Cook, nachdem er die französischen Entdeckungen im südindischen Weltmeer berichtigt hatte, gerade zu nach van Diemensland gesegelt ist, und sich daselbst nur wenige Tage aufgehalten hat, um desto eher in Neuseeland die antiscorbutischen Erfrischungen einzunehmen.

Den Charlotten-Sund, in Cooks Meerenge, wo wir auf der vorhergehenden Reise, in den Jahren 1773 und 1774 dreymal eingelaufen waren, besuchte er auch diesesmal wieder. Hier lebte er mit den Einwohnern im besten Vernehmen, und mußte sogar auf ihr dringendes Verlangen ein paar Jungen mit an Bord nehmen, welche von dem unüberwindlichen Hange, fremde Länder zu sehn, hingerissen wurden, und sich nicht abweisen liessen. Da die Societätsinseln und O-Taheiti schon in Ansehung des Klima, der Lebensart, der Sitten und Regierungsform so viele Vorzüge vor Neuseeland voraus haben, so bestimmte Cook diese beiden Wilden zur Bedienung seines tahitischen Zöglings O-Mai, und lies sie in der Folge wirklich auf jenen Inseln zurück, in der Meynung, daß er durch diese Verpflanzung hinlänglich für die Verbesserung ihres Schicksals gesorgt habe. –

Von Neuseeland läßt der unbekannte Verfasser des Aufsatzes im *London-Magazine*, die Reise nach der westlichen Küste Neukaledoniens, ja bis nach Neuguinea fortsetzen, und um den Roman zu vollenden, muß Capit. Cook dort ein kleines Eyland mit Muskatennußbäumen entdecken, die Nüsse einsammeln, und zwölf junge Bäumchen dieser Art sorgfältig in Kasten pflanzen, um seine Tahitier zu beschenken. Wie schade, daß von allem diesem keine Sylbe wahr ist! Das ungereimte dieser vermeinten Excursion nach Neuguinea ist auffallend, sobald man die Zeit erwägt, in welcher er sie hätte machen sollen. Ich will annehmen, daß er bereits im März oder April Neuseeland verlassen habe, und im August zu Taheiti angekommen sey. Von Neuguinea, welches meist unter der Linie liegt, gegen den Ostpaßatwind nach O-Taheite zu kommen war in der Breite schlechterdings unmöglich; er mußte also wieder herauf bis beinah in die Breite von Neuseeland, und falls die Ostwinde nur einigermaassen anhielten, sogar nach Neuseeland zurück, ehe er das ganze Südmeer durchschneiden, und sich alsdann wieder nach Taheiti senken konnte. Neptun und Aeolus müßten einen besonderen Vertrag mit unserem grossen Seemann geschlossen haben, wenn er alles in so kurzer Zeit hätte bewerkstelligen können. Zudem hatte er eine viel zu kostbare Ladung an Bord, als daß er so aufs gerathewol damit hätte hin und her kreuzen sollen; ich meine die Thiere, die den guten Taheitiern geschenkt werden, und ihre irdische Glückseligkeit so sehr vermehren sollten. Nicht genug, daß die armen Thiere auf der Fahrt vom Cap bis nach Neuseeland die rauhe Witterung hatten empfinden müssen; sie sollten nun noch unter der Linie schmachten, und endlich wenn sie auch das überlebten, wohl gar zum zweitenmal in die Kälte geführt werden. Nein! so pflegte Cook keinen Hauptgegenstand seiner Reisen aus dem Gesichte zu verlieren. Vielmehr zeigte er auf dieser letzten Fahrt von Neuseeland nach Taheiti seine ganze Stärke als denkender, einsichtsvoller Seemann, der seiner Wissenschaft gewiß, und genau in Abwägung seiner Maasregeln war. Noch war der Herbst in der südlichen Halbkugel nicht verstrichen, die Sonne weilte noch über dem Aequator; folglich erstreckten sich die Ostwinde noch über die Gränzen des Steinbocks hinaus. Allein nach sechs oder acht Wochen, wenn sich die Sonne dem nördlichen Wendekreise genähert haben würde, mußte der Ostpassat innerhalb seiner engsten Schranken gebunden, und bereits zwischen dem achtzehnten und zwanzigsten Grade der Breite Westwinde anzutreffen seyn. Nun war es unendlich rathsamer, die erste beste Inselgruppe innerhalb des Wendekreises, so nahe als möglich an Taheiti zu erreichen, und dort die Ankunft des Westwinds abzuwarten, als jezt in einer späten Jahrszeit, vielleicht bis auf den 45°. S. Breite hinauf zu fahren, und dort das grosse Südmeer mit unbeständigen Winden zu durchschiffen, wo die Kälte und die stürmische Witterung nach aller Wahrscheinlichkeit den Pferden und Kühen tödlich seyn würde. Dies waren vermutlich Cooks Ideen, als ihn die Ostwinde zwischen dem 30°. und 40°. S. Breite nöthigten, sich nach den Freundschaftlichen Eilanden zu begeben, und an der Insel Tongatabu oder Amsterdam vor Anker zu gehen. Hier hatte er die Freude eines seiner Lieblingsvölkchen zu besuchen und fünf bis sechs Wochen im Ueberflusse von frischen Lebensmitteln sehr angenehm zuzubringen.

Man empfieng ihn mit offenen Armen. Finau, und Fetfi, zween Könige, der eine von Tongatabu, der andere von einer benachbarten, noch nicht zuvor entdeckten Insel, gewannen ihre neuen Gäste so lieb, daß sie sichs angelegen seyn liessen, ihnen den dortigen Aufenthalt auf alle mögliche Art zu versüssen. Sie konnten zwar ihre Unterthanen nicht völlig umschaffen, und man hatte sich daher mehr als jemals vor ihren Diebereyen zu hüten; ja diese zogen eines Tages den Bedienten des Capitains, der ohne Begleitung spazieren gegangen, nackend aus, und ließen ihn in diesem Aufzuge zu seinen Cameraden laufen. Allein die Leutseeligkeit, der gesellige und vertrauliche Charakter der meisten Einwohner machten diese kleinen Fehler wieder gut, und man wärmte sich an der Sonne, ohne über ihre Flecken zu klagen. Eine rühmliche Wisbegierde beseelte die beiden Könige. Sie erkundigten sich öfters sorgfältig nach den Sitten, und nach der Religion der Fremden, und um ihnen diese Belehrung abzulocken, zeigten sie ihnen ihr ganzes Kriegs-Manœuvre sowol, als auch ihre gottesdienstlichen Gebräuche. Cook seiner Seits befriedigte ihr Verlangen mit so umständlichen Erzählungen, als es seine Sprachkenntniß vergönnte; auch ließ er die sämmtlichen Seesoldaten beider Schiffe, welche sich auf etwa dreyssig Mann belaufen mochten, an einem schönen Tage mit fliegenden Fahnen durch alle Evolutionen gehen, einander angreifen, sich verteidigen, und die Würkung des kleinen Schießgewehrs und des groben Geschützes zeigen. Endlich beschenkte er diese königlichen Personen mit einem Stier, einer Kuh, einem Hengst und einer Stute. Diese Freygebigkeit schien sie ausserordentlich gerührt, und ihr ganzes Dankgefühl aufgefordert zu haben. Am folgenden Tage lud man ihn ans Land; und kaum war er aus dem Boote gestiegen, so führten ihn die guten Insulaner an einen geräumigen Platz, woselbst sie von Yamswurzeln (dem schmackhaftesten und zuträglichsten Nahrungsmittel dortiger Gegend) drey grosse Pyramiden neun bis zehn Fuß hoch aufgethürmt hatten. Zuoberst auf einer jeden lag ein grosses gebratenes Schwein. Dies waren ihre Gegengeschenke, welche der Mannschaft beider Schiffe gewiß willkommen seyn mußten. Auftritte solcher Art machen diese Reise auch dem Philosophen interessant; es sind köstliche Augenblicke für den Menschenforscher; und wir wollen hoffen, daß doch irgend jemand dabey zugegen gewesen seyn mag, der die Sitten dieses Volkes genauer gezeichnet, und ihre Religionsübungen mit Kennerblicken beobachtet haben wird. So sehr die Geschichte der Insulaner im Südmeer noch einer Aufklärung bedarf, so vieles Licht dürfte sie auf solche Art erhalten.

Ich habe noch zu bemerken, daß die beiden Schiffe nicht auf Tasmans unsicherer Rheede an der Nordwest Seite der Insel, sondern in der Marienbay auf der N.O. Seite vor Anker lagen. Hier waren sie durch ein Korallenrief und drey bis vier kleine Eylande gegen Wind und See geschüzt. Auch bey dieser Gelegenheit zeigte sich der Vorteil, nur kleine Schiffe auf Endeckungsreisen gebraucht zu haben. Eine Fregatte hätte schon der Untiefen wegen nicht in den Haven gekonnt, denn aller Vorsicht ungeachtet stieß das grössere Schif, die Resolution, beym Auslaufen dennoch etlichemal auf den sandigen Boden.

Bereits im 18ten Grad, S. Br. muß Cook westliche Winde angetroffen haben; denn nachdem er die freundschaftlichen Eilande verlassen hatte, besuchte er die kleine flache Insel Palmerston, welche auf der vorigen Reise entdeckt wurde, und unter dem 18°. 4'. S. Br., und 165°. 10'. Westl. Länge liegt. Sie ist mit unzähligen Kokospalmen bedeckt, aber unbewohnt. Windstillen oder vielleicht widrige Winde liessen unserem Seemanne diesmal Zeit sie näher zu untersuchen; er fand einen Platz wo man anländen konnte, und lies beide Schiffe mit einer sehr beträchtlichen Anzahl von Kokosnüssen versehen. Nachdem er etwas weiter hin, jedoch in der Nähe dieser Insel, (nach Aussage der Matrosen) einige andre flache Eylande entdeckt hatte, kam er endlich im August, 1777, im Haven Aiteriha, auf der kleinern Halbinsel von Taheiti an. An diesem Orte, – wo er auch auf seiner vorigen Reise im August, 1773 vor Anker gelegen – fand er Spuren daß die Spanier seit kurzem dagewesen wären. Sie hatten nämlich ein Kreuz mit dem Namen ihres Königs und einer Jahrzahl, am Strande errichtet. Nicht weit davon stand auch ein Haus, oder vielmehr eine Hütte von europäischer Bauart, welche entweder ihren Kranken zum Aufenthalte, oder auch nur zur Handelsbude gedient hatte. Cook lies das Kreuz ausheben, auf einer andern Seite den Namen Sr. Majestät, des jetzregierenden Königs von Großbritannien, nebst der Jahrzahl 1767 in welcher die Engländer diese Insel zuerst besucht hatten, eingraben, und es sodann wieder aufstellen.

Nach ohngefehr 14 Tagen begaben sich beide Schiffe mehr nordwärts in den Haven Matavai auf der grössern tahitischen Halbinsel, im Gebiete des Königs O-Tu. Daß sie mit ausserordentlichen Freudenbezeugungen empfangen wurden, läßt sich vermuthen, wenn man sich erinnert, wie zärtlich der letzte Abschied von diesen guten Insulanern, im May 1774 gewesen. Für die Fortdauer des besten Vernehmens war übrigens auf die vollkommenste Art mit der Menge von Kostbarkeiten gesorgt, welche in der Absicht aus England mitgenommen worden. Der König O-Tu erhielt eine so beträchtliche Anzahl grosser und ansehnlicher Geschenke, daß ihm Cooks Zimmerleute dazu einen Kasten von Eichenholz machen mußten, der acht Fuß ins Gevierte hielt, und mit einem guten Schlosse verwahret war. Ausserdem ward ihm auch ein Stier und eine Kuh, nebst ein paar Pferden und einigen Schafen zu Theil. Lächerlich muß es aber nach unsern Begriffen von königlicher Würde klingen, daß er eines Tages, nachdem man ihn in einem seidenen Talar, und Pantoffeln von Saffian gekleidet, sich lange voll Erstaunen selbst begafte, sich endlich entfernte, um sobald er den Augen der Fremdlinge entgangen zu seyn glaubte, den ganzen Anzug, nebst der chaussure, worin er sich gar nicht finden konnte, zusammengerollt unter den Arm nahm, und nackend und barfuß nach Hause lief. Gegen den O-Mai war seine Freygebigkeit auszeichnend; denn er schenkte ihm zum Eigenthume ein grosses Canot, mit 24 leibeigenen Ruderknechten, die er auch mit sich nach seiner Heimath, der nahgelegenen Insel Huaheine nahm. Auf der Fahrt dorthin, welche nach einem vierzehntägigen Aufenthalte vor sich gieng, stellte O-Mai in seinem neuen Fahrzeuge den Lootsen vor, und segelte voran. Cook hatte ihm eine kleine Englische Flagge geschenkt; diese ließ er an seinem Mastbaum wehen, und als er Huaheine erblickte, machte er damit das Signal von »Land«, und schoß seine Flinte in die Luft. Ob er auch die beyden neuseeländisen Jungen bey sich behalten, oder ob er sie auf Taheiti zurückgelassen, ist mir entfallen; so viel ist gewiß, jetzt brauchte er sie nicht, da er so viele Sklaven seiner eigenen Nation besaß. Als die Schiffe von hier weiter nach O-Raietea segelten, blieb O-Mai in Huaheine zurück. Nach einem Aufenthalte von etlichen Wochen beschloß Capitain Cook die sämmtlichen Societäts-Inseln zu verlassen. Allein zween seiner Untergebenen, Herr M. ein Midschipmann, und ein Matrose hatten noch keine Lust zur Abreise, entliefen glücklich, und bewogen sogar einen Insulaner, sie in einem Canot nach einem ziemlich entlegenen niedrigen Eylande fortzuschaffen. Kaum aber hatte Cook ihre Desertion entdeckt, als er in aller Stille Maasregeln nahm sie wieder zu bekommen, womit es ihm vollkommen gelang. Er ging nämlich an Land, und lud den alten Chef des dortigen Distrikts, O-Rea, nebst seiner nunmehr verheyratheten Tochter Poyadua, und ihrem Gemahl, zum Mittags-Essen an Bord. Sie liessen sichs nicht träumen, daß es auf ihre Freiheit abgesehen war, und stiegen mit ihm ins Schiff. Allein hier bedeutete man ihnen, daß sie als Geisel bleiben müßten, bis die Entlaufenen wiedergeschaft seyn würden. So schwer es hielt, den Ort ihres Aufenthalts zu entdecken, indem nur sehr wenige Einwohner drum wußten, so wurden sie dennoch aus ihrem Schlupfwinkel hervorgezogen, und ausgeliefert. Es blieb doch immer der stärkste Beweis für die Anmuth dieser Inselgruppe, und für die ausserordentliche Liebenswürdigkeit ihrer Einwohner (oder vielmehr der Einwohnerinnen!), daß sich auf drey verschiedenen Reisen jedesmal Engländer gefunden, die es versuchten dort zu bleiben, und in der Absicht ein glückliches Leben zu führen, gern auf die Hoffnung Verzicht thaten, ihr freyes Vaterland wieder zu sehn.

Von den Societäts-Inseln richtete Cook seinen Lauf nordwärts. Unter der Linie entdeckte er ein sandigtes Eyland, von nicht geringem Umfange, woselbst es von Schildkröten wimmelte. Er hielt sich daher etliche Tage in der Nähe derselben auf, schickte seine Böte an Land, und nahm eine große Anzahl dieser Thiere an Bord, von deren nahrhaftem gesunden, und überaus wohlschmeckenden Fleische, die Mannschaft beider Schiffe etliche Wochen lang im Ueberflusse lebte. Lohmann, einer von den beiden deutschen Matrosen verirrte sich nebst noch einem andern auf dieser öden Sandinsel, wo die Hitze ganz unerträglich war, indem sich auch nicht ein Bäumchen zeigte, unter dessen Schatten sie sich hätten flüchten können. Zween Tage hindurch litten sie den entsetzlichsten Durst, den sie endlich nicht anders als mit Schildkröten Blut zu stillen vermochten. Ehe die Schiffe aber weiter segelten, waren sie so glücklich, wieder von ihren Cameraden gefunden und mit an Bord gebracht zu werden.

Die Reise von der Linie bis ohnweit des nördlichen Wendekreises ward ohne sonderliche Entdeckungen zurückgelegt. Hier aber erblickte man eine Insel von beträchtlicher Grösse und weiter im Winde, oder nordostwärts, noch mehrere. Es kamen bald verschiedene Einwohner in ihren Canots, welche ungleich zierlicher und sauberer gearbeitet waren, als alles was man bisher von der Art im Südmeere gesehen, von den Ufern ab, um das wunderbare, ungewohnte Phänomen genauer zu beobachten. Jedennoch wagten sie es noch nicht, nähere Bekanntschaft zu machen. Allein lange konnte man Leuten nicht widerstehen, die mit ganzen Hemden, Ballen von rothem Tuch und ähnlichen Kostbarkeiten winkten. Einer wagte sich also bey dem stillen Wetter mit seinem Canot dicht ans Schiff, und seine Landsleute folgten ihm. Unsere Seefahrer vergassen nicht, nach ihrer Gewohnheit, sich durch Geschenke bey ihnen in Gunst zu setzen, und fuhren wohl dabey. Man zeigte denen die an Bord steigen mochten das ganze Schif, und entdeckte bey der

Gelegenheit, daß hier eine Sprache welche nur wenig vom taheitischen verschieden, im Gebrauch wäre. Bey der Durchsuchung des Schifs begegnete ihnen auf dem Verdeck ein noch übrig gebliebenes Denkmaal der taheitischen Fleischtöpfe, ein dortiges Schwein. Diesen Umstand vergaß man nicht, von Seiten der Reisenden zu benutzen, und den Insulanern die das Thier gut kannten, zu verstehen zu geben, daß dergleichen sehr willkommen seyn würden. Kaum hatten sie das Verlangen der Fremden vernommen, so schiften sie sich in ihre Kähne ein, und fuhren an Land. Eine Weile hernach sah man eine weit grössere Anzahl dieser Fahrzeuge vom Strande abstossen; sie kamen in Menge dicht an die Schiffe, und warfen ihre Ladungen welche in lebendigen Schweinen, und in Yamswurzeln bestunden, ohnentgeldlich hinein. In kurzer Zeit wimmelte es auf den Verdecken von Menschen, die man für ächte Anverwandte der Tahitier erkennen mußte. Es kam z. B. einer in die Küche, sah das Küchenmesser, ergrifs, und sprang im nämlichen Augenblick damit über Bord. Mittlerweil waren die Schiffe dem Lande so nahe gekommen, daß er nicht weit zu schwimmen hatte; gleichwohl wäre er nicht entwischt, indem ein Boot, welches schon fertig lag, ihm nachsetzte, wenn er sich nicht mit Lebensgefahr in die fürchterlichsten Brandungen gewagt, und dadurch seine Beute in Sicherheit gebracht hätte.

Cook fand hier eine Rheede, und gedachte wo möglich seine Schiffe mit frischem Wasser zu versehen, da es noch ungewiß war, wie bald er die Küste von Amerika erreichen würde. Er schickte also einen Officier in einem stark bemannten Boote ab, um einen Wasserplatz ausfindig zu machen. Viele Hunderte der Einwohner versammelten sich am Strande, ihn zu empfangen, ja mit einemmale sprangen sie schaarenweis ins Wasser, packten das Boot an, und schienen im Taumel ihrer Freude sogar Luft zu haben, es sammt der ganzen Ladung auf ihren Schultern herauszutragen. Denen im Boote mochte bey dieser etwas zweydeutigen Höflichkeit nicht wohl zu Muthe seyn; sie klopften daher den rüstigen Insulanern, mit den Rudern derb auf die Finger, und als dieses nicht helfen wollte, glaubte der Lieutenant einen todtschiessen zu müssen. In der That hatte der Schuß alle erwünschte Würkung; die Leute verliessen das Boot und schleppten den Leichnam in den Wald.

Mit Recht bezeigte der Capitain seinen Unwillen über diese unbesonnene That, und entschloß sich den folgenden Morgen selbst an Land zu gehen. Er fand wenigstens so viel Tausend Einwohner, als Abends zuvor Hunderte gewesen waren, am Ufer versammelt. Nichtsdestoweniger ließ er das Boot anländen, gab einem Matrosen seine Flinte, stieg unbewaffnet und unbegleitet aus, und eilte der Menge entgegen. In dem Augenblicke fielen sie alle, ohne Ausnahme, platt aufs Gesicht vor ihm nieder. Gewiß ein rührender Anblick für den einzigen Menschen, der da gleichsam angebetet stand! Er schlug die Arme übereinander, sahe dem Schauspiel eine Weile mit Bewunderung zu, und schien sich selbst Beyfall zuzulächeln, daß es mit der Aussöhnung dieser guten Leute so nach Wunsche gieng. Dann lief er zu denen die sich durch ihre Kleidung, als Vorgesetzte auszeichneten, umhalsete sie, und hieng ihnen allerhand Geschenke um. Gleich machten sich einige auf und giengen landeinwärts, kamen aber bald mit ihrem Könige zurück. Jeder trug eine Handvoll Zuckerrohr, mit dessen schilfigten Blättern sie über dem Könige eine Art von Baldachin oder Thronhimmel machten, und so nahten sie allmählig mit gemessenen Schritten heran. In einiger Entfernung, warf sich auch der König zur Erden vor dem Weltumseegler, und alles Volk um ihn her wiederholte diese ausserordentliche Bewillkommung. Ich nenne sie ausserordentlich, in Beziehung auf unsre Sitten; nicht daß ich glaubte, die Insulaner hätten Cook mehr Ehre angethan, als einem jeden andern fremden Könige nach ihrer Meynung gebührte. Es ist bekannt, daß dieser Gebrauch in den Inseln des Südmeeres schon eher bemerkt worden ist. Der Holländische Schiffshauptmann Cornelius Schouten, nebst seinem Gefährten Jacob le Maire, war auf Horn Eyland zugegen, als der dortige König eben einen Besuch von dem Könige einer nahegelegenen Insel empfieng, wobey sie sich beyde, vor einander platt zur Erde niederwarfen. Man sieht diese Ceremonie auf einem Kupfer, welches der Reisebeschreibung beygefügt ist, sehr genau vorgestellt. Es hiesse demnach die Bewohner dieses entfernten Welttheils sehr unrichtig beurtheilen, wenn man sie hiebey das mindste von einer Vergötterung träumen liesse.

Bisher hatte man einstimmig Taheiti, die Königin der Inseln im Südmeere genannt, allein eben so einstimmig mußte man jetzt bekennen, daß ihr Nihau, (so hieß die neuentdeckte Insel) den Vorzug nicht blos streitig machte, nein, völlig abgewann. Die unzählbare Volksmenge, der unsägliche Reichtum und Ueberfluß an den vortreflichsten Naturprodukten; die Vollkommenheit aller Kunstsachen und dortigen Handarbeiten, hauptsächlich aber der edle Wuchs der Einwohner, und besonders die Weisse und Schönheit des Frauenzimmers, – alles verrieth einen Wohlstand und einen Grad von Glückseeligkeit der Taheiti weit hinter sich zurücke lies. Auf der ganzen bisher so glücklichen Reise, hatte man noch keine freudenvollere Tage genossen, als eben die, welche hier beym Wasserfüllen verstrichen. Ohne Zweifel hätte sich die Schiffsgesellschaft gern bequemt, wie dort die Danaiden, eine zeitlang durchlöcherte Fässer zu füllen, um desto länger in diesem bezauberten Aufenthalte bleiben zu dürfen. Zwar verbot ihr Befehlshaber anfänglich bey schwerer Strafe den Umgang mit den Schönen; allein sobald der Chirurgus entdeckt hatte, daß auch hier, wie auf andern Inseln des Südmeeres gewisse Krankheiten einheimisch wären, hob er sein Verbot wieder auf, und alsdann herrschte von beiden Seiten die größte Vertraulichkeit. Die Geschenke, welche der König und seine vornehmsten Hofbedienten von Cook erhielten, trugen vieles dazu bey dieses gute Vernehmen zu bestätigen. Das lezte Ziegenpaar, welches sich noch auf den Schiffen befand, ward ebenfalls an Land gesezt, in der Absicht die Insel mit neuen Hausthieren zu bevölkern.

Endlich, nachdem die Schiffe gehörig mit frischem Wasser und Lebensmitteln versehen waren, verliessen sie Nihau, und gingen nach Norden unter Seegel, ihrer grossen Bestimmung entgegen. Der Verfasser des Aufsatzes im *London-Magazine* spricht bey dieser Gelegenheit von drey verschiedenen Reisen, welche die Spanier neuerlich von ihren amerikanischen Besizungen nach diesen Küsten vorgenommen haben. Auf der ersten, welche in zwey Schiffen geschah, die 1769 S. Loretto im Meerbusen von Kalifornien verliessen, kamen sie nur bis Monte-Rey im 360°. N. Br. – Auf der zweiten erreichten sie den Haven Trinidad im 41°. N. Br. Die dritte Reise aber ging auf Befehl des Vicekönigs von Mexico[28] am 13ten März 1775 von S. Blas in Neugallicien vor sich. Don Bruno de Heceta commandierte diese Expedition in der Fregatte S. Carlos, welche von einem kleinere Schiffe, la Sennora, und einem Paquetboot, la Mexicana, begleitet ward. Sie erreichten diesesmal den 58°. N. Br. und kamen im Oktober desselben Jahres nach S. Blas zurück.

Cooks Entdeckungen an den westlichen Küsten von Nordamerika nahmen im März 1780, ohngefehr im 50° der Breite ihren Anfang; allein da es hier lediglich auf geographische Genauigkeit ankommt, die man von Matrosen

---

28 Den Namen dieses Vicekönigs giebt der Verfasser etwas unrichtig an. Er heißt: Don Francisco Antonio Maria Bucareli y Ursua.

nicht verlangen kann, so müssen wir die Herausgabe der Reisejournale selbst abwarten. Die beiden Leute, von denen ich obiges gesammelt habe, erzählten mir, daß sie zweymal in sehr grosse und tiefe Meerbusen eingelaufen wären, die sie so lange für eine Durchfahrt nach Nordwesten gehalten, bis sie am Ende des Busens einen grossen Strom angetroffen hätten. Diese Ströme beschreiben sie, als zween der ansehnlichsten in der ganzen Welt. Nichts kann gefährlicher seyn, als ihre Fahrt längst einer so völlig unbekannten Küste, wo Stürme und Nebel wechselsweise ihnen den Untergang drohten. Die Vorsehung wachte auch hier für die Erhaltung so vieler Seelen. In einer neblichten Nacht liefen sie bey frischem Winde ganz sorglos, ihrer Meynung nach, an der Küste hin, als sie plözlich eine schwarze Klippe eines Steinwurfs weit vor sich sahen. Cook lies sogleich die Anker fallen, und rief dem wachhabenden Offizier auf der *Discovery* (dem kleineren Schiffe) mit dem Sprachrohre zu, ein gleiches zu thun, welches jener auch sofort ins Werk stellte. Am Morgen klärte sichs auf; sie befanden sich mitten in einem Haven dicht vor einer Klippe, und sahen den Weg hinter sich wo sie hineingesegelt waren, mit so vielen Klippen besäet, daß sie nicht begreifen konnten, wie sie ohne Schifbruch dahin gekommen. Zum Andenken ward der Haven Providence-Bay genannt

In den verschiedenen Ankerplätzen, wohin theils der Sturm, theils auch gewöhnliche Bedürfnisse, die Schiffe trieben, liessen sich unsre Seefahrer mit den nordamerikanischen Wilden ein. Aber welch ein Kontrast zwischen den Bewohnern jener Zauberinseln, die sie eben verlassen hatten, und den rohen Horden dieser unfreundlichen Küste! Wären die Schiffe unmittelbar von Neuseeland hierher gekommen, so hätte man sich allenfalls darin finden können; der Uebergang wäre noch immer erträglich geblieben, und man hätte auch in dem *chiaroscuro* dieser Waldteufel einige Züge entdeckt, die eine kühne Zeichnung verriethen. Allein das Bild welches Taheiti und Nihau dem Gedächtniß eingeprägt, hatte mit seiner hellen Farbenmischung und seinen wollüstigen Umrissen die Augen zu sehr verblendet. Man erblickte in der Person der Amerikaner, – deren Haut gräßlich in Farben ausgenäht, deren Gesichtszüge barbarisch waren, und deren größte Freundschaftsbezeugung darin bestand, daß sie ihren Gästen eine Schüssel voll geräucherter Menschenhände vorsezten, – die menschliche Natur auf einer verabscheuungswürdigen Stufe der Verwilderung. Der Umgang mit diesen ungesitteten Menschen hatte gleichwol einen weit reelleren Nuzen für die Entdecker, als jener Aufenthalt in dem südländischen Capua. Diese Leute, die noch nie einen Europäer gesehen hatten, verkauften ihnen die schönsten und kostbarsten Pelzwerke um die elendesten Kleinigkeiten. Jeder Matrose hatte seine Kasten mit den besten Biberfellen angefüllt, und sich selbst, da es noch immer nordwärts gieng, Camisol und Unterkleider davon gemacht. Hernach lösete jeder in England ein auch zweyhundert Pfund Sterling aus dieser kostbaren Waare.

Man weiß bereits aus den Briefen des Herrn Professor Pallas, daß Cook endlich die so lange streitig gemachte Meerenge zwischen Asien und Amerika fand[29]. An einer Stelle soll sie nicht über 30 Seemeilen breit seyn, so daß man zur Noth in der Mitte beide Küsten sehen kann. Die Tiefe beträgt daselbst nicht über 25 Faden oder Klaftern. Das Eis hinderte ihn aber, weiter als bis zum 70°. N. Br. gegen den Pol zu dringen. Hier ließ er eine grosse Menge Wallrosse welche heerdenweis auf den Eisschollen lagen, tödten, an Bord bringen und ihren Thran einschmelzen. Das Fleisch war nicht eßbar. Auf dem Rückwege berührte er die Inselgruppe welche neuerlich von russischen Kaufleuten entdeckt worden ist, und von den vielen Steinfüchsen, die dort gefangen werden, den Namen hat. Sodann eilte er nach dem sanfteren Himmel innerhalb der Wendekreise zurück, um dort zu überwintern. Da ihn die neuentdeckten Inseln, wovon ihm nur Nihau bekannt worden war, am meisten interessirten, so richtete er seinen Lauf dergestalt ein, daß sie ihm alle unter dem Winde liegen blieben, damit er eine nach der andern besuchen könnte. Mit dem Schluß des Jahres 1778. lief er mit beiden Schiffen in den Haven der östlichen Insel ein, welche von ihren Einwohnern O-Waihi genannt wurde. Cook aber gab der ganzen Gruppe, die aus 17 Inseln bestund, den Namen der Sandwich-Inseln.

Er ward in O-Waihi mit eben den Ehrenbezeugungen als in Nihau empfangen. Wenn er ans Ufer stieg, fielen alle Einwohner, wes Standes sie auch seyn mochten, vor ihm zur Erde nieder; sie nannten ihn nicht anders als O-Runi, den Größten oder Obersten.

Der Umfang dieser Insel übertraf bey weitem die größte der Societäts-Inseln; und die Bevölkerung war daselbst noch ungleich stärker, so daß es

---

29 Herr C. C. R. Büsching nennt sie Cooks Meerenge. Man muß aber zugleich wissen, daß Cook selbst, 1770, die Meerenge zwischen den beiden Inseln von Neuseeland mit seinem Namen belegte, und folglich die beiden gleichnamigen Meerengen ja nicht verwechseln.

gleichsam von Menschen wimmelte. Dieses läßt sich auch aus dem Ueberfluß an Lebensmitteln schliessen, der in der That unerschöpflich gewesen sein muß, indem die Schiffe nicht nur während der ganzen Zeit ihres Aufenthalts reichlich mit frischem Schweinefleisch versorgt wurden, sondern auch eine hinreichende Quantität einsalzen konnten, um alle ledigen Fässer wieder mit Lebensmitteln auf funfzehn Monathe anzufüllen. Das Salz welches hiezu unentbehrlich war, bot sich am Meerstrande in größter Menge dar. Die Yamswurzeln waren von der besten Art, so auch die Brodfrucht, Pisangs und andere Produkte des Pflanzenreichs. Nur das Wasser in O-Waihi, war in der Nähe des Havens nicht vom besten Geschmack, denn es stand größtentheils in Teichen, wie auf den Freundschaftlichen Eilanden. Jedoch gilt dieses nicht von der ganzen Insel, welche in ihrem innersten bergicht ist, und überall Spuren ausgebrannter Vulkane zeigt, von denen sich verschiedene Bäche herab stürzen.

Ich habe es bereits gesagt, daß diese Inselgruppe alle Lobeserhebungen erschöpfte, die jemals von hungrigen oder verliebten Weltumseeglern an ihre neuen Entdeckungen verschwendet worden sind. Die Ausschweifungen des Schifsvolks, die man längst aus andern Reisebeschreibungen kennt, stiegen in der That nirgends höher als in O-Waihi, wo die vorzügliche Schönheit und Weisse des Frauenzimmers nur noch von ihrer Gefälligkeit übertroffen ward. Am Abend, wenn jeder bereits ein Mädchen gewählt hatte, standen noch zuweilen hunderte ledige auf dem Verdeck, die umsonst auf einen Liebhaber gehoft hatten. Bey einbrechender Nacht sprungen sie dann zugleich ins Meer, und schwammen ans Ufer zurück.

Die Kleidung der Einwohner bestand theils in Zeugen von Baumrinde, theils in Mänteln, die mit Federn über und über bedeckt und ausgenäht waren. Jene Zeugen waren zwar nicht so fein als einige Gattungen der Taheitischen, aber ungleich regelmässiger und geschmackvoller gemahlt. Ich habe ein Pröbchen davon gesehen, welches diesem Charakter völlig entspricht. Die Mäntel müssen in der That eine schöne und prächtige Tracht gewesen seyn. Sie waren von verschiedener Länge, einige wie Husaren Dolimans, andre länger, und einige reichten bis an die Fersen. Es ist bekannt, daß Federn in Taheiti für den kostbarsten Schmuck, und die rothen besonders so hoch im Werthe, wie bey uns Juwelen, gehalten wurden. Diese rothen Federn waren dort so selten und so unschäzbar, daß wir (auf der Reise der ich beygewohnt) um eine geringe Quantität die wir in Tongatabu bekommen hatten, ihre prächtigen Kriegshabite und Trauerkleider welche sie sonst nie verkauften, nebst Schweinen und was sonst im Werthe war, eintauschen konnten. Allein O-Waihi ist das rechte Land der Federn, hier sind schwarze, rothe, grüne, gelbe Federn im größten Ueberfluß, weil die Vögel die sie tragen, daselbst in Menge vorhanden sind, und ohne Mühe in Schlingen gefangen werden. Die Weiber verfertigen daraus runde, zolldicke Schnuren oder Guirlanden welche sie um den Hals, und beym Tanze auf dem Kopf tragen. Ihre Tänze haben mit den taheitischen viele Aehnlichkeit, desgleichen ihre Pantomimen oder Possenspiele; die Musik kommt mehr mit der von Tongatabu überein; denn sie haben auch die sogenannte Syringa oder Pansflöte aus acht Röhren.

Der Verfasser des ofterwähnten Aufsatzes im L. M. widerlegt einen groben Irthum, der sich in London in Ansehung dieser Einwohner verbreitet, indem man sie mit den Wilden in Kamtschatka, und den benachbarten nördlichen Inseln verwechselt, und behauptet hatte, daß sie sich in Fischhäute kleideten, und keine andere Speise als rohe und meistens halbverfaulte Fische genossen. Vermuthlich hatten die Erfinder dieses Stückgens geglaubt, daß Leute die einen Cook umbringen konnten, mit ihnen nur kaum die menschliche Gestalt gemein haben müßten.

Aus allem was wir bisher gehört haben, erhellt ganz deutlich, daß dieses Völkchen mit den Bewohnern der Diebsinseln, der Marquesas, der Freundschaftlichen und Societäts-Inseln einerley Ursprungs und noch weit näher als die Neuseeländer verwandt ist. Bildung, Sprache, Regierungsform, Künste, Sitten, alles kommt überein, alles zeigt einerley Munterkeit des Geistes an, trägt das Gepräge derselben Wollust im Charakter, und zeigt mitten unter den sanftesten Sitten einerley Spuren der ohnlängst verlassenen Barbarey. Daher kommt es mir auch irrig vor, wenn der eben erwähnte Verfasser des Aufsatzes im L. M. die Einwohner von Waihi für kriegerischer als jene Völker hält. Es ist wahr, der König von Nihau verlohr sein Leben in einer Schlacht gegen einen benachbarten König der ihm seine von Cook erhaltene Ziegen mit Gewalt entführen wollte; allein was die Trojaner nach dem Tode ihres Hektors nicht thaten, das thaten die Insulaner in Nihau: sie rächten sich an der ersten Ursach des Krieges, rissen die unglückbringenden Ziegen in Stükken, und machten Friede! Uebrigens weis man ja, wie oft die beiden Halbinseln von Taheiti in Streit gerathen, und blutige Treffen liefern, wobey schon mancher König den Thron oder gar das Leben eingebüßt hat. Wenn man vollends sich erinnert auf welche feindselige Art die Taheitier den Capitain Wallis empfiengen, so wird man leicht einsehen, daß ihr jeziges furchtsames Betragen blos eine Folge der Verwüstung war, die seine Kanonen damals unter ihnen und ihren Pflanzungen anrichteten. Die Art, wie Cooks Tod an den Bewohnern von O-Waihi gerächt worden ist, mag sie jezt vielleicht eben so zahm als die Taheitier gemacht haben. Denn ihre Art Krieg zu führen und ihre Waffen sind mit den taheitischen fast einerley. Nur haben sie ausser den Schleudern und Spiessen, deren sich jene auch bedienen, noch hölzerne Schwerdter dergleichen Mendanna auf den Marquesas Eylanden gesehen, und weshalb ihnen die eisernen Degen, die Cook sogleich machen ließ, sehr willkommen waren.

Ich komme nun zu den Umständen die den Tod dieses verdienten Mannes begleiteten. Sie wurden mir von den beiden Matrosen auf folgende Art erzählt. Bekanntlich sind die Einwohner von Waihi eben so diebisch als die übrigen Inselbewohner des Südmeeres, und nachdem die Schiffe von da schon ausgelaufen, durch einen Sturm aber zurückzukehren genötigt worden, gab ein gestohlnes Boot die Veranlassung zu jenem traurigen Vorfall. Wie es heißt, hatte Cook sich vorgesezt, den König der Insel, den Herr Clerk in seinem Briefe Terre-Obu nennt, mit guter Manier an Bord des Schifs zu bringen, um ihn hernach als Geisel so lange dort zu halten, bis das Boot wieder ausgeliefert würde. Diese Art zu verfahren, war ihm in den Societäts-Inseln so oft, und selbst auf dieser lezten Reise noch, so gut gelungen, daß er sich auch hier, unter so ähnlichen Umständen ein gleiches versprechen konnte. Allein es scheint in der That, daß er diesesmal wider seine Gewohnheit ganz verkehrte Maasregeln ergriff. Die möglichste Stille, und ein ganz freundschaftliches Betragen, waren dabey unumgänglich nöthig. Ob er aber auf allen Fall seiner Sache gewiß seyn wollte oder was sonst die Ursach war; kurz er ließ am 13ten Februar 1779 damit den Anfang machen, daß verschiedene bewaffnete Böte den Haven einschliessen und kein Canot vorbey lassen mußten. Er selbst gieng mit zwey Böten ans Land, stieg mit neun Mann Seesoldaten und ihren Lieutenant, Herrn Philips aus, und ließ den Schifslieutenant Williamson bey den Böten zurück. Allein schon geraume Zeit ehe er anländen konnte, hatte sein Cordon von Böten oben im Haven auf etliche Canots, welche auslaufen wollten Feuer gegeben, und durch dieses ganz neue und ungewohnte Verfahren, die Einwohner längst der ganzen Küste in Bewegung gesetzt. Nun war es also zu spät den König aufzuheben, das Volk hatte sich um ihn bey tausenden versammelt, und das gute Vernehmen, welches jene Schüsse gestöhrt hatten, ward durch die Erscheinung bewaffneter Männer auf ihrem Grund und Boden, eben nicht wieder hergestellt. Für Cook blieb nichts mehr übrig, als mit dem Könige wegen des Diebstahls zu expostuliren. Allein sein heftiger Ton erbitterte die Gemüther noch mehr, und er mußte mit Verdruß gewahr werden, daß man ihm kein Gehör gab. Vielmehr mochte es einem oder dem andern Insulaner auffallen, daß ein Dutzend Menschen wohl sehr verwegen wären, sich gegen eine solche Menge so ungebärdig zu stellen; und darauf erfolgten jene Neckereyen, die den braven Cook vollends in Harnisch brachten. Voll Aerger, daß ihm sein Projekt mislungen war, drückte er seine Flinte los, und gab den Insulanern damit das Signal zum Angriff. Sogleich nahte sich einer mit einem eisernen Schwerdte, welches er vielleicht vordem von Cook selbst erhandelt hatte, und stach ihn damit über den Haufen. Die Soldaten und besonders ihr Officier, wurden fast alle schwer und gefährlich verwundet, und mußten ins Wasser springen und nach den Böten schwimmen, welche der Schifslieutenant etwas vom Ufer entfernt hatte, damit die Einwohner es nicht wagen möchten, sich ihrer Rückkehr zu widersezen. Herr Philips war bereits ins Boot gestiegen, als er einen seiner verwundeten Leute im Begriff zu ertrinken sahe. Ohne seiner eignen Wunden zu achten, warf er sich sogleich wieder in die See, und rettete ihm das Leben. Man eilte darauf an Bord, wo der Tod des Capitains die äusserste Bestürzung verursachte. Er war nicht sobald von dem ersten Streich gestürzt, als ihm die Insulaner auf der Erde vollends mehrere tödliche Wunden versezt, und sodann mit sich fortgeschleppt hatten. Jezt sahe man durch Fernröhre, daß sie den Leichnam nackend ausgezogen, auf ihre befestigten Anhöhen trugen.

Nachdem Capitain Clerke das Commando der *Resolution* übernommen, der Lieutenant Gore[30] aber als Befehlshaber die *Discovery* bestiegen hatte, sorgte man zuerst den Fockmast des ersteren Schifs, der am Strande auf einer andern Seite des Havens ausgebessert ward, an Bord in Sicherheit zu bringen, welches auch glücklich und ohne Widersezung von Seiten der Einwohner, ins Werk gestellt, und die fernere Reparatur auf dem Verdecke vollendet ward.

30 Nicht Lieutenant Burney, wie in London-Magazine fälschlich angegeben wird.

Am folgenden Tage schickte man ein Boot mit einer weissen Fahne an Land, um wo möglich die Einwohner zum Gespräch zu bringen. Es kamen auch ein Haufen Leute zum Vorschein, die ebenfalls eine weisse Fahne führten, jedoch nicht nahe kommen wollten. Man rief ihnen freundlich, und versuchte den Leichnam des Capitains durch Versprechungen von Geschenken zu erhalten. Allein sie antworteten spottend: »O-Runi schläft; morgen wird er kommen«. Da mit ihnen nichts anzufangen war, kehrte das Boot wieder zurück. Einer der vornehmsten Erihs, der vielleicht an dem Tumulte keinen Anteil gehabt, kam an Bord. Man versprach ihm die größten Geschenke, wenn er den Körper verschaffen könnte, wozu er sich willig finden lies, und sein möglichstes zu thun versicherte. Des andern Tages erschien der ehrliche Mann wieder, und brachte zum Beweise, wie gern er Wort gehalten hätte, wenn es nur an ihm gelegen, eine Hand nebst einigen andern verstümmelten Gliedmassen des Leichnams mit, die er dem Capitain mit dem Bedeuten überreichte, daß ihm nur dieses zu Theil geworden, indem jeder Ehri eine Portion bekommen hätte. An dem übrigen hatten diese vielleicht schon nach landesüblichem Brauch mit ihren Zähnen die lezte Rache ausgeübt. Zwar scheint der sonst sanfte und gesittete Charakter der Nation, einen so gehässigen Verdacht nicht zu rechtfertigen; allein wenn man erwägt, daß der Krieg dergleichen Leute, deren Cultur so viel einfaches hat, gänzlich aus ihrer gewöhnlichen Fassung bringt, und sie eine Stufe zurück in die Barbarey versezt, wenn man sich dazu erinnert daß auch in Taheiti die Köpfe der Feinde zur Schau ausgehängt wurden; – so begreift man, wie die Insulaner von Waihi, so gesittet wie sie waren, in einem so ausserordentlichen Fall, ihren Feind verzehren konnten. Die Kunst mit kaltem Blute Krieg zu führen gehört doch eigentlich nur für Leute die einander in der Schlacht dreissig bis vierzig Schritt wenigstens, vom Halse bleiben.

Herr Clerke sagt in seinem Brief, den Herr Prof. Pallas im Auszug mittheilt, daß man ohne erheblichen Verlust den Tod seines Vorgängers unmöglich hätte rächen können, weshalb er sich blos vertheidigungsweise gehalten. *Die Matrosen hingegen behaupteten ausdrücklich, und bestunden hartnäckig darauf*, daß diese Nachricht *irrig sey*; die Mannschaft sey über die an Cook verübte Grausamkeiten so erboßt worden, daß sie die ganze Gegend um den Haven verheert, und an zwey bis dreyhundert Menschen niedergemacht hätten. Ich überlasse es den Lesern, über diese Variante Glossen zu machen. Ein Zug der wieder viel Aehnlichkeit mit den Tahitiern verräth ist dieser; daß die Frauenzimmer sich alle Mühe gaben die Gemüther zu besänftigen, und daß ungeachtet aller obwaltenden Mishelligkeiten stets eine Anzahl Mädgen an die Schiffe schwammen, und dort übernachteten. So war Oberea in Taheiti diejenige, die den Frieden zwischen ihren Landesleuten und dem Capitain Wallis wieder herstellte. Und so befreundete das Mädchen auf Namoka den Schifschirurgus, dem die Insulaner seine Flinte gestohlen hatten, und vermittelte es, daß ihm weiter kein Schaden zugefügt ward[31].

Sobald die Schiffe wieder in segelfertigen Stand gesezt, und mit Wasser und Holz versehen waren, stachen sie zum zweitenmal in See, und verliessen eine Insel wo eine einzige Uebereilung ihre Freude gestört hatte. Mit Cooks Ableben scheint der Entdeckungsgeist grossentheils von dieser Expedition geflohen zu seyn. Man richtete den Lauf auf Kamtschatka, und kam bereits im April 1779 im Peter und Pauls Haven daselbst an. Er war aber noch völlig zugefroren, so daß man von den Schiffen über das Eis in die Russische Festung gehen mußte. Man weis schon, mit welcher Leutseeligkeit, der dortige Commendant, Herr Major Behm, die Englischen Seefahrer empfieng, und mit allen nöthigen Erfrischungen und Munitionen versah. Sie blieben hier, bis in den Monath Junius, und versuchtens noch einmal die Entdeckungen gegen den Pol fortzusetzen. Allein sie waren diesesmal nicht glücklicher als zuvor, sondern fanden nur Eisberge und Eisgefilde, die ihnen den Weg dorthin versperrten. Sie liefen bey dieser Gelegenheit Gefahr einzufrieren, und das kleinere Schif ward besonders vom Eise beschädigt. Im September kamen sie nach Kamtschatka zurück, und beerdigten daselbst den Capitain Clerke, der nur ein paar Tage ehe sie den Haven erreichten, an einer Auszehrung gestorben war. Bey der Ausbesserung der Schiffe fand sichs, daß die Planken am Bug der *Discovery*, vom Eise hineingetrieben waren, so daß man sie mit einem Faustschlage völlig durchstossen konnte.

Nach einem kurzen Aufenthalt sezten die Capitains Gore und King die Rückreise fort. Es war anfänglich die Absicht des erstern gewesen, die Societäts-Inseln nochmals zu besuchen, sich nach O-Mai zu erkundigen, und alsdenn um das Cap Horn nach Hause zu kommen. Allein der sterbende Clerke hatte ihn gebeten, den Rückweg über Ostindien zu nehmen, um seine Mann-

---

31 Meine Reise, 2ter Theil.

schaft welche bereits länger als drey Jahre auf der See herumgeschwommen, keinen neuen Gefahren auszusezen. Er segelte daher an der Küste von Japan südwärts hinab, konnte aber keinen einzigen Einwohner zu sprechen bekommen; denn ohnerachtet sie von der Küste ab in See giengen um das ungewohnte Schauspiel zu betrachten, so eilten sie doch allemal zurück, sobald er es versuchte sich ihnen zu nähern. Von Japan hielten sich die Schiffe an die schinesischen Küsten, und liefen endlich zu Macao glücklich ein. Die mißtrauischen und kleindenkenden Schinesen wollten ihnen schlechterdings keine Lebensmittel verkaufen; daher mußte sich Capitain King in einem Boote nach der Englischen Faktorey in Kanton begeben, und einen Befehl an die Mandarinen in Macao desfalls auswürken. Mittlerweile aber versorgte sie ein portugiesisches Schif, dessen Capitain ein Irrländer war, mit Erfrischungen; er kaufte nämlich dreymal so viel als er nöthig hatte, und schickte dann den beiden andern ihre Portion.

Mit dem Anfange dieses Jahres, 1780, bedienten sie sich des Monsuns, um durch die Strasse von Sunda nach dem Vorgebirge der guten Hoffnung zurück zu kehren. Von diesem lezten Orte nahmen sie ihren Lauf nordwärts über Schottland, um den feindlichen Flotten zu entgehen, wurden aber von widrigen Winden in einer von den Orkaden, über sechs Wochen eingesperrt, so daß sie erst im Oktober zu Plymouth einlaufen konnten.

Der Verlust an Mannschaft den beide Schiffe erlitten, ist ganz unbeträchtlich, besonders wenn man die fünf Personen ausnimmt die ihr Leben auf O-Waihi einbüßten. Dagegen muß man auch in Erwägung ziehn, daß sie sich an so vielen Orten mit Lebensmitteln und Erfrischungen so reichlich versorgt, als zuvor auf dergleichen Reisen noch nicht geschehen. Uebrigens sind alle Lieutenants, welche von dieser Reise zurückgekommen, befördert worden. Daß ein gewisser Herr Nelson auf Herrn Banks Unkosten mitgereiset, um für ihn die Naturprodukte zu sammeln, und daß ein geschickter schweizerischer Künstler, Herr Webber, der Reise ebenfalls beygewohnt, um die Aussichten, Landschaften, zc. zu zeichnen, – wird hoffentlich denen die an den Wissenschaften und Künsten Antheil nehmen, eine erfreuliche Nachricht seyn.

ANHANG

Textgestalt und Anmerkungen

Der Text von *Cook, der Entdecker* folgt des Ausgabe in Georg Forsters *Kleinen Schriften* 1. Teil; Leipzig 1789, S. 1–232; die *Fragmente über Capitain Cooks letzte Reise und sein Ende* wurde im Göttingischen Magazin der Wissenschaften und Litteratur, herausgegeben von Georg Christoph Lichtenberg und Georg Forster, im 6. Stück des 1. Jahrgangs im Januar/Feburar 1781 zuerst abgedruckt. Die folgenden Anmerkungen stützen sich im Wesentlichen auf die Anmerkungen der *Sämtlichen Werke* Georg Forsters (Band V, Kleine Schriften zur Völker- und Länderkunde, herausgegeben von Horst Fiedler und Gerhard Steiner), Akademie Verlag Berlin, 1985 und *Georg Forster. Werke in vier Bänden* (Band II, Kleine Schriften zur Naturgeschichte, Länder- und Völkerkunde; Ansichten vom Niederrhein, herausgegeben von Gerhard Steiner), Insel Verlag, Frankfurt a. M. 1969.

Anmerkungen zu *Cook, der Entdecker*

S. 7 *Nullius in Verba:* im Sinne von: »auf niemandes Worte schwören« nach Horaz, *Episteln* I 1,14.; Forster wählt als Motto dasjenige der Royal Society, deren Mitglied er selbst auch war. Sie gab es sich im Vorhaben, nur experimentell Bewiesenes als wahr anzuerkennen, nicht von anderen Zitiertes.

S. 9 *der beredte Mann Recht hätte, welcher von einer blos physischen Bestimmung des Menschen, als der einzig wahren, sprach, und Wissenschaft die Quelle alles menschlichen Elends nannte:* gemeint ist Jean-Jacques Rousseau

S. 10 *wie der Philosoph der Menschheit unwiderstehlich dargethan hat:* gemeint ist Johann Gottfried Herder mit seinen *Ideen zur Philosophie der Geschichte der Menschheit*

Büffons Epoche der Erstarrung: in Georges Louis Leclerc de Büffons (1707–1788) *Histoire naturelle générale et particulière* eine erdgeschichtliche Epoche, in der die fortschreitende Abkühlung der Erde ein Leben auf ihr unmöglich macht

S. 13 *er fand einen König:* Karl I. von Spanien

Fieberrinde: die Chinin enthaltende Chinarinde, die z. B. auch bei Syphilis verwendet wurde, kam aus Amerika

Venusgift: die Syphilis, die möglicherweise ebenfalls aus Amerika eingeschleppt wurde

S. 14 *Triptolem:* im griechischen Mythos der Verbreiter des Getreideanbaus und der Kultur, Sohn des Königs Kelos von Eleusis

S. 18 *blödsinnigen König:* wahrscheinlich gemeint: Ferdinand der Katholische von Aragón
Matan: Die zu den Philippinen gehörende kleine Insel Macton.

S. 19 *Inseln:* die genannten berühren die Otong-Java-Inseln sowie New Ireland und New Britain (Bismarck-Archipel), nicht die Salomonen. Forster folgt einer Quelle, die Bismarck-Archipel und Salomonen für identisch hielt.
seine Cycladen: Neue Hebriden, die Identität der Inseln mit Quirós' Australio del Espiritu Santo war Bougainville zumindest wahrscheinlich
Sandwichs-Inseln: Hawaii-Inseln

S. 20 *Mallikollo:* vielmehr Espiritu Santo, Vanoatu, 1606 entdeckt, Mallicolo wurde nicht von Quirós berührt
Südspitze von Neuholland: Tasmanien, dessen Inselnatur erst 1798 festgestellt wurde
Freundschaftsinseln: Tonga-Inseln
Kokosinsel: Tafahi, von Wallis Boscawen-Insel genannt

S. 22 *hatten zwar in den Jahren 1675 und 1756 im südatlantischen Meere auf vier und funfzig Graden der Breite eine Insel entdeckt, und Bouvet, ihr Landsmann, wollte 1738 in eben der Breite, weiter ostwärts, Land gesehen haben:* bei der Insel handelt es sich vermutlich um Südgeorgien oder den südlichen Teil der Falklandinseln, bei dem Land um die Bouvet-Inseln, die erst 1808 wiederentdeckt wurden

S. 23 *der berühmte Pauw:* Der holländische Ethnograph Cornelius de Pauw (1739–99) schrieb die *Recherches philosophiques sur les Americains.* Berlin 1768/69.
vierzigtausend Meilen: umgerechnet etwa 300 000 km

S. 26 *seit Ansons Reise:* die Umseglung Kap Hoorns gelang nur 3 von sechs Schiffen
Cap Non: gemeint ist das Kap Nun, Vorgebirge an der Westküste Marokkos, gegenüber den Kanarischen Inseln
Don Heinrichs Genius: Prinz von Portugal (1394–1463), Sohn König Johanns I.

S. 27 *Ansons Historiograph:* Der Schiffsprediger Richard Walter; der Bericht erschien unter dem Titel *G. Ansons's Voyage round the world in the years 1740–1744.* London 1748.
wo Juan Fernandez und Jacob l'Hermite das feste Land gesehen, und hinter einer andern, wo es Quiros nur gewittert haben wollte: Fernandez (1536–1604) soll nach einem alten Bericht etwa unter 40° S und 90°–110° W Ausläufer eines Festlands gesehen haben; Reiseteilnehmer l'Hermites berichten von einer Festlandsküste unter 50° und 41° S, in den Bericht von Pedro Fernandez de Quirós (1563–1615) war irrtümlich die 1606 erfolgte Sichtung eines Festlands bei den Tuamotu-Inseln hineininterpretiert worden.
Zwischen vielen flachen Inseln: Tuamotu-Inseln
Insel, die Wallis kurz zuvor entdeckt hatte: im Juni 1767
Mäatea, und Tabuamanu lernte man nun auch Huaheine, O-Raietea, O-Tahah, Bolabola und Maurua: die Gesellschafts-Inseln Mehetia, Tubuai, Manu, Huahiné, Raiatéa, Tahaa, Bora-Bora, Mauputi

S. 28 *Seemeilen:* 1 Seemeile = 5559,54 m

S. 31 *Syrten:* Buchten

S. 33 *von Sternkundigen, Naturforschern und Zeichnern begleitet, die man auf öffentliche Kosten unterhielt:* die Astronomen William Wales und William Bayly, der Maler William Hodges, der Botaniker Anders Sparrman, die beiden Forsters

S. 34 *Van Diemens Land:* Tasmanien
Amsterdam und Middelburg: Tongatapu und Eua, Tonga-Inseln

S. 43 *obgleich ein Astronom und ein Maler mitgeschickt wurden:* es handelt sich bei den beiden um William Bayly und John Webber

S.44 *von den Eingebohrnen Nutka genannt:* Nootka-Sound, Vancouver Island
großer Busen: Cook-Inlet
Meerbusen: Norton-Sound
Unalaschka: Eine der größten der Fuchsinseln aus der Inselkette der Aleuten.
Barringtons Miscellanies: veröffentlicht 1781 in London

S. 50 *Aristarchen:* nach dem schulbildenden Grammtiker und Kritiker Aritarchos aus Samos allgemein für gelehrte Kritiker
Horazens nilil admirari: Episteln I 6,1, »nichts bewundern«
ad … formido: Horaz: *Episteln* 1. Buch 19, 45 f. »Ihm eine spitz'ge Antwort / zu geben wag' ich nicht« (Wieland)

S. 54 *vierhundert und achtzig Tonnen:* eine Tonne entspricht etwa 979,012 kg

S. 55 *Schuh:* 1 Schuh entspricht vermutlich 31,4 cm

S. 58 *aus einem Zahn oder einem Knochen, den man im innern Nordamerika an den Ufern des Ohioflusses fand, die Größe jenes unbekannten Thieres zu berechnen, dessen Geschlecht schon längst erloschen ist:* gemeint ist der *Mastodon americanus*, dessen Skeletteile 1739 in Ohiogebiet gefunden wurden
erkennt man nicht an einem Fuß von Riesenstärke, den Sohn Jupiters und der Alkmene: vermutlich eine Anspielung auf einen von J. J. Winckelmann beschriebenen Herkules-Torso im Belvedere zu Rom

S. 68 *Sirmischen Sümpfe:* das römische Sirmium (heute das kosovarische Mitrovica) war die Hauptstadt von Unterpannonien, später Illyricum.

S. 70 *Banianentage:* Banjanen: Bezeichnung für eine indische Brahmanensekte und eine indische Kaufmannskaste, die Vegetarier sind.
Tagel: ein als Peitsche gebrauchter Strick

S. 77 *Mein und Dein:* die folgenden Seiten über das Verhältnis von Entdeckern und Eingeborenen und über den Eigentumsbegriff der Südseebewohner sind wohl eine Entgegnung Forsters auf Ausführungen Wielands in seiner Besprechung der Weltreise im *Teutschen Merkur* 1778.

S. 79 *weder den Barbeyrac noch den Puffendorf gelesen:* Samuel von Pufendorf (1632–1694), Begründer des modernen Naturrechts. 1706 erschien Barbeyracs französische Übersetzung von Pufendorfs *De jure naturae et gentium*.

S. 86 *mephitischen Luft:* verdorbenen Luft
Boy: Flanell

S. 87 *die goldene Schaumünze des Ritters Copley:* sie wurde als Auszeichnung für den besten Beitrag eines Mitglieds der Royal Society im jeweiligen Jahr zugesprochen

S. 88 *die Montgolfiers, die Rosiers und die Blanchards wären nie in die Luft gestiegen:* Joseph Michel (1740–1810) und Jacques Etienne (1745–1799) Montgolfier, Jean François Pilâtre de Rozier (1756–1785) und Nicolaus François Blanchard unternahmen Flugversuche mit Warmluft und Wasserstoffballons, Forster beobachtet 1784 den Start einer Montgolfiere in Wien.

S. 89 *einer seiner Zöglinge:* George Vancouver erprobte die Methode 1782 in Westindien
Herr Cranz, der die Grönländischen Küsten später beschrieben hat: in der *Historie von Grönland* (1765)

S. 93 *Homo sum: humani nihil a me alienum puto:* Mensch bin ich; nichts Menschliches ist mir fremd. Terenz: *Heautontimorumenos* 1, 1, 25.

S. 95 *ein Volk angetroffen:* die Polynesier.
von jenem verschiedner Stamm: die Melanesier, dazu kämen allerdings die Indonesier und Papua.

S. 96 *»die Geschichte jener Reisen gewähre dem Leser weiter nichts, als Befriedigung der Sehnsucht nach einem goldnen Zeitalter,«:* freies Zitat aus Kants *Mutmaßlicher Anfang der Menschengeschichte,* der dort aber nur sagt, daß die Sehnsucht nach dem von den Dichtern gepriesenen Goldenen Zeitalter Reisen zu den Südseeinseln so reizvoll

in dieser Sammlung: nämlich in den *Kleinen Schriften*, Teil 1, gesammelt von Georg Forster. Leipzig 1789

S. 98 *Mayerischen Tafeln:* die von dem deutschen Astronomen Johann Tobias Mayer (1723–62) herausgegebenen *Tabulae motuum solis et lunae novae et correctae …*

S. 102 *nach van Helmont, Bonnet und Otto Friedrich Müller:* Johann Baptist van Helmont (1577–1644), holländischer Mediziner, Charles de Bonnet (1720–1793), berühmter französischer Natur- und Insektenforscher; der dänische Naturforscher Otto Frederik Müller (1730–84) untersuchte die Würmer, Insekten und Infusionstiere

S. 105 *Kajoputibaum:* der Kajeputbaum, Gattung der Myrtazeen, *Melaleuca leucodendron*, ist der Weiß- oder Silberbaum

S. 108 *Zoroasters Cypresse in Kaschmer war vierzehnhundert Jahre alt, als der Kalife Motawakel sie abhauen ließ:* Motawakkel, der 10. abbasidische Kalif Abdul Fadhl Dschafar I., ließ angeblich 861 die Zypresse des Zarathustra fällen und bis nach Samarra transportieren, um sie zum Bau seines Schlosses zu verwenden

S. 112 *Engel des Dichters:* Lessing, *Nathan der Weise* I,2

S. 114 *unter die Zucht eines Kohlenschiffers:* John Walker

S. 115 *vier Jahre lang:* 1763–1767

Anmerkungen zu *Fragmente über Capitain Cooks letzte Reise und sein Ende*

S. 118 *die Dauer der Fahrt so viel länger:* vom 12. Juli 1766 bis zum 4. Oktober 1780

die beiden Briefe des Herrn Professor Pallas an Herrn Oberkonsistorialrath Büsching: Ein knapper Bericht Cooks vom 20.10.1778 und ein längerer Clerkes vom 8.6.1779 wurde aus Petropawlowsk über den Landweg nach London geschickt, wo sie am 10. Januar 1780 eintrafen. In Petersburg hatte Peter Simon Pallas sie zu Gesicht bekommen, der dem Berliner Geographen Johann Peter Büsching den Inhalt der Briefe referierte. Büsching veröffentlichte die an ihn gerichteten Schreiben Pallas', von denen das zweite eine fast vollständige Wiedergabe der Berichte Cooks und Clerkes war, in seinen Berliner *Wöchentlichen Nachrichten von neuen Landkarten, geographischen, statistischen und historischen Büchern und Sachen* vom 10. Januar 1780 und vom 17. Januar 1780

Nuytsland: die von dem Holläner Pieter Nuyts 1627 entdeckte Südküste Australiens bei der Great Australien Bright

S. 119 *französischen Entdeckungen:* die Prinz-Edward-Inseln, Crozet-Inseln und Kerguelen

Charlotten-Sund: im Norden der Südinsel Neuseelands

O-Mai: Omai war ein auf Raiatéa geborener tahitischer Prinz, den Cook auf der zweiten Weltumseglung traf und der ihm darauf als Dolmetscher begleitete. Auf der *Adventure*, dem Schwesternschiff von Cooks *Resolution*, wurde er nach Europa mitgenommen. Er traf im Oktober 1774 in England ein und wurde dort zur Sensation. Auf der dritten Weltreise brachte Cook ihn wieder nach Huaine zurück.

S. 120 *einer benachbarten, noch nicht zuvor entdeckten Insel:* Lifuka

S. 122 *Haven Aiteriha:* Vaithepiha Bay im Norden von Tahiti-Hi

fand er Spuren daß die Spanier seit kurzem dagewesen wären: 1772 und 1774 war Kapitän Don Domingo de Boenechea auf Tahiti gewesen. Cook fand wohl Spuren von dessen inzwischen verlassener Missionsstation

Haven Matavai: an der Nordspitze von Tahiti-Nue

S. 123 *Herr M. ein Midshipmann, und ein Matrose:* Alexander Mouat und Thomas Shaw

S. 124 *ein sandigtes Eyland:* Christmas-Insel

verirrte sich nebst noch einem andern: Thomas Tretcher

eine Insel von beträchtlicher Grösse und weiter im Winde, oder nordostwärts, noch mehrere: Oahu, Kauai, Niihau

S. 125 *Er schickte also einen Officier:* John Williamson

S. 126 *platt aufs Gesicht:* größte Ehrbezeugung, die vergöttlichten Häuptlingen zuteil wurde

S. 127 *sobald der Chirurgus entdeckt hatte:* John Law

von S. Blas in Neugallicien: südlich der Mündung des Rio Grande de Santiago. Neugalizien hieß das Gebiet der Pazifikküste Mexikos etwa von Mazatlán bis Manzanillo

S. 128 *zweymal in sehr grosse und tiefe Meerbusen eingelaufen:* Prince Williams Sound und Cook-Inlet

Haven Providence-Bay: auf Unalaska

S. 129 *Camisol:* kurzärmelige Weste mit Rücken

25 Faden: etwa 46 Meter

Inselgruppe welche neuerlich von russischen Kaufleuten entdeckt worden ist: die Fox-Inseln, östliche Alëuten

O-Waihi: eigentlich: O-Waihi, die Hauptinsel des Hawaii-Archipels

O-Runi: Cook wurde wohl mit Lono, dem hawaianischen Gott des Lichtes und des Akkerbaus, identifiziert, da er in der Jahreszeit dieses Gottes auf der Insel eintraf.

S. 131 *die Vögel, die sie tragen:* Forster meint hier den roten Baumläufer (certhia coccinea)

Diebsinseln: Mariana-Inseln

S. 135 *den Schifschirurgus:* James Patten

S. 136 *in einer von den Orkaden:* auf der Insel Mainland

Balistes punctatus, *Gepunkteter Drückerfisch,* Ostatlantik/Kapverden

Nestor meridionalis, *Kaka*, Neuseeland, Südinsel

Accipiter haplochrous, *Weißbauchhabicht*, Neukaledonien

Todiramphus gambieri, *Tuamotuliest*, Cook-Inseln und Polynesien

Hemiphaga novaeseelandiae spadicea, *Norfolk-Fruchttaube*,
Norfolk-Insel (ausgestorben)

Phalacrocorax punctatus, *Tüpfelscharbe*, Neuseeland

Turnagra capensis, *Piopio*, Neuseeland (ausgestorben)

Araucaria columnaris, *Araukarie,* Neukaledonien

DER SEEFAHRER, SEIN CHRONIST UND DIE ENTDECKUNG DER NATUR DES MENSCHEN

Ein Nachwort von Frank Vorpahl

Das Debüt eines Zweiundzwanzigjährigen, sein abenteuerlicher und zugleich aufklärerischer Reisebericht, machte ihn vor mehr als 230 Jahren berühmt und hat – so scheint es – nichts von seiner literarischen Verführungskraft eingebüßt. Georg Forster ist wieder da, seine *Reise um die Welt* wird wieder gelesen. Gewiss haben seine naturwissenschaftlichen Zeichnungen, die nahezu vergessen im Dunkel Londoner Archive lagen und erst im letzten Jahr endlich wieder ans Licht kamen, das ihre zur Forster-Renaissance beigetragen. Vor allem sorgten diese großartigen Blätter dafür, dass auch das außerordentliche zeichnerische Talent Georg Forsters mehr als zwei Jahrhunderte nach der Entstehung dieser Arbeiten sichtbar wurde.

Das breite Medienecho auf die Entdeckung weiterer Zeichnungen Forsters, auf die ich im November 2007 bei Recherchen im australischen Sydney eher zufällig stieß, war dennoch überraschend. Einige der schönsten dieser Zeichnungen wurden seit der Meldung des Fundes in verschiedenen Zeitungen, Zeitschriften und im Fernsehen gezeigt. Eine umfassende Präsentation der in der State Library of New South Wales aufgefundenen einmaligen Forster-Originale steht bislang jedoch noch aus.

Wie sich bei genaueren Nachforschungen zu den Forster-Blättern in Sydney herausstellte, hat das Schicksal dieser Zeichnungen auch mit Captain Cook zu tun. Auf welche Weise, zu welchem Zeitpunkt und warum die Bilder nach Sydney gelangten – an einen der wenigen Orte, den Georg Forster auf seiner dreijährigen Pazifikreise mit Cook selbst nie gesehen hat – soll am Ende genauer erörtert werden. Die vorliegende Edition nutzt indes den glücklichen Fund, um in doppelter Weise an Georg Forsters von eigener Hand illustrierter *Reise um die Welt* anzuknüpfen: zum einen durch die Schriften Forsters, die sein anhaltendes Interesse am Schicksal des britischen Seefahrers und an seinen Unternehmungen bezeugen; zum anderen aber auch, indem die Veröffentlichung unbekannter Forster-Blätter an dieser Stelle fortgeführt wird.

Ins Blaue hinein – von der Beringstraße bis zum Südpol

Im Titel *Cook der Entdecker*, wie Forster seinen Essay über den britischen Kapitän überschrieb, schwingt Respekt, ja Pathos mit – der Gleichklang erinnert an einen anderen großen Meeresbezwinger, an Heinrich den Seefahrer. War nicht – so fragt Forster mit diesem Titel – James Cook einer der größten Seefahrer aller Zeiten? Kaum einer jedenfalls hat mehr Nachruhm angehäuft als der Mann aus Marton, Yorkshire. Als vierzigjähriger Leutnant brach er 1768 zum ersten Mal auf, die Welt zu umrunden – ins Blaue hinein, denn ein Drittel des Globus war damals noch nicht kartiert. Keine zwölf Jahre später war der Pazifische Ozean dank der drei Cookschen Expeditionen von der Beringstraße bis zum Südpol, von Alaska bis Tasmanien in seinen wesentlichen Konturen erfasst.

Mächtige Inseln wie die von Neuseeland und Neukaledonien tauchten auf den europäischen Karten auf, weitläufige Archipele wie die Gesellschafts-Inseln um Tahiti und die Inselkette der Marquesas, die Tonga-Gruppe und die Neuen Hebriden, die Inseln Hawaiis und die Tuamotus.

Fast wichtiger noch: Durch die ausgedehnten Fahrten in antarktische Gewässer – oft am Limit der physischen Belastbarkeit von Mensch und Material – versenkte James Cook endgültig eine geografische Schimäre, die die Phantasie des Abendlandes jahrhundertelang genarrt hatte. Eine Terra australis incognita, ein riesiger fruchtbarer Kontinent am Südpol, so wies Cook endgültig nach, war nichts als bloßer Aberglaube. Die uralte Südlandfrage war damit beantwortet.

Georg Forster irrte nicht, als er vor 230 Jahren voraussagte, Cooks Leistungen seien so bedeutsam, dass niemand mehr fragen könne »Wer war James Cook und was tat er?«. Tatsächlich wurden Cook und seine Fahrten seit Forster von unzähligen Biografen beschrieben und bewertet: Schon kurz nach seinem tragischem Ende auf Hawaii 1779 veröffentlichte Andrew Kippis in London seine Elogen auf den Gentleman zur See, 190 Jahre später legte der Neuseeländer John Beaglehole seine ebenso umfassenden wie akribischen Cook-Studien vor, die bis heute als Standardwerk gelten dürfen. Erst jüngst segelte der australische Globetrotter Tony Horwitz der Cookschen Reiseroute nach und nahm sich dabei – ein wenig respektlos – auch Cooks angeblich gerötete Kolbennase und die Portwein-Mengen vor, die der Entdecker auf seinen langen Seereisen mit sich führte.

Georg Forster kann für sich in Anspruch nehmen – das belegen nicht zuletzt die beiden in diesem Buch vereinten Texte –, schneller und unmittelbarer als die meisten seiner Zeitgenossen auf die Taten und das Schicksal des großen britischen Seefahrers reagiert zu haben. Forsters intensives Interesse an den Cookschen Unternehmungen resultierte aus seiner persönlichen Nähe zu dem Mann, den er – fast noch ein Knabe – ab Juli 1772 mehr als drei Jahre lang an Bord der *Resolution* durch die endlosen Weiten des Pazifik begleitet hatte; mit dem er – als naturwissenschaftlicher Zeichner an der Seite seines väterlichen Lehrmeisters, des Naturkundlers Johann Reinhold Forster – dem Südpol in monatelangen Antarktisfahrten schließlich näher gekommen war als je ein Mensch zuvor. Und dem die Forsters, Vater und Sohn, durch die geographischen Entdeckungen der zweiten Cookschen Weltumseglung ihren Ruhm als naturkundliche Pioniere, vor allem im bis dahin unerforschten Melanesien, verdankten.

Der talentierte Zeichner Forster als berühmter Herausgeber

Als Forsters Essay *Cook der Entdecker* 1787 in Deutschland erschien, war James Cook ein in ganz Europa bekannter Held. Aber auch Georg Forster war längst kein Unbekannter mehr. Nicht nur, weil kein Deutscher je mehr von der Welt gesehen hatte, sondern auch, weil er nach seiner Fahrt mit Captain Cook – als 22jähriger Debütant – einen brillanten Reisebericht über die zweite Cooksche Weltumseglung vorgelegt hatte.

Georg Forsters *Reise um die Welt* erzählte nicht nur von seinen Südsee-Abenteuern, von fremden Welten und unbekannten Wesen, sondern reflektierte das Erlebte anhand der aufklärerischen Ideen seiner Zeit. Forster galt schon bald als Genie und wurde nicht nur von gekrönten Häuptern – dem britischen König Georg III., dem deutschen Kaiser Joseph II. und zahlreichen deutschen Fürsten – empfangen, er traf sich auch mit so berühmten Männern wie dem amerikanischen Universalgelehrten Benjamin Franklin (1706–1790) und dem Comte de Buffon (1707–1788), Frankreichs einflussreichstem Naturwissenschaftler. Er pflegte intensiven freundschaftlichen Kontakt mit namhaften deutschen Geistesgrößen wie Georg Christoph Lichtenberg (1742–1799), Johann Wolfgang von Goethe (1749–1832) und Wilhelm von Humboldt (1767–1835). Der junge Alexander von Humboldt (1769–1859), Deutschlands wohl bekanntester Forschungsreisender, unternahm 1790 mit Forster eine Reise den Niederrhein entlang und weiter nach England und Paris, die Forster schließlich literarisch in seinen berühmten *Ansichten vom Niederrhein* (1791) verarbeitete. Humboldt erinnerte sich noch in seinem Alterswerk *Kosmos* dieser Fahrt und nannte Forster den »hellsten Stern seiner Jugend«.

Georg Forster hatte nie eine reguläre Schule besucht, sondern war von frühester Jugend an von seinem Vater, dem evangelischen Dorfpfarrer Johann Reinhold Forster (1729–1798) unterrichtet worden, der mit ihm durch die Welt zog. 1765 nahm der belesene und äußerst ambitionierte Vater seinen ältesten Sohn aus dem heimatlichen Nassenhuben bei Danzig mit zu einer Expedition im Auftrag der russischen Zarin Katharina der Großen, die die Forsters bis in die russische Kalmückensteppe führte. Später dann, in London, sorgte Georg Forster immer wieder als begnadetes Sprachtalent mit zahlreichen Übersetzungen für Furore. So übertrug er 1768 erstmals Lomonossows *Abriss der russischen Geschichte* aus der russischen Sprache in makelloses Englisch.

Diese außergewöhnlichen sprachlichen Fähigkeiten, seine universellen naturkundlichen Kenntnisse und sein zeichnerisches Talent waren schließlich für die Entscheidung der britischen Admiralität im Juli 1772 maßgeblich, den gerade einmal 17jährigen Georg Forster als Assistenten seines Vaters und naturwissenschaftlichen Zeichner für die Reise mit Captain Cook zu nominieren.

Im Anschluss an die große Fahrt – kurz nachdem Forsters bemerkenswerte *Reise um die Welt* in Deutschland sehr gelobt und der Verfasser gefeiert worden war – erhielt er 1778 seine erste Anstellung als Professor. Der Südsee-begeisterte Landgraf Friedrich II. von Hessen-Kassel verschaffte dem weit gereisten Forster eine gut dotierte Stelle als eine Art höherer Lehrer am Kasseler Carolinum – wohl auch, um gelegentlich seine Neugier auf Exotisches mittels der zahlreichen hochbegehrten Südsee-Kuriositäten in Forsters Besitz zu befriedigen.

Georg Forsters Karriere – nach fünf Jahren in Kassel ging er als Professor an die Universität von Wilna (1784–1787) und später als Bibliothekar nach Mainz (1788–1793) – führte ihn schließlich im Zuge der Französischen Revolution und der anschließenden Besetzung von Mainz durch das französische Revolutionsheer an die Spitze der Mainzer Republik. Doch während Georg Forster im Juli 1793 vor der Pariser Nationalversammlung den Anschluss dieser ersten parlamentarischen Demokratie auf deutschem Boden an die freie Frankenrepublik beantragte, stellten preußische Truppen die alte Ordnung am Rhein wieder her. Georg Forster starb bald darauf im Januar 1794 – nicht einmal vierzigjährig – in seinem Pariser Exil an einer Lungenentzündung.

Cook und Forster – ein Aufstieg aus bettelarmen Verhältnissen

Betrachtet man Cook und Forster – den Seefahrer und seinen Chronisten – von ihrem Lebensende her, so könnte der Eindruck gegensätzlicher nicht sein: James Cook starb auf seiner dritten Weltumseglung als britischer Captain in treuer Pflichterfüllung. Georg Forster dagegen ging den Weg von der *Resolution* zur Revolution, wurde vom Aufklärer zum Jakobiner und haderte doch zu Zeiten der Guillotine in Paris durchaus mit der eigenen Radikalität.

In einem wichtigen Punkt aber stimmen die Biografien von Cook und Forster überein: Beiden gelang es, die starren sozialen Grenzen zu überwinden, die ihnen Stand und Vermögen eigentlich setzten. Zweifellos begegnete Georg Forster, der als Kind mit seinen Übersetzungsarbeiten oft genug gegen den bloßen Hunger im Hause Forster ankämpfen musste, einem Mann wie James Cook auch deshalb mit größter Sympathie, weil dieser sich ebenfalls aus bettelarmen Verhältnissen nach oben gearbeitet hatte.

Cook kam 1728 im nordenglischen Marton als Sohn eines Tagelöhners und einer Magd zur Welt, besuchte die einfache Dorfschule von Great Ayton und ging siebzehnjährig als Gehilfe einer Gemischtwarenhandlung in Stellung. Mit achtzehn Jahren heuerte er in Whitby als Matrose bei einer Küstenschiffslinie an, die Kohle von Newcastle nach London transportierte. Doch erst sein Wechsel zur Royal Navy 1754 eröffnete Cook den weiteren sozialen Aufstieg. Durch die kriegerischen Auseinandersetzungen um die amerikanischen Kolonien wurde das britische Marineoffizierscorps derart dezimiert, dass Cook schon 1756 – noch vor seiner Prüfung zum Master – sein erstes eigenes Schiffskommando erhielt. Danach sorgten vor allem seine ausgezeichneten kartografischen Fähigkeiten – die er von 1758 an bei der Vermessung der kanadischen Ostküste, des Sankt-Lorenz-Stroms und Neufundlands unter Beweis gestellt hatte – für weitere Beförderungen. Cooks Gründlichkeit und sein enormes Tempo beim Erstellen von Seekarten waren für die britische Admiralität schließlich ein entscheidendes Kriterium dafür, Cook auch als Befehlshaber für Expeditionen in den nahezu unbekannten Pazifik auszuwählen.

Die herausragenden Eigenschaften Cooks als Schiffskommandant würdigte Georg Forster erstmals – den einzelnen Stationen der zweiten Cookschen Weltumseglung folgend – in seiner berühmten *Reise um die Welt.* Die erneute Beschäftigung mit dem britischen Seefahrer im Dezember 1780 war ein Echo auf das tragische Ende, das Cook am 14. Februar 1779 in der hawaiischen Kealakekua Bay fand. Wie ein Lauffeuer hatte sich damals die schokkierende Nachricht vom Tod des großen Seefahrers von einem abgelegenen russischen Außenposten auf Kamtschatka bis nach Europa verbreitet, noch bevor die beiden Expeditionsschiffe *Resolution* und *Discovery* im Oktober 1780 von der dritten Cookschen Weltumseglung nach England heimgekehrt waren – mit einem kläglichen Rest verstümmelter Gliedmaßen des berühmten Navigators an Bord.

Als Chronist von Cooks zweiter Reise fiel Georg Forster naturgemäß auch die publizistische Aufgabe zu, den Deutschen von Cooks dritter Reise und dem Ende des großen Entdeckers zu berichten. In aller Ausführlichkeit tat Forster dies, als er Cooks Bordnotizen, die schließlich fünf Jahre nach dessen Tod im englischen Original veröffentlicht wurden, ins Deutsche übersetzte. *Des Capitain Jacob Cook's dritte Entdeckungs-Reise welche derselbe auf Befehl und Kosten der Großbrittanischen Regierung in das Stille Meer und nach dem Nordpol hinauf unternommen und mit den Schiffen Resolution und Discovery während der Jahre 1776 bis 1780 ausgeführt hat* erschien in zwei Bänden 1887 und 1788 in Berlin.

Der offizielle Bericht über Cooks dritte Weltumseglung kam jedoch sehr viel später heraus, als Forsters Aufsatz über Kapitän Cooks letzte Reise und sein Ende in dem von ihm und Georg Christoph Lichtenberg herausgegebenen *Göttingischen Magazin* im Januar 1781. Diese Verzögerung der offiziellen Reisechronik verlieh dem schnörkellosen journalistischen Text, den Forster unmittelbar nach dem Gespräch mit den beiden Cook auf seiner dritten Reise begleitenden deutschen Matrosen Zimmermann und Lohmann niederschrieb, um so mehr Wert. Indem Forster zudem sein seemännisches Knowhow nutzte, das er sich in den drei Jahren am Kapitänstisch der *Resolution* angeeignet hatte, gelang ihm eine erstaunlich exakte Rekonstruktion von Cooks letzter Fahrt, die zudem geeignet war, Fehlinformationen über den Reiseverlauf in verschiedenen englischen Blättern zu korrigieren.

Tatsächlich gab es damals – vom väterlichen Reisebegleiter Johann Reinhold Forster und Cooks Offizieren einmal abgesehen – wohl niemanden sonst, der wie Georg Forster aus den dominierenden Meeresströmungen im Pazifischen Ozean, den jahreszeitlich wechselnden Hauptwindrichtungen und den spezifischen Verpflegungs- und Ausrüstungserfordernissen der Expedition auf Cooks tatsächliche Reiseroute hätte schließen können. Wenn Forster Captain Cook wiederholt als großen Lehrmeister der britischen Marine herausstellte, der einer ganzen Reihe junger Marine-Offiziere so bereitwillig wie kompetent das notwendige nautische Rüstzeug vermittelte, so traf dies auch auf Forster selbst zu, der an Bord von Cooks Schiff nicht nur als Zeichner, Naturwissenschaftler und Reisechronist gereift war, sondern augenscheinlich auch seinen seemännischen Horizont enorm erweitert hatte.

Versuchte Geiselnahme – Forsters Zeugenbefragung im Todesfall Cook

Die Schilderungen der beiden deutschen Matrosen ermöglichten Forster jedoch nicht nur die Rekonstruktion der Cookschen Reiseroute. Sein Zusammentreffen mit den Männern, die die schrecklichen Ereignisse auf Hawaii aus größter Nähe erlebt hatten, erlaubte Forster eine Art Zeugenbefragung im Todesfall Cook. Wenngleich die beiden Seemänner an den Scharmützeln am Strand von Kealakekua selbst nicht beteiligt, sondern an Bord geblieben waren, so bildete ihr authentisches Zeugnis doch ein Gegengewicht zur schon bald einsetzenden Legendenbildung um Captain Cooks Tod. Diese ging so weit, dass selbst Kupferstiche, die unmittelbar nach der dritten Cookschen Weltumseglung kursierten, das Sterben des Kapitäns sehr unterschiedlich darstellten: Auf einer Abbildung wird der Entdecker rücklings erstochen, auf einer anderen dagegen blickt der Kapitän seinem Angreifer im Moment des Dolchstoßes erstaunt ins Auge.

Tatsächlich stimmt Forsters Darstellung auf Grundlage seiner Befragung von Zimmermann und Lohmann mit dem heutigen Stand der Forschung im Wesentlichen überein. Danach wurde Captain Cook in der Kealakekua Bay zunächst durch eine Keule am Hinterkopf getroffen, bevor ihm ein zweiter Krieger einen jener eisernen Dolche in den Rücken stieß, die die Briten selbst als Tauschgut nach Hawaii gebracht hatten. Als der Kapitän nach dem vermutlich tödlichen Dolchstoß in einem Felsspalt in unmittelbarer Ufernähe zusammensackte, wurde er schließlich von den Keulen weiterer Angreifer getroffen. Auch was den unmittelbaren Anlass der tödlichen Auseinandersetzung betrifft, deckt sich Forsters Version mit den Ergebnissen späterer Untersuchungen. Danach wollte Captain Cook durch eine Geiselnahme die Rückgabe des großen Beibootes der *Discovery* erzwingen, das von den Einheimischen entwendet worden war.

Der genauere Ablauf der Ereignisse korrespondiert gleichfalls mit Forsters Darstellung. Danach nahm Captain Cook die Wiederbeschaffung des gestohlenen Beibootes selbst in die Hand, nachdem dies den Offizieren der *Discovery* trotz einiger Bemühungen nicht gelungen war. Cook ordnete zunächst eine Absperrung der gesamten Bucht und die Beschlagnahmung aller Boote der Einheimischen an, griff dann jedoch zu einem drastischeren Mittel. Wie schon mehrfach zuvor – etwa auf Huahine und Tongatapu – versuchte der Kapitän auch auf Hawaii Mitglieder der Herrscherfamilie als Geiseln an Bord zu nehmen, um im Gegenzug für ihre Freilassung gestohlenes Gut zurück zu erhalten.

Diesmal jedoch, als er Häuptling Kalaniopu'u halb freundschaftlich, halb drängend ins Beiboot bugsieren wollte, regte sich Widerstand am Strand. Die Hauptfrau des Herrschers begann laut zu wehklagen, zwei Unterhäuptlinge klammerten sich an Kalaniopu'us Arme und hielten ihn zurück, schließlich machte der Häuptling selbst Anstalten, sich Cooks Drängen zu widersetzen. Obgleich der Kapitän und sein hawaiischer Gastgeber in den Wochen zuvor einvernehmlich Namen getauscht und Cook dadurch in die göttliche Ahnenreihe des Herrschers aufgenommen war, eskalierte die Situation innerhalb weniger Sekunden, als sich am Strand die Nachricht verbreitete, die Briten hätten am anderen Ende der Bucht einen Häuptling getötet.

Als in dieser aufgeladenen Situation die Bogen gespannt und erste Pfeile auf Cook gerichtet wurden, feuerte der Kapitän zunächst mit Schrot in die dichte Menge. Da diese sich aber nicht einschüchtern ließ, feuerte Cook kurz darauf eine tödliche Kugel aus seiner Flinte ab – allerdings traf er irrtümlich einen hawaiischen Häuptling. Als Cook sich nunmehr hilfesuchend nach der mit Seesoldaten besetzten Schaluppe umschaute, die allerdings viel zu weit entfernt war, um dem bedrohten Kapitän zur Hilfe zu eilen, traf ihn der Keulenschlag und Sekunden später der Dolch.

Die tödlichen Ereignisse von Kealakekua, bei denen nicht nur James Cook, sondern vier weitere Seeleute und zahlreiche Inselbewohner ums Leben kamen, resultierten zweifellos auch aus einer Verkettung unglücklicher Umstände. Sie stellen aber auch ein frühes Beispiel für den blutigen Zusammenprall der Kulturen dar, wie spätere Untersuchungen der fatalen Ereignisse erhellen, die das Geschehen aus der Perspektive der Hawaiianer betrachten.

Die trügerische Gunst der Götter: Cooks Ende auf Hawaii

Danach stellte Cooks Landung in der Kealakekua Bay im Januar 1779 für die Einheimischen nicht nur die Ankunft unbekannter weißer Menschen dar. Vielmehr galt der britische Kapitän bei seiner Landung als Inkarnation des Kriegsgottes Lono – aufgrund der weißen Farbe der Segel, des Auftauchens seiner beiden Schiffe bei Sonnenaufgang und der zeitlichen Übereinstimmung von Cooks Landung mit dem Beginn der Herrschaft des Kriegsgottes Lono im hawaiischen Götterzyklus.

Diese – letztlich auf Zufall beruhende – Gunst der polynesischen Götter bescherte Cook zunächst höchste Ehrerbietung und seiner Mannschaft Wochen paradiesischen Überflusses. Doch diese Gunst verkehrte sich in ihr Gegenteil, als es die Briten nach Ablauf der Herrschaftszeit Lonos wagten, noch einmal an die Küste von Kealakekua zurückzukehren, um dort den in einem Sturm gebrochenen Fockmast zu reparieren. Jetzt verletzten die Briten ein Tabu – womöglich, ohne sich dessen bewusst zu sein. Die zuvor so ehrfürchtigen Hawaiianer verhielten sich plötzlich seltsam aggressiv und respektlos – und wagten es sogar, das große Beiboot der *Discovery* zu entführen, um das schließlich das tragische Scharmützel am Strand entbrannte.

Es sei »schön, daß er so umkam«, schrieb Johann Wolfgang von Goethe, als ihn die Nachricht von Cooks Tod erreichte. »Ein Mensch, der vergöttert wird, kann nicht länger leben und soll nicht, um seinet- und anderer willen«. Goethes kaltes Bonmot markiert den hohen Ton, mit dem Forsters Zeitgenossen den britischen Seefahrer bald nach seinem Ende irdischen Maßstäben entrücken. Die Akademie von Marseille setzte 1785 sogar einen Preis für die Darstellung der Verdienste des britischen Seefahrer aus.

Ein paar Monate lang dachte auch Georg Forster – inzwischen Universitätsprofessor in Wilna – über eine Beteiligung an der gelehrten Würdigung Cooks nach. Nur zweifelte er bald nach Beginn der Niederschrift daran, dass sein Französisch für ein solches Unterfangen geschmeidig genug sei. Zu vermuten ist, dass diese ersten Überlegungen Forsters zu einer Gesamtdarstellung der Cookschen Entdeckungsreisen schließlich in den Essay *Cook der Entdecker* eingeflossen sind. In seiner Urfassung wurde der Text erstmals 1787 als Einleitung der von Forster übersetzten Cookschen Darstellung der dritten Weltreise herausgegeben und erschien dann 1789 noch einmal in der hier vorliegenden, leicht überarbeiteten Fassung in Forsters *Kleinen Schriften.* Die in Marseille ausgelobte Eloge auf den Seefahrer klingt vielleicht noch in dem von Forster ursprünglich gewählten Untertitel *Versuch eines Denkmals* an.

Forster der Aufklärer:
Daß die Natur des Menschen spezifisch dieselbe ist

»Was mir die Arbeit einzig angenehm machte, war die Gelegenheit, meine Philosophie auszukramen«, bekannte Georg Forster seinen Cook-Essay betreffend im April 1787 in einem Brief. In der Tat rückte Forster nicht so sehr den Lebensweg Captain Cooks ins Zentrum seiner Darstellung, sondern stellte geschichtsphilosophisch das neue Weltbild vor, das aus den Cookschen Expeditionen resultierte. Die enormen Anstrengungen so herausragender Gelehrter wie Sir Joseph Banks (1743–1820) und Daniel Solander (1733–1882) auf Cooks erster Reise; seines universal gebildeten Vaters Johann Reinhold Forster, des Linné-Schülers Anders Sparrman (1748–1820) und nicht zuletzt Georg Forsters eigener naturwissenschaftlicher Beitrag zur zweiten Cookschen Weltumseglung – in seinem Essay schrieb Forster sie dem britischen Seefahrer gewissermaßen pauschal ins Stammbuch.

Eine der fundamentalen Erkenntnisse der Cookschen Reisen betraf in den Augen Forsters jedoch nicht das physische Antlitz der Erde, sondern das Wesen ihrer Bewohner. Nachdem der britische Seefahrer den Schleier auch über dem letzten, noch unbekannten Drittel des Globus gelüftet hatte, konnte Forster konstatieren, »daß die Natur des Menschen zwar überall klimatisch verschieden, aber im ganzen, sowohl der Organisation nach, als in Beziehung auf die Triebe und den Gang ihrer Entwickelung, spezifisch dieselbe ist«.

Diese Einheit des Menschengeschlechts voraussetzend, entwarf Forster eine an den Fortschritt der Aufklärung gekoppelte Vision der unblutigen Kolonisierung des Pazifikraumes – der ausgedehnten Landflächen Australiens und Neuseelands vor allem. Die Wolkenkratzer von Sydney und Auckland belegen heute, dass Forster durchaus ein Gespür für potentielle Siedlungsräume besaß. Dass seine Hoffnung auf eine friedliche und gleichberechtigte Vereinigung der Südsee-Bewohner mit den Europäern eine bloße Utopie bleiben könnte, ahnte Forster wohl auch. »Ob die Zeit eines immerwährenden Sonnenscheins kommen müsse«, wagte er generell zu bezweifeln. Und erlaubte sich damit en passant, als Professor im provinziellen Wilna offenbar auf der Suche nach einem angemessenen geistigen Widerpart, einen Hieb auf Immanuel Kant (1724–1804) – seinen großen Kollegen im benachbarten Königsberg – und dessen unerschütterlichen Fortschrittsglauben.

Was die Zeichnung von Cooks Persönlichkeit betrifft, verzichtete Forster auf eine Charakterisierung des Kapitäns anhand seiner äußeren Physiognomie, weil dies sein Freund und Kollege Georg Christoph Lichtenberg im gemeinsam herausgegebenen *Göttingischen Magazin* bereits unternommen hatte. Forster lenkte den Blick vielmehr auf einen herausragenden Charakterzug des Briten, der angesichts der sprichwörtlichen Neigung vieler Seeleute zum Aberglauben um so mehr überrascht: Cooks Bereitschaft nämlich, Vorurteile in Frage zu stellen, alte Weisheiten über Bord zu werfen und, wann immer möglich, den Dingen durch eigene Experimente auf den Grund zu gehen.

Nur so konnte Cook herausfinden, dass sich im Meer schwimmendes Eis zur Süßwassergewinnung eignet und Fleisch sich auch in den Tropen durch Salz konservieren lässt. Im Laufe seiner drei Reisen entwickelte er ein erstaunliches Arsenal von Naturheilmitteln gegen Skorbut und scheute sich nicht, die altehrwürdigen, aber auszehrenden Regeln der zwölfstündigen Schiffswache außer Kraft zu setzen, um an Bord den weit effektiveren Achtstundentag im Dreischicht-System einzuführen. Cook, der Entdecker – so weist Forster anhand zahlreicher Beispiele nach – war vor allem ein Mann von enormer praktischer Lernfähigkeit. Erst dadurch wurden seine mehrjährigen, vollständig auf sich selbst gestellten Forschungsreisen möglich.

Als Klaus-Georg Popp – der verdienstvolle Mitherausgeber von Forsters Werken im Berliner Akademie-Verlag – den vorliegenden Cook-Essay 1976 in der DDR als kleines Reclam-Heftchen publizierte, machte er zu Recht darauf aufmerksam, dass Georg Forster das Leben des großen britischen Seefahrers nicht nur als einer der Ersten reflektierte, sondern eine insgesamt gültige Bilanz seiner Leistungen zu ziehen vermochte. Popp verwies jedoch auch darauf, dass Forster eine differenziertere Bewertung Cooks anhand seiner drei Forschungsreisen noch nicht leistete, wohl auch aus mangelnder Distanz noch nicht leisten konnte. Tatsächlich aber korrespondiert Cooks ungewöhnlicher Werdegang mit den spezifischen Anforderungen jeder einzelnen Expedition und wurde nicht zuletzt auch von den sehr unterschiedlichen Männern beeinflusst, die ihn auf seinen Reisen in den Pazifik begleiteten

Cook im Pazifik – vom Chauffeur Sir Joseph Banks zum großen Entdecker

So stand Cooks erste Weltumseglung (1768–1771) noch ganz im Zeichen des beim Auslaufen der *Endeavour* gerade einmal fünfundzwanzigjährigen, äußerst charismatischen Naturwissenschaftlers Sir Joseph Banks. Der gut betuchte britische Aristokrat beteiligte sich zudem an der Finanzierung der Expedition und avancierte schon bald nach seiner Weltreise für mehr als vier Jahrzehnte zum Präsidenten der Londoner Royal Society, der damals exklusivsten britischen Gelehrten-Vereinigung. Als Reisegefährten brachte Banks auch den schwedischen Botaniker Daniel Solander mit an Bord, dem zu diesem Zeitpunkt die weltweit bedeutendsten naturwissenschaftlichen Sammlungen des Londoner British Museum unterstanden.

Das wichtigste Ziel der ersten Cookschen Weltumseglung war astronomischer Natur – und in idealer Weise auf Tahiti auszuführen: Der seltene Durchgang der Venus durch die Sonne eröffnete im Juni 1769 einen Weg, die exakte Entfernung zwischen Sonne und Erde zu ermitteln – ein Auftrag, den Captain Cook zur allgemeinen Zufriedenheit ausführte. Überdies pflanzte er die britische Fahne in Australien und Neuseeland auf, kartographierte ausgedehnte Küstenabschnitte und wies nach, das die Landmassen Neuguineas und Australiens durch die Torres-Straße getrennt waren. Den Ruhm dieser Reise heimste jedoch Sir Joseph Banks ein – zum einen aufgrund der naturwissenschaftlichen Ausbeute der Expedition, den zahlreichen bislang unbekannten exotischen Pflanzen und Tieren, die in Australien und Neuseeland, auf Tahiti und Java entdeckt worden waren. Vor allem aber sorgten Banks galante Südsee-Abenteuer für die wildesten Gerüchte in London, zumal seine Zeitgenossen mit Tahiti Vorstellungen größter erotischer Wonnen verknüpften. Im Schatten dieses schillernden jungen Mannes jedenfalls erschien der nüchterne Kapitän gelegentlich als bloßer Chauffeur.

James Cook besaß aber auch unter den Seeleuten, die seinem Kommando unterstanden, anfangs noch nicht die unangefochtene Autorität seiner späteren Reisen. Zum einen wurde an Bord eines britischen Seglers mit seiner gestrengen Hierarchie durchaus registriert, dass Cook sein Kommando nicht als Captain, sondern lediglich als Leutnant antrat – er galt damit quasi als Befehlshaber auf Probe. Zum anderen gehörten Cooks erster Südsee-Crew zahlreiche Matrosen und immerhin fünf Offiziere an, die vor ihrer Fahrt mit Cook schon mit Captain Samuel Wallis (1728–1795) im Pazifik gewesen waren – Männer der legendären *Dolphin*, die 1766 als erste Europäer Tahiti betreten und dort einige Wochen verbracht hatten. Während Captain Cook hier ins Unbekannte navigierte, standen ihm – wenigstens in tropischen Breiten – erfahrene Pazifik-Fahrer zur Seite. Das brachte der Expedition manchen Vorteil – beim ersten Anlaufen der von Korallenriffen umgebenen Gesellschaftsinseln etwa –, führte aber auch zu regelmäßigen, heftigen Auseinandersetzungen an Bord der *Endeavour*.

Zur zweiten Weltumseglung (1772–1775) brach der mittlerweile vierundvierzigjährige James Cook als frisch beförderter Captain auf. Seine Autorität wurde zudem dadurch gestärkt, dass er in einem spektakulären Streit mit Sir Jospeh Banks die Oberhand behalten hatte. Banks machte eine zweite Reise mit Cook von einem Umbau des Schiffes nach seinen Bedürfnissen abhängig. Als der Kapitän daraufhin bei einer Probefahrt die Unmöglichkeit der gewünschten Veränderungen nachwies, drohte Banks damit, sich ganz von der Reise zurückzuziehen. Statt diesem Ultimatum nachzugeben, nominierte die britische Admiralität – wohl auch, um den Seemann Cook gegen den Zivilisten Banks zu stärken – kurzerhand zwei Ersatzmänner: Als leitender Naturwissenschaftler ging nunmehr der deutsche Universalgelehrte Johann Reinhold Forster, als dessen Assistent und naturwissenschaftlicher Zeichner der Expedition dessen Sohn Georg Forster mit an Bord der *Resolution*.

Die zweite Cooksche Weltumseglung gilt als eine der größten Entdeckungsfahrten der Menschheit und als die bedeutendste des britischen Seefahrers; nicht nur, weil sie die in Europa seit Jahrhunderten umstrittene Südlandfrage endgültig klären konnte und mit Neukaledonien, den Neuen Hebriden und vielen kleineren Inseln weit mehr geografische Entdeckungen verzeichnete als Cooks erste Reise. Vor allem bewies sich der Kapitän als ebenso risikofreudiger wie instinktsicherer Diplomat. Ob auf Tonga, in Neuseeland oder Neukaledonien, auf der Osterinsel oder auf Feuerland: Es gelang Cook zumeist, den ersten Kontakt zwischen Europäern und Einheimischen auf friedliche Weise herzustellen – oft, indem er persönlich die Hand zum Gruß ausstreckte oder ein Bananenblatt als Friedenszeichen überbrachte.

Bei der Rückkehr von seiner zweiten großen Entdeckungsfahrt wurde der Kapitän in London enthusiastisch gefeiert – wohl auch, weil Cooks Begleitschiff, die *Adventure* unter Captain Furneaux (1735–1781), schon ein Jahr früher als die *Resolution* wieder in England eingetroffen war, nachdem die beiden Schiffe sich bei stürmischer See verloren hatten. In London hatte man sich bereits stillschweigend darauf eingestellt, Cook und seine Mannschaft nach über drei Jahren nicht mehr wiederzusehen, zumal elf Männer von Furneaux' Crew in Neuseeland Opfer von Kannibalen geworden waren. Cook aber kehrte mit nahezu vollständiger Besatzung heim – angesichts der im 18. Jahrhundert noch immer sehr hohen Mortalitätsrate auf See ein weiterer Erfolg des Kapitäns.

Der berühmte Held zur See als Held auf dem englischen Buchmarkt

Die naturwissenschaftlichen Ergebnisse dieser zweiten Expedition konnten die der ersten Cookschen Entdeckungsfahrt noch übertreffen. Johann Reinhold und Georg Forster machten gemeinsam mit ihrem schwedischen Kollegen Anders Sparrman Hunderte neuer Pflanzenarten aus, die sie unverzüglich nach dem Linnéschen System klassifizierten. Was den zoologischen Ertrag der Expedition betrifft, stellte Georg Forster fest, die Tiersammlung aus der Südsee »beläuft sich ohngefähr auf zweyhundert und siebenzig verschiedene Arten, wovon ein Drittel zuvor bekannt waren«. Zu den fast 200 Neuentdeckungen zählte er allein 38 neue Vogelarten aus Neuseeland, 48 von den pazifischen Inseln und weitere 28, die auf offenem Meer, auf südamerikanischen Felsen und in der Antarktisregion entdeckt wurden.

Von all den naturwissenschaftlichen Novitäten hatte Georg Forster Zeichnungen nach lebendigem Vorbild angefertigt – insgesamt mehr als 500 Blätter. William Hodges (1744–1797), der Landschaftsmaler der zweiten Cookschen Weltumseglung, lieferte zudem erste Eindrücke der neu entdeckten Inseln und Küsten und zahlreiche Porträts ihrer Bewohner. Die Forsters brachten nicht nur ihre systematischen Aufzeichnungen über die Menschen der Südsee, ihre Sprache und Kultur von der Reise mit, sondern zudem eine umfangreiche ethnografische Sammlung – Werkzeuge und Waffen, Stoffe und Schmuck, häusliche Utensilien und Kultgegenstände aus dem polynesischen und erstmals auch aus dem melanesischen Kulturraum.

Das Übermaß an Anerkennung, das James Cook nach seiner zweiten Fahrt erfuhr, sollte den Kapitän wohl auch dafür entschädigen, dass ihn die britische Admiralität vor der Reise in der Auseinandersetzung mit Sir Joseph Banks lange alleingelassen hatte. Jetzt jedenfalls war Captain Cook der Mann der Stunde und man war höheren Ortes geneigt, ihn auch an der publizistischen Auswertung der Reise – die schließlich einigen Gewinn versprach – in einem Maß zu beteiligen, das über den für einen Kapitän üblichen nautischen Beitrag hinausging. Dies allerdings musste zu Lasten Johann Reinhold Forsters gehen, dem als leitenden Naturwissenschaftler der zweiten Cookschen Weltumseglung auch eine Gesamtdarstellung der Reise versprochen worden war.

Allerdings hatte sich der ältere Forster an Bord der *Resolution* durch seine unkontrolliert aufbrausende Art unmöglich gemacht und konnte nirgends auf einflussreiche Freunde oder Fürsprecher zählen. Ob es Johann Reinhold Forster einmal mehr an diplomatischem Geschick mangelte, als es darum ging, die verkaufsträchtige Beschreibung der Reise für sich zu reklamieren – oder ein verdecktes Intrigenspiel in der britischen Admiralität ihm alle Chancen nahm: Jedenfalls avancierte James Cook schließlich mit seiner reich illustrierten Reisebeschreibung nicht nur zum Helden auf See, sondern auch auf dem englischen Buchmarkt – während Johann Reinhold Forster die eigentlich ihm gebührende Reisebeschreibung in einem juristischen Winkelzug an seinen Sohn Georg Forster abtrat, der mit seiner *Reise um die Welt* schließlich die brillanteste Chronik der Cookschen Expeditionsfahrten verfasste, die sich in Deutschland zudem bestens verkaufte.

Wenn zuvor von Cooks ausgeprägten diplomatischen Fähigkeiten und im Gegensatz dazu vom diplomatischen Unvermögen des hitzigen Johann Reinhold Forster die Rede war, so ist unter diesem Gesichtspunkt auch nach der Position Georg Forsters zu fragen, der schließlich an Bord der *Resolution* drei Jahre lang täglich mit den beiden sehr unterschiedlichen Männern zu tun hatte. Wie Georg Forster diese Situation – quasi zwischen allen Stühlen – erlebte, ist nirgendwo überliefert. Da sein Verhältnis zu Cook aber ungeachtet manch lautstarker Auseinandersetzungen zwischen seinem Vater und dem Kapitän nachweislich ungetrübt blieb, kann man wohl davon ausgehen, dass es Georg Forster tatsächlich gelang, eine neutrale Position zu wahren. Das mag auch erklären, warum Georg Forster die Turbulenzen zwischen seinem Vater und dem Schiffskommandanten weder in seiner Reisebeschreibung, noch im hier vorliegenden Cook-Essay zum Thema macht.

Wenn Captain Cook nicht als Erster geschossen hätte

Als die beiden Schiffe *Resolution* und *Discovery* zur dritten Cookschen Weltumseglung (1776–1780) ausliefen, hatte Captain Cook den Zenit seiner Laufbahn bereits überschritten. Mit achtundvierzig Jahren war er, legt man das Durchschnittsalter des 18. Jahrhunderts zugrunde, bei seinem letzten Aufbruch bereits ein alter Mann. Mit nur zwei kurzen Unterbrechungen hatte er die letzten zehn Jahre unter den auszehrenden Lebensbedingungen der langen Schiffspassagen – mit brackigem Wasser, stinkendem Pökelfleisch und ohne die Fürsorge einer Ehefrau – auskommen müssen.

Diesmal lautete sein wichtigster Auftrag, vom Pazifik her die Nordwest-Passage, einen Schiffsweg vom Beringmeer zum Nordatlantik um den Norden Amerikas herum, ausfindig zu machen. Allerdings blieben seine entsprechenden Vorstöße an der Küste Alaskas erfolglos. Unerwartet dagegen stieß Cook nördlich des Äquators auf eine bedeutende Inselgruppe, die er nach dem Chef der britischen Admiralität Sandwich-Inseln nannte. Doch vor seiner Landung auf Hawaii, der größten dieser Inseln, suchten den Kapitän immer wieder schwere Koliken heim, mitunter fiel er tagelang aus. Auch Cooks Mannschaft zeigte sich häufiger unzufrieden mit dem Regiment an Bord und drohte mehrfach zu meutern.

Die Landung auf Hawaii und die sich anschließenden drei Wochen großzügiger Gastfreundschaft bildeten schließlich nur das retardierende Moment einer Reise, die für den großen Seefahrer so dramatisch enden sollte. Nachdem der Kapitän in Kealakekua erschlagen worden war, konnte Captain Clerke (1743–1779) – der nunmehr das Kommando übernommen hatte – nicht einmal mehr Cooks Leichnam bergen, weil die Häuptlinge der Insel den Körper des Seefahrers unter sich aufgeteilt hatten, um in den Genuss des Manas dieses so mächtigen Mannes zu gelangen.

Georg Forster hinterfragte den Einsatz von Feuerwaffen während seiner Reise mit Captain Cook in seiner Reise um die Welt immer wieder kritisch, weil dadurch – etwa bei der Landung auf Tanna 1775 – der Tod von Insulanern leichtfertig in Kauf genommen wurde. Auch Cooks Ende in der Kealakekua Bay wäre wohl vermeidbar gewesen, wie aus den Aufzeichnungen von Charles Clerke hervorgeht. Der notierte unmittelbar nach Cooks Tod: »Es spricht vieles dafür, dass die Eingeborenen sich anders verhalten hätten, wenn Captain Cook nicht unglücklicher Weise als erster geschossen hätte.«

Forster nimmt in seinem Cook-Essay eine Haltung ein, die sich an Cooks genereller Maxime orientiert, unnötiges Blutvergießen zu vermeiden. Cooks

Ende war für Forster insofern auch deshalb ein tragischer Moment, als der Kapitän hier gegen seine eigenen Prinzipien verstoßen hatte. Der Reisegefährte Anders Sparrman erinnerte Georg Forster in diesem Zusammenhang daran, wie oft »Old Cook Magellan für seine überflüssige Stärkedemonstration gegenüber den Indianern tadelte«. Wenn Forster also die Zahl der Opfer in seiner Bilanz der Cookschen Reisen dann doch als unerheblich bezeichnete, so stellte er damit auch Cooks notorischen Widerstand gegen Forderungen aus seiner Mannschaft in Rechnung, generell mit mehr Härte gegen die Einheimischen vorzugehen. Angesichts der unglaublichen Vielzahl von Kontakten und der Tatsache, dass zumeist bewaffnete Krieger – hier die Seeleute mit ihren Kanonen und Gewehren, da die mit Bogen, Lanzen und Keulen bewehrten Insulaner – aufeinandertrafen, ist Forster wohl zuzustimmen, Cooks vielleicht größtes Verdienst in der Herstellung friedlicher, oft sogar freundschaftlicher Kontakte zu sehen.

Der Nachlass des Admirals und Forsters Zeichnungen in Sydney

Besondere Bedeutung hat James Cook für die Entdeckungsgeschichte Australiens. Zwar war es der holländische Seefahrer Abel Tasman (1603–1659), der als Erster die Westküste des Neuholland genannten fünften Kontinents erkundete und 1642 die Insel Van-Diemens-Land – das heutige Tasmanien – entdeckte. Doch bis zu Cooks erster Weltumseglung hatten Europäer – von einigen Piraten abgesehen – den Boden Australiens noch nicht betreten. Der Kapitän machte diesen symbolhaften ersten Schritt indes am 28. April 1770 nicht selbst, als er in der südlich von Sydney gelegenen Botany Bay landete, sondern überließ diese Ehre dem jungen Isaac Smith (1751–1831), dem Cousin seiner Ehefrau Elisabeth, der Captain Cook sowohl auf seiner ersten, als auch auf seiner zweiten Pazifikreise begleitete.

Diesem Isaac Smith – der es in der Royal Navy schließlich bis zum Admiral und in Australien zum Nationalhelden brachte – ist letztlich das Konvolut mit Zeichnungen Georg Forsters in Sydney zu verdanken, das sich in der State Library of New South Wales befindet. Als der Admiral 1831 starb, gab es in Australien bereits ein aufkeimendes Geschichtsbewusstsein – und so war man in Sydney auch an allem interessiert, was irgendwie mit dem Leben und Wirken von Isaac Smith zu tun hatte. Der Nachlassverwalter des Admirals, Conan Bennett, gab schließlich den Wünschen der Regierung von New South Wales nach und überließ der Bibliothek von Sydney unter anderem ein Konvolut mit 55 Zeichnungen.

Ich war ziemlich überrascht, als ich im November 2007 bei der Durchsicht verschiedener Schriftstücke Captain Cooks auch auf eine Mappe mit Zeichnungen von Cooks Reisen stieß. Die vergilbte Aufschrift *South Sea Birds. Drawings by Admiral Isaac Smith and others in the second voyage of Captain Cook 1772–1775* allerdings klang verwirrend. Offenbar ging es hier um Cooks zweite Weltumseglung – das Recht, auf dieser Reise naturwissenschaftliche Zeichnungen anzufertigen, hatte allerdings allein Georg Forster besessen. Beim Durchblättern der insgesamt 55 Zeichnungen – neben einer botanischen Abbildung und der eines Fisches enthält das Konvolut ausnahmslos Vogeldarstellungen – konnte ich mir indes recht schnell Klarheit verschaffen: Die Motive vieler Blätter in dieser Mappe waren mir vertraut – ich war ihnen bereits im Londoner Natural History Museum begegnet, als ich dort wenige Monate zuvor die Bildauswahl für Forsters illustrierte Reise um die Welt vornahm. In Sydney hatte ich es mit einer ganzen Reihe von Doubletten zu tun, wie sie Georg Forster häufiger von seinen naturwissenschaftlichen Blättern anfertigte. Ähnliche Dopplungen des Sujets gibt es auch bei Forster-Blättern im Londoner Natural History Museum und in der Forschungsbibliothek Gotha.

Leider hat Forster seine Zeichnungen in der Regel nicht signiert – von den 572 Bildern in London tragen ganze vier Prozent seinen Namenszug, in Sydney ist keines der Blätter signiert. Allerdings musste Georg Forster seine Urheberschaft eben auch nicht durch Signatur sichern, da die britische Admiralität ihm exklusiv das Privileg des naturwissenschaftlichen Zeichners der zweiten Cookschen Weltumseglung zugesichert hatte – auch in Abgrenzung zum Landschafts- und Porträtmaler William Hodges. Insofern gelten sämtliche naturwissenschaftlichen Zeichnungen der zweiten Cookschen Weltumseglung als Zeichnungen Georg Forsters. Tatsächlich aber ist bis heute auch in den umfangreichen Memoiren von Forsters Reisegefährten kein weiterer naturwissenschaftlicher Zeichner an Bord der *Resolution* aufgetaucht.

Averil Lysaght – als Archivarin im Natural History Museum London war sie 1959 mit der Erfassung der auf Cooks Weltreisen entstandenen naturwissenschaftlichen Zeichnungen befasst – konnte vor allem ermitteln, dass Isaac Smith selbst nicht als Zeichner taugte. Sein Talent beschränkte sich auf die Kartografie. Lysaght ging darüber hinaus der Möglichkeit eines »unknown artist«, eines unbekannten Künstlers auf Cooks zweiter Weltumseglung nach. Am Ende aber schloss sie alle in Frage kommenden Reisegefährten Forsters als konkurrierende Zeichner an Bord aus. In der Tat scheint die Vorstellung, der misstrauische Johann Reinhold Forster hätte die Verletzung der Exklusivrechte seines Sohnes Georg als Zeichner geduldet, ebenso abwegig wie die Vermutung, unter den beengten Verhältnissen an Bord hätten heimlich Dutzende Zeichnungen entstehen können.

Offen bleibt allerdings die Frage, wie die Zeichnungen Forsters in die Hand von Isaac Smith gelangten. Möglich wäre die Übergabe einzelner Blätter schon an Bord, während der gemeinsamen Teilnahme von Forster und Smith an der zweiten Cookschen Weltumseglung, gewesen. Die beiden nahezu gleichaltrigen jungen Leute arbeiteten oft gemeinsam am Kapitänstisch – Georg Forster zeichnete Tiere und Pflanzen, Isaac Smith übte sich im Kartenzeichnen. Womöglich fand bei solchen Gelegenheiten auch ein Austausch statt – seine ausgezeichneten, viel Übung erfordernden Seekarten hat Georg Forster vermutlich auch nicht ohne jede fremde Hilfe angefertigt.

Neue und unbekannte Forster-Originale von der zweiten Weltumseglung

Überraschend war die Entdeckung der Forsterschen Zeichnungen in Sydney vor allem, weil die Forsters – Vater und Sohn – häufiger darauf verwiesen hatten, dass man 1776 gezwungen gewesen sei, sämtliche auf der zweiten Cookschen Weltumseglung entstandenen Zeichnungen Georg Forsters an Sir Joseph Banks zu verkaufen, um die Drucklegung der *Reise um die Welt* zu finanzieren. Danach hätten sich außerhalb des Natural History Museums in London – das mit Banks' Nachlass auch alle von Banks erworbenen Zeichnungen Forsters übernommen hatte – keine weiteren Blätter Forsters finden lassen dürfen.

Die offizielle Vereinbarung mit Sir Joseph Banks wurde von Georg Forster indes nachweislich nicht ganz eingehalten. Forster besaß auch nach dem offiziellen Verkauf an Banks noch zahlreiche seiner Zeichnungen, wie etwa der Bestand an Forster-Zeichnungen in der Forschungsbibliothek Gotha beweist. Hier befinden sich neben dem Codex Gothanus Membranatius – 31 Abbildungen Forsters von Tieren und Pflanzen, die Johann Wolfgang von Goethe nach Gotha vermittelte – 78 weitere Forstersche Pflanzenabbildungen. Diese wurden 1797 nach dem Tod Georg Forsters durch Ankauf von dessen früherer Frau Therese erworben. Unter diesem Gesichtspunkt ist es durchaus möglich, dass nicht nur in Sydney weitere Arbeiten Georg Forsters auftauchen.

In Sydney erwies sich allerdings die Inventarliste der Zeichnungen, die der Nachlassverwalter Conan Benett wohl erst nach dem Tod von Admiral Smith angefertigt hatte, als sehr konfus – sowohl hinsichtlich der abgebildeten Spezies, als auch ihrer Herkunft. Der Weimarer Biologe Helmut Laußmann – der mit den Forsterschen Zeichnungen im Londoner Natural History Museum durch die naturwissenschaftliche Betreuung des Forster-Bandes der ANDEREN BIBLIOTHEK in besonderer Weise vertraut ist – unternahm daher die Bestimmung der auf den Zeichnungen in Sydney abgebildeten Vogelarten. Im Ergebnis dieser Arbeit konnte verifiziert werden, dass sämtliche Spezies auf den Zeichnungen mit den Schauplätzen der zweiten Cookschen Weltumseglung korrespondieren. Vor allem aber konnten insgesamt sieben Forster-Unikate – Zeichnungen mithin, die nicht als Doubletten, sondern als einmalige Originale in Sydney vorliegen – ermittelt werden.

Der Wert dieser Zeichnungen macht sich zunächst am Zuwachs neuer, bislang unbekannter Abbildungen Georg Forsters fest. Besonders bemerkenswert ist dabei die Zeichnung einer längst ausgestorbenen Vogelart – der Norfolk-Fruchttaube, von der Forsters Arbeit ein letztes Zeugnis ablegt. Zu den ausgerotteten Spezies, die Georg Forster zeichnete, zählt ebenso der Südinsel-Piopio, von dem in Sydney eine variierte Abbildung des im Londoner National History Museums vorhandenen Blattes vorliegt. Besonders interessant ist aber auch die Abbildung eines neukaledonischen Weißbauchhabichts – einer Sperberart, die offiziell erst 1859 ins Artenverzeichnis aufgenommen wurde, während Georg Forster sie offensichtlich schon bei der Entdeckung Neukaledoniens durch Captain Cook 85 Jahre früher zu Papier gebracht hatte. Forsters Abbildung einer Araukarie – der einzigen botanischen Zeichnung Forsters in Sydney – erinnert in besonderer Weise an Cook den Entdecker: Als der 1775 auf die Île des Pins südlich von Neukaledonien stieß, ließ er sofort einige der besonders hoch aufragenden und gerade gewachsenen Araukarien als Schiffsmasten fällen. Bis heute heißt der von Forster gezeichnete Baum in England Cook's pine tree.

Neben solchen bislang unbekannten Unikaten fällt ein Blatt der Forster-Zeichnungen in Sydney – die Abbildung eines neuseeländischen Kaka – durch ein merkwürdiges Detail auf: Die sehr genaue Zeichnung des gesamten Vogels steht hier in deutlichem Kontrast zur missglückten Gestaltung der Vogelkrallen. Die Archivarin Averil Lysaght mutmaßte deshalb sogar, die Zeichnung könne nicht das Werk des professionellen Zeichners Georg Forster sein. Viel eher ist aber aufgrund des sehr genau gezeichneten Vogelkörpers anzunehmen, dass sich hier – womöglich viele Jahre nach Georg Forster – ein Zweiter ans Werk gemacht hat, um Forsters Bild durch Nachtrag der Füße zu »vollenden«. Dies scheint um so wahrscheinlicher, als Forster die meisten seiner Abbildungen unter den oft widrigen Bedingungen an Bord der *Resolution* nur in wesentlichen Details fertigstellte, so dass im Londoner Natural History Museum zwei Drittel seiner Arbeiten als unvollendete Zeichnungen vorliegen.

Die mehr als vierzig Doubletten in Sydney, die als Variationen schon bekannter Forster-Zeichnungen zum detaillierten Vergleich herangezogen werden können, belegen die enorme Produktivität Georg Forsters als Zeichner der zweiten Cookschen Weltumseglung. Mit der Vervielfältigung der eigenen Arbeiten hatte der immer auch die Verbreitung naturwissenschaftlicher Kenntnisse im Sinn. Die Qualität dieser Zeichnungen erwies sich 230 Jahre nach ihrer Entstehung nicht zuletzt dadurch, dass die auf ihnen abgebildeten Spezies zweifelsfrei bestimmt werden konnten. Insofern löste Georg Forster auch hier seinen Anspruch ein, wahrhaftige Abbilder nach dem Vorbild der Natur zu schaffen.

»Dieses Buch scheint magische Kräfte zu haben …

Georg Forster
Reise um die Welt
Illustriert von eigener Hand
Mit einem biographischen Essay von Klaus Harpprecht
und einem Nachwort von Frank Vorpahl
648 Seiten, Folioformat
Mit über 100 großformatigen Abbildungen
und Klapptafeln
Fadenheftung, mit Lesebändchen
Sonderband der ANDEREN BIBLIOTHEK
€ 99,– · sFr 168,– · € 101,80 (A)
ISBN 978-3-8218-6203-3

… allein der Anblick dieses Buches verzaubert einen ganzen Raum mit, so pathetisch es klingt, Schönheit und tiefem Frieden. Die Franzosen würden sagen: ein Buch pour toute la vie, fürs ganze Leben.«

Deutschlandradio Kultur

»Der Herausgeber Klaus Harpprecht hat hier einen literarischen Schatz gehoben und einen beherzten biographischen Essay beigesteuert für diese Folioausgabe, die wahrhaft eine Sensation darstellt: Erstmals nämlich sind hier Forsters prächtige Aquarelle und Zeichnungen von nie gesehener Flora und Fauna aufgenommen. Dieses Buch unseres ›Verkannten Klassikers‹ ist – in jeder Beziehung – ein Glücksfall.« *NDR*

120
140
160
180
160
ASIEN
60
BERING SEE
ALEUTEN
40
JAPAN
20
HAWAI
MANILA
0
NEU GUINEA
NEUE HEBRIDEN
20
COOK-IN.
TAHITI
NEUKALEDONIEN
TONGA
AUSTRALIEN
NORFOLK
40
TASMANIEN
NEUSEELAND
60
120
140
160
180
160